U0901957

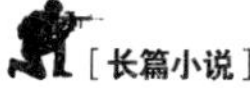

[长篇小说]

都市特种兵
隐刺

神我很乖◎著

江苏凤凰文艺出版社
JIANGSU PHOENIX LITERATURE AND ART PUBLISHING LTD

图书在版编目（CIP）数据

都市特种兵. 隐刺 / 神我很乖著. — 南京：江苏凤凰文艺出版社，2018.12

ISBN 978-7-5594-2873-8

Ⅰ. ①都… Ⅱ. ①神… Ⅲ. ①长篇小说－中国－当代 Ⅳ. ①I247.5

中国版本图书馆CIP数据核字（2018）第209644号

书　　名	都市特种兵. 隐刺
著　　者	神我很乖
责任编辑	孙金荣
特约编辑	张　丽
责任校对	张婉宜
出版发行	江苏凤凰文艺出版社
出版社地址	南京市中央路165号，邮编：210009
出版社网址	http://www.jswenyi.com
印　　刷	三河市金元印装有限公司
开　　本	700毫米×1000毫米　1/16
印　　张	19
字　　数	247千字
版　　次	2018年12月第1版　2018年12月第1次印刷
标准书号	ISBN 978-7-5594-2873-8
定　　价	39.80元

目录
CONTENTS

第一章

狗疯了

云南边境烈日高照，弯曲的公路两旁，大片大片茂密的香蕉林，一眼望去，你永远无法探究林内的动静。

一辆军用吉普驶过公路，后排坐的蒋国成已经年过半百，但腰杆笔直，军人特有的英姿和正气在他的身上一一展现。只是，他脸色沉重，不发一言，如窗外闷热的天气一样让人心头发闷。

轰隆一声打破寂静，蒋国成的表情跳了下。

“缅甸边境的勐古又开火了，”司机不紧不慢地说，“听这炮火声，缅甸政府军清剿克钦独立军的战况应该十分激烈。”

蒋国成透过车窗，看向蔚蓝的天空，似在深思。

司机仿佛打开了话匣子，继续说：“首长，您之前来过云南边境吗？”

“上一次来还是五年前，一转眼到 2016 年了。”蒋国成感叹道。他的表情因为这个随意的话题，竟更加沉重起来。

不管是 2011 年，还是 2016 年，他两次来云南边境都是为了同一个人。

又是接连几声炮弹爆炸声响起，云南的天空依旧蔚蓝平静。而缅甸的上空却硝烟弥散，迫击炮的炮弹呼啸着划过，落在带有红十字标志的帐篷边上，数枚破裂的弹片撕裂帐篷，道道光柱从破洞射进来。碎片顺着光柱飞向手术台旁穿着白大褂的医生云飞扬。

他手上还拿着手术刀，快速划过伤者受伤的皮肉。

在弹片接近他的脸时，他只是快速一歪头就躲过了弹片，同一时间，手术刀也利落地放在了一旁的托盘上。

手术台上的伤者闭着眼睛，即便在昏迷中，表情仍旧十分痛苦。

云飞扬动作利落地从伤者的腹部夹出一颗变形的子弹，扔在一旁的托盘中，说：“止血钳。”

云飞扬伸出的手没有感觉到止血钳落下，他转头看去，器械护士和巡回护士正蹲在角落里，被爆炸声吓得瑟瑟发抖。

他微微皱了下眉头，径自拿起止血钳，继续做手术。

在各方的谴责声中，缅甸政府军和克钦独立军的对战持续惨烈。双方都知道这里是无国界医生基地，交火时也会注意一些，尽量不打到这边来。今天意外在这附近交火，导致这里也不能幸免。

外边的交火渐渐停歇，护士们各回其位，云飞扬也将最后一个伤者的伤口缝合完毕。他伸了个懒腰，筋骨还没舒展，突然听到外边传来女人的惨叫声。云飞扬来不及多想，就冲了出去。

帐篷外，经常在附近游荡的流浪狗比奇正扑咬着卡娜医生，一旁的男医生拿棍子扑打，想让比奇松口。比奇不知道发了什么疯，执拗地咬着卡娜，死都不松口。

基地里都是无国界医生，为了表明医护人员没有危险性，基地里没有任何武器，导致枪法很好的美国护士艾莎急得直跳脚。她看到云飞扬出现，呼唤道：“云，快想想办法，卡娜会被它咬死的。”

云飞扬表情镇定，快步上前，抬脚重重地踢在比奇的肚子上，比奇因吃痛而松了口。比奇正要发怒地继续冲向卡娜时，云飞扬反应极快地抓住比奇的脖子，将它摁在地上。

比奇拼命地挣扎，可是，不论它如何用力，身体都无法离开地面，只能狗嘴一张一合，希望还能咬到卡娜。

卡娜被艾莎扶到一边，疼得直掉眼泪，惊慌地问道："它得了狂犬病吗？它是得了狂犬病吗？"

比奇平时很温顺，经常在无国界医生基地附近游荡，医护人员时常给它吃的，按理说它根本不会攻击基地里的任何人。这会儿无缘无故地咬人，好像也只有狂犬病这一个理由。

骨科医生哈兰从手术的帐篷里冲出来，手中拿着一把医用大力剪，本来是想帮忙的他听到比奇可能得了狂犬病，果决地道："我去把它杀了，避免它再传染给其他人。"

"等等，"云飞扬镇定地开口，"哈兰，你去拿支镇静剂给比奇注射。"

"云，我也不忍心杀死比奇，可它得了狂犬病，会害了其他人。"哈兰坚持地说。

在其他人的惊慌和愤怒中，云飞扬冷静地分析："比奇口中有重金属味道，肌肉震颤，执意攻击卡娜，这些都是吸食了麻古的症状。"

注射了镇静剂的比奇很快昏睡过去，为了保证其他人的安全，它被捆得严严实实。在确保比奇醒过来也不会伤害到其他人后，云飞扬离开了无国界医生基地。

毒品不是肉包子，比奇不会主动吃，持有毒品的人也不会无聊到给流浪狗吃。比奇会吃到毒品，绝对是意外，那就一定会在周围留下蛛丝马迹。

云飞扬在基地周围仔细排查，视线最后定格在一片染了血的草叶子上。他快步走过去，扒开草丛，一只被吃了一半的鸽子血淋淋地躺在草丛中。乍一看没有什么异样，云飞扬却缓缓蹲下身，从鸽子的身上扯下一个被凝固的血覆盖的小袋子。袋子已经被撕咬破裂，一角还剩下两片红色的圆药片。

云飞扬表情沉了沉，立刻扒开一旁的草丛，到处都是撒落的红色圆药片。药片上印着“WY”，是麻古的著名品牌。

云飞扬的脑中如放映机一般，闪现出比奇因为饥饿撕咬这只不知道为什么掉落的鸽子，最后因为毒品发疯、咬人的情景。

无国界医生基地的上空经常有成群的鸽子飞过，从缅甸飞往中国的方向。谁都没有想到，竟然有人用信鸽运毒，避开边防检查。

云飞扬根据记忆的方位，就近守候。

晚上五点多的时候，返回的鸽子飞过云飞扬守候的上空，云飞扬立刻跟了上去。

鸽子飞了几分钟，就落在一处破落的民房大院中。云飞扬躲在拐角处，打量着这个院子，院子周围有几名流里流气的男子在晃悠，警惕地打量着过往的行人，与普通民房的气氛相违和。

云飞扬记下院子的门牌号，迅速离开。

当天夜里，云南省缉毒总队的队长在接待特战旅旅长蒋国成的时候，接到了队里的电话，有人举报缅甸的制毒窝点利用信鸽向我国境内运毒。云南边防迅速与缅甸方面取得联络，暗中展开部署。

另一边，缅甸的无国界医生基地还在紧张地忙碌着。

随着数日的战乱，这里的伤员和难民越来越多，医生们忙得连好好睡一觉的时间都没有。云飞扬正在给一名被炮弹炸断腿的伤员做缝合的时候，基地里传来一阵激烈的枪声和人们惊慌的喊叫。云飞扬皱起眉头，继续手上的救治动作，对巡回护士道：“丹妮丝，你看一下外边发生了什么事。”

丹妮丝走到帐篷口，刚掀开帘子，人就僵在那里，随即下意识地举起手，慢慢后退。随着她的后退，两名拿着步枪的匪徒冲进帐篷，枪口对着云飞扬和两名护士，大喊着："都蹲在地上，不许动。"

两名护士吓得蹲在地上，帐篷里一阵骚乱，站在手术台旁的云飞扬用眼角的余光扫了两名匪徒一眼，从一旁的托盘里顺了一把手术刀，才蹲了下去。

帐篷的门帘再次被掀开，一名黑瘦的男子拎着手枪走了进来，冰冷的眼神扫过帐篷里的人，最后落在云飞扬的身上，说："你是医生？跟我们走。"

云飞扬缓缓站起身，两名匪徒冲上前来，用步枪顶着他，迫使他向前，大吼道："走！"

这时，病床上的病人发出痛苦的呻吟声。

丹妮丝战战兢兢地说："求你让医生为他缝合完再走吧。"

云飞扬的表情一震，黑瘦男子已经沉默地走到病床边，对着病床上的伤员头部扣动扳机。

伴随着丹妮丝的尖叫声，伤员头部的鲜血飞溅而出，喷在云飞扬的脸上。

"好了，他不用治了，有重要的病人等你救。"黑瘦男子面无表情地说。

两名匪徒推了推云飞扬，见他一动不动，一名匪徒抬起枪，对着云飞扬就砸了下去，云飞扬猛地抬起胳膊，把匪徒手里的枪打掉，另一只手里的手术刀就抵在了匪徒的脖子上。

另一名匪徒见同伴遇袭，枪口旋即对准云飞扬，手指勾扳机的一瞬间，云飞扬抬腿扫了过去，扳机被扣动，枪支随即落在地上，子弹射在一旁的铁柜子上，砰的一声，柜子被打出一个大洞，子弹掉落在地。

黑瘦男子一惊，一个转身，枪口顶在护士丹妮丝的头上。

"没想到这里的无国界医生也藏龙卧虎。"男子似佩服似嘲讽地说。

云飞扬撤下抵在匪徒脖子上的手术刀，说："我的职责虽然是救人，但前提是要有保命的蛮力才行。"

"不管你是不是有蛮力，立刻跟我走。"黑瘦男子用枪口大力地顶了下丹妮丝的头，丹妮丝因为惊吓和难民的死，满脸泪水，哀求地看着云飞扬，要是云飞扬不和他们走，她的脑袋上也会被开个血洞。

云飞扬扔掉手术刀，看着黑瘦男子，道："走吧！"

出了帐篷，云飞扬被塞进一辆皮卡车里，后车厢里站满了端着步枪的男人。这么大的阵仗，显然需要救治的人不是普通人物。

黑瘦男子坐在云飞扬的身边。虽然云飞扬之前表现得临危不惧，但他并不在意：一个赤手空拳的男人，怎么敌得过他们这么多杆枪？

云飞扬的视线扫过开车的男人，他是用鸽子运毒的那个大院的外围警戒人员。难道自己要救治的人是这个制毒组织的头脑？

如果没有猜错的话，缅甸警方一定对这伙毒贩进行了围剿。其中有毒贩侥幸逃走，却受了重伤。为了避免再被警方抓住，才不敢去医院，把主意打到了一直在附近扎营的无国界医生头上。

车子行驶了十来分钟，就在附近的村子停下。

云飞扬被人用枪指着，走进破破烂烂的院子。院子守卫森严，十几名拿着步枪的男子警惕性极高地盯视着周围的一举一动。一些人的身上还有血迹，显然不久前发生过激战。

黑瘦男子将云飞扬带进最里面的房间。外厅的地上血迹斑斑，躺着两具普通村民的尸体，应该是这户人家原本的主人。

云飞扬被推进里屋，幽暗的环境中，可以看到床上躺着一个男人。

男人腹部大量出血，气息微弱，却目光犀利地盯着云飞扬，问道："你是医生？"

"是的。"云飞扬将出诊箱放在桌子上。

"我是吴刚，在缅甸边防，没有人不知道我的名字。只要你能治好我，以后就是我的兄弟。"吴刚的声音虚弱，承诺的话说得威胁味道十足。

云飞扬眼神微闪，随即平静地点点头，不慌不乱地打开出诊箱，取出要用的手术器具。

黑瘦男子站在云飞扬的后面，手中拎着枪，防止云飞扬对自己的老大做出什么不好的举动。

吴刚的嘴角扯动一下，道：“素格力，不用那么紧张，没人会不珍惜自己的命。我相信这位医生会治好我的，是吧？”

云飞扬点点头，开始帮吴刚麻醉。麻药打进去不久，吴刚的手机响了起来，素格力拿起手机，递给快要失去意识的吴刚。

吴刚接起电话，听对方说了些什么，因为麻药的缘故，他听得不太清楚，将音量调到最大，才听清楚对方的话，回道：“放心，我没事，不会耽误交易。”

云飞扬正在给吴刚消毒的手颤抖了一下，刚刚他从吴刚的电话中听到了熟悉的声音，一个令他永世难忘、本应该死了的人的声音。

吴刚挂断电话，就陷入到昏睡之中。云飞扬发挥自己的正常水平，帮吴刚取子弹，进行缝合。

这一刻，无论病床上的人是谁，云飞扬都只当自己是一名医生。

吴刚很幸运，子弹并没有伤到重要脏器，要不然以现在简陋的医疗环境，谁也救不了他。

当云飞扬摘掉手套的时候，素格力略带紧张地看着云飞扬。

“手术很成功，不过他还需要观察一段时间，只要没有发炎就不会有问题。”

素格力松了口气，道：“你好好照顾刚先生。等刚先生醒来，一定不会亏待你的。”

云飞扬调节了一下输液速度，又测量了吴刚的体温，道：“他没事，我出去透口气。”

素格力点点头，用凶狠的眼神告诫云飞扬不要做出不理智的事情。

云飞扬走出房间，在院子里伸了个懒腰，关注着院子中的匪徒人数和装备，暗中考虑着是否有可能将吴刚带出去。结论是否定的：人数太多，很难做到不惊动这些人。

素格力为了保证吴刚的安全，很快让云飞扬回到房间里照看吴刚，不得怠慢。

第二天，趴在桌子上睡觉的云飞扬听到床上有声音，发现吴刚已经醒了过来。

吴刚支着上半身，道：“给我水。”

站了一夜的素格力跟打了鸡血似的，闻言立刻去倒水。

云飞扬立刻阻止素格力的动作，说：“他刚做完手术，不能喝水，要等肠蠕动恢复、产生虚恭后才可以。”

素格力请示地看向吴刚，吴刚动了动干涸的嘴唇，点了点头。

素格力连忙走到床边，扶着吴刚躺下时，感觉到吴刚的身体滚烫，不满地问道：“为什么这么热？”

“手术后三到五天内体温在38℃左右，是术后反应热，正常现象，不用紧张。”云飞扬镇定地回答。

素格力眯起眼睛看着云飞扬，咬牙道：“你要是敢骗我，我会杀了你。”

“我会留在这里照顾他，直到温度恢复正常为止。”云飞扬主动要求留下来。

“素格力，我相信他，他既然救我，就不会害我。他的医术不错，我感觉很好。你送他离开。”

吴刚的决定让素格力惊讶，他不解地看着吴刚。

“立刻送他走。”吴刚坚决地吩咐道。

素格力只能答应，向手下示意将云飞扬送了出去。

等云飞扬离开，吴刚才说道：“霸主那边的交易不能拖了，我们必须马上走。”

“刚先生的身体要紧，我们带着那个医生吧。”素格力提议道。

“不行，他是无国界医生，在基地里绑架他会闹出很大的动静，不论是中国还是缅甸，都会将对他的营救列为重要的事，带着他，只会增加我们离开的难度。放他离开，我们只要应对缅甸警方就好了！”吴刚冷静地道。

素格力点头，没有再坚持。

“记住，一定要等到我们离开后，再放他离开，免得他报警。”吴刚又谨慎地道。

“是。”素格力领命，命手下泰猜看守云飞扬，等接到电话后，才放云飞扬离开，免得云飞扬报警。他则亲自带队，护送吴刚离开。

这些人离开的速度很快，十几分钟后，院子里已经恢复了乡村的寂静。

开始的时候，泰猜还拿枪对准云飞扬，警惕性十足。后来发现云飞扬没什么威胁，大部队也已经撤离了，索性把枪放回腰间，开始看电视，手机就放在桌子上，等着素格力的电话。

云飞扬不紧不慢地走到桌边，泰猜看他正镇定地倒水，狐疑地问：“你就不怕我杀了你？”

云飞扬喝了口水，不紧不慢地说：“你会吗？我可是刚先生的救命恩人，他答应过我会报答我。你如果杀了我，恐怕你的命也保不住吧？”

泰猜无趣地撇了撇嘴，说：“别耍花样，一会儿就会放你离开。”

话落，泰猜继续扭头看电视。云飞扬微微侧身，喝水的时候，拿起桌子上的手机，给自己的手机发了个空信息，然后迅速删掉记录，神不知鬼不觉地将手机放回去。

泰猜感觉到云飞扬还在自己身边，疑惑地看过去，发现他在倒第二杯水；又看了眼手机，还在原来的位置，没有生疑，继续看电视。

一个小时后，泰猜接到素格力的电话，便驱车把云飞扬带到前不着村、后不着店的地方扔下，才去和吴刚会合。

云飞扬看着驶离的汽车远去，用自己超强的方位辨别能力，顺利回到无国界医生基地。基地里的人见他毫发无损地回来了，一片欢腾，喜极而泣。大家还来不及庆祝，一队军车浩荡而至，在基地里停下，跳下来数十名全副武装的缅甸军人。

蒋国成从中间的吉普车上走了下来。他肩膀上扛着的“星星”随着大步流星的动作颤动，仿佛五星红旗飞舞的样子，让云飞扬的双眼泪花闪动。

蒋国成大步走向云飞扬，郑重地说：“回来吧！霸主出现了。”

第二章

“炊”字兵

云南边境大山深处，过千名士兵和武警正在搜山，寻找一伙拒捕的贩毒分子。抓捕行动已经过了 24 小时，但山区面积太大，可藏匿地点多，搜捕工作进展缓慢。

中午时分，猎豹特种部队的炊事班正在做饭，饲养员朱喜飞快挥舞着菜刀，发出有节奏的声音，菜板上的土豆像是变魔术一般成为土豆丝，一点也不像是身高两米、体型像牛一样的壮汉能切出来的。朱喜脚下趴着一头胖猪，被他从小养大，叫作红烧肉，300 多斤的样子，偶尔抬头发出两声哼哼，朱喜就扔下去一个土豆，红烧肉飞快接住，欢快地吃下。

给养员董艺坐在炊事挂车的不远处，左手拿着大白萝卜，右手拿着小刀，稍微打量下萝卜，随后小刀飞舞，大白萝卜被雕成胖胖的兔子，而他的手边已经有十几个各式各样的动物。

炊事员常寿将炒菜盛出，也没洗锅，就要将土豆丝下锅，看到给指挥中心送饭回来的炊事班班长童新宇，又把土豆丝放下，拿起锅冲洗一下，才将土豆丝下锅。

童新宇把推车放下，看到几十个被雕成动物的萝卜，气得嘴角直哆嗦，他快走两步，照着董艺的后脑勺就是一巴掌抽在钢盔上，董艺差点一头磕在萝卜上。

董艺在巨大的声响中离开沉浸已久的艺术世界，看着面前嘴角抽搐的童新宇，笑道："班长，你手不疼吗？"

童新宇背着手，暗中揉着发疼的右手，大吼道："董艺，马上停止雕花，给我炖菜去。"

"班长，这年头吃饭都讲究色香味俱佳，就凭我的雕花手艺，绝对能让连里的兄弟们多吃点。"董艺说话间，又将一个萝卜雕成老虎。

"现在是打仗期间，不是你胡闹的时候，马上将这些萝卜剁碎、做汤，你要是再敢浪费，我就罚你给全连的人洗袜子。"

常寿见董艺挨骂，顿时哈哈大笑，嘲讽道："艺术家，挨骂了吧，老实了吧！"

董艺用力地将老虎的爪子掰断，扔在汤锅中，仿佛是将常寿扔在锅中。

童新宇走到常寿身边，检查他做的炒菜，尝了一口，立刻恶心地吐了出来，还连呸好几口，骂道："常寿，盐不要钱吗？你想将全连的战士都咸死？"

"咸点没事，多喝点水就好了！"常寿一脸不在乎，继续翻炒土豆丝。

"王八蛋，你以为将菜糊弄完，我就会让你去送吗？是不是打算借着送菜的理由，上去和那些贩毒分子战斗？我告诉你：做梦！团长早就说了，你什么时候把毛糙的性格改过来，什么时候回去，否则就在炊事班待到退伍吧！"

"班长，兄弟们搜捕一天都饿了，你也刚送完饭，挺累的，还是我去送吧！"常寿开始盛土豆丝。

童新宇尝了口土豆丝，再次吐出来，额头青筋暴跳，怒吼道："土豆丝还没熟，除了猪，不会有人吃你做的菜！"

红烧肉抬起头哼了哼，表示不满：猪也是有要求的，它也不会吃常寿做的菜。朱喜直接表达意见："班长，你这是歧视猪。"

"闭嘴！"童新宇大吼。

朱喜迅速低头，继续切菜，仿佛刚才说话的不是他。红烧肉也赶忙趴下，希望班长没有注意到自己，免得真将自己做成红烧肉。

童新宇将常寿推到一边，把出锅的土豆丝全都倒回去，亲自做菜，命令常寿去切菜。

距离炊事班几百米的半山腰，七名贩毒分子聚在一起，为首的是霍军，手底下有几十个亡命之徒，长期从境外运送毒品进国内。这次的毒品运送量很大，为了避免出问题，他亲自押送。在过检查站的时候，他让一部分人带着毒品先过，谁知道毒品被发现，手下开枪拒捕，杀了好几名士兵后逃进大山中。

霍军因为在后面，逃过一劫，不过这次运送的毒品量太大，不但是他全部身家，还赊了一部分货，要是这批货没了，就算他没被抓，也会被上家给杀死。所以他不论是为了自己还是手下，都必须要将人和毒品救出来。霍军在果敢当过连长，上过战场，敢打敢杀，他观察了一阵后，将望远镜递给身边的罗星，道："这里距离指挥中心最近，我们从这里进攻，只要打到指挥中心，就会对指挥中心内的高级人员造成巨大威胁。到时围山的士兵必然会赶来支援，杨霖就可以趁机带着毒品逃走。"

罗星是霍军的得力手下，打过泰拳，身手不凡。他发现山脚下每隔 100 米就有名士兵把守，禁止任何人进山，想要混进去是不可能的。他担忧地道："这里虽然离指挥中心最近，但这个炊事班的人是特种部队，我们能消灭他们，攻击到指挥中心吗？不如去人流密集的市区弄出点动静吧！只要引起人们的恐慌，这里的武警和士兵也可能被调走。"

"不行，杨霖虽然还没有被抓住，但也没有太多的地方可以躲下去。我们没有时间了，要是这批货丢了，大家怎么都是死。何况这些伙夫就算是特种部队，成天在炊事班里工作，也是特种部队中最弱的，我们要是在詹姆斯的帮助下连他们都消灭不了，就更甭想从其他地方打开突破口。为了自己和其他的兄弟们，大家上吧！”

“拼了！”几人拿起枪，眼中闪烁着凶光。

霍军看向抱着枪坐在不远处的詹姆斯，郑重地道：“拜托了！”

詹姆斯是雇佣兵，接受霍军的雇佣，帮助他们营救。但他可不想傻傻地和中国政府作对，被雇佣之前他就说了，一旦局势不妙，他有权自行撤离。霍军没法在短时间内找到更好的雇佣兵，只能接受他的条件。詹姆斯将狙击枪架起来，瞄向炊事班，准星在几人身上游走，评估着谁的威胁更大一些。

瞄准镜瞄准了朱喜。朱喜感觉太阳穴发痒，一股巨大的危机感涌上心头，上下翻飞的菜刀有了一丝迟缓，随后他倾斜着切菜，试图通过菜刀的反射看清楚威胁来自哪里。

瞄准镜瞄向董艺。董艺的头皮发麻，握着汤勺的手不自觉地用力捏紧，他盛汤尝了尝，借机用眼角余光观察四周。

瞄准镜瞄上常寿。常寿有种心悸的感觉，将菜刀扔到一边，大步走到童新宇身边，将他挤开，面对着狙击手的方向，道：“班长，还是我来炒吧！”

童新宇发觉气氛异常，看到总是满脸憨笑的朱喜收起笑容，漫不经心的董艺也变得正经，知道情况不对，没有说什么，到一边去整理餐具。

詹姆斯对炊事班的人不熟悉，没有发现异常，道：“你们从两点钟方向接近炊事班，我会清理掉那个守卫，等你们距离炊事班 100 米的时候，我再配合你们将他们消灭。”

霍军一挥手，罗星率先朝两点钟的方向前进，一群人借助树木隐蔽靠近。

詹姆斯将枪口对准守卫的士兵，观察着树叶被风吹动的幅度，默默计算着风速，调整瞄准镜上的风偏修正弹道。他时刻关注着霍军的位置，只等霍军靠近就击毙守卫。

董艺没发现危机的源头，但他知道自己的感觉没有错，他看向常寿，发现对方炒菜的时候并没有注意到土豆丝已经发出焦煳的味道，而是看向前面山头。

朱喜将切好的菜倒入盆里，又拿出个土豆，蹲下喂红烧肉。董艺弯腰去摸红烧肉，他们的身体被炊事拖车挡住，避开对面山头的视线。

董艺问道：“你感觉到有人用枪瞄我们吗？”

朱喜点点头，道：“应该是狙击手，没有在近处发现可疑。”

要是一个人感觉不对还可能出错，但三个人都感觉到被人瞄准，如芒在背，绝对不会有错。董艺起身在炊事拖车上找东西，没找到后，转身进入炊事帐篷中。

董艺翻出望远镜，在帐篷的底部切开个小口，朝外望去。狙击手很可能躲在最不起眼的地方，在大山中寻找一点点的可疑之处既困难又耗费时间。董艺很急，这时突然出现的狙击手恐怕是敌非友，但又没有证据，不好凭借感觉将狙击手的事情上报。董艺很担心时间拖久了，狙击手会开火，毕竟狙击手的每颗子弹都很可能杀死一名战友。

常寿听到董艺和朱喜的对话，猜到了他去做什么，不过一分钟过去了还没有声音，明显是他没找到狙击手的位置。常寿突然用最大的声音喊道：“来吧！来吧！来吧！”他的声音将朱喜和董艺都吓了一跳，随后在山间回荡。

“一起舞蹈，什么烦恼可以将我打扰……”常寿接下来竟然用最大的声音唱歌。

詹姆斯长期活跃在缅甸的果敢，对中国话有一定了解，听到“来吧”时，就移动狙击枪看了过去，他不能放过任何一丝可疑之处。他的视线中，常寿挥舞着铲子在唱歌。詹姆斯嗤笑，又看了眼还在切菜的朱喜和整理餐具的童新宇，接着将枪口瞄准守卫。

董艺和常寿在一起很久，虽然被吓了一跳，还是很快领悟他的意思，于是放下望远镜，死死地盯住对面山头。一抹反光出现在视线中，董艺记下位置。当反光消失后，他再次拿起望远镜看了过去，发现了躲在半山腰洼处、探出一小截带着消声器枪管、披着吉利服[1]的詹姆斯。

“十点钟方向，500米，一名白人狙击手，枪支型号无法确认，你们小心点。”

董艺的话让童新宇直皱眉，他隐蔽地看了眼十点钟方向，不过没有望远镜的他根本看不到狙击手。童新宇相信董艺不会拿这种事情开玩笑，命令道：“马上向上级汇报。”

常寿唱歌时挥舞的胳膊故意将旁边的菜盆碰掉，他弯腰去捡的时候，拿起靠在拖车上的95式自动步枪，拉动枪栓，打开保险，才捡起菜盆，将炒煳的土豆丝倒进菜盆中。朱喜也借着喂红烧肉的时候将枪上膛。童新宇已在避开狙击手视线的时候把武器准备好，放在能够最快接触到的地方。

一辆军用吉普停在指挥中心的门口，几名肩膀上扛着两杠三星、两杠四星的军官立刻迎上去，猎豹特种部队大队长高勇主动将车门打开，蒋国成和云飞扬走下车。

“参谋长好。”一众军官敬礼，心中有些疑惑：这次的事情虽然严重，但不至于由首长来亲自指挥呀！

蒋国成一边往里走，一边问道：“情况怎么样了？”

“目前没有抓住毒贩，但已经将毒贩围在这片区域，预计四个小时可以发现他们，并实行抓捕。”高勇用地图上做好的标识进行讲解。

蒋国成点点头，道：“你们继续按照计划进行抓捕，不用管我，我这次是

[1] **吉利服**：一种很好的伪装衣物，是一件由许多绳、条做成的外套，多在战场上使用。

来观察下小‘猎豹’的表现。”

军官们各自去忙碌，继续指挥着战士们搜寻毒贩的踪迹。高勇作为发现毒贩后的主攻部队的领导，这会儿比较清闲，陪在蒋国成的身边。

猎豹特种部队的士兵头盔上都有摄像头，可以实时将战场情况传递回指挥中心。蒋国成坐在监控后面，让监控画面显示特种兵周正的摄像头，夸奖道：“周正这只小豹子是个人才，立过两次二等功，还是军区大比武第二名，在猎豹里是个响当当的人物，很不错的。”

云飞扬看了眼警卫员调出的档案，记载着周正的出身和荣誉，发现周正的很多荣誉都是第二，好奇地问道：“军区大比武第一是谁？”

“第一名是常寿。”高勇的语气有些怪异。

“名字挺好。他有什么问题吗？”云飞扬有些好奇。

“他的名字和性格严重不符，做事冲动，不愿意和人配合，一有事情就往前冲，典型的拼命三郎。平时和在大比武中还好，实战的时候，他的问题就太严重了！”高勇对常寿的性格很头疼，这个兵有能力，但性格问题太大。军队是集体主义，不是个人英雄主义，更不能为了一个人当英雄，不管其他战友。

常寿这人不用可惜，用了的话担心伤害到队友，简直是把双刃剑。团里担心因为他的原因导致其他士兵牺牲，所以高勇才将他调入炊事班，打磨他的性格，打算等他的性格好一些再调回去。

云飞扬倒不太在意常寿的性格问题。霸主是最狠毒的毒枭，本身的战斗力就非常强悍，对付这种人，战斗力很重要。云飞扬问：“他在这里吗？”

“在的。”高勇回答。

“将他的摄像头图像调出来。”

警卫员很快将常寿摄像头的画面显示在监控器上。

云飞扬看到监控器上的画面中都是锅碗瓢盆，而且是静止的，愣了下，随后反应过来，问道：“他在炊事班？”

高勇道：“我打算磨砺他的性格，将他调到炊事班，看来他的性格还是没磨好，连纪律都不遵守，竟敢在战时不戴头盔。”

“队长，我想请你一会儿让他参与搜山，我要看他的实战能力。”云飞扬不怕常寿的性格差，反正只是组建个小队，常寿时刻在自己的管理下，反不了天。

高勇不认识云飞扬，看向蒋国成。

“我说了这支小队的人员挑选都由你自己决定，所以你看上谁、有什么要求，都没有问题。小高，你要全力配合。”

“是。”高勇拿起对讲机，刚要通知下去，对讲机中传来董艺的汇报：“队长，我是炊事班的董艺，在500米外半山腰发现一名白人狙击手，枪支型号不明，带消声器。”

所有人的注意力都被吸引了过去，没有人认为狙击手埋伏起来是为了在山上打猎。

高勇看向蒋国成，见他没有任何反应，命令道：“收到，你们注意安全。”

“我请求抓捕狙击手。”

“不批准，做好本职工作。”

董艺对高勇否决自己的提议丝毫不感觉惊奇，他平静地将消息通知其他人，常寿非常失望，有气无力地刷锅。

高勇命人确认狙击手的位置，同时查看地图，分析狙击手的意图：“狙击手埋伏在外围，不外乎两种可能——营救或是灭口。如果还有其他人配合狙击手，对方就是想要营救；如果是单独的狙击手，可以判断为灭口。”

蒋国成点点头，道：“不管对方是什么人，在中国就要遵守法律。派人去抓他，如果反抗或有任何危险动作，让士兵别犹豫，直接击毙。”

猎豹王牌狙击手蒋礼埋伏在半山腰，距离炊事班有700米。根据董艺的信息，他找到詹姆斯的位置，测距仪上显示距离1200米。他立刻汇报：“队长，已经确认狙击手的位置。白人，持有M110狙击步枪，安装QD消声器，如果枪弹未改装，最大有效射程 1000 米，指挥中心在射程内。”

“盯住对方，一旦敌人威胁到我方人员安全，立刻击毙。”高勇将命令传达下去。

“是。”蒋礼把前面的 QBU-88 式狙击步枪放到一边，支起备用的 QBU-10 式大口径狙击步枪。大口径狙击枪可以击穿轻型装甲和掩体，可以精确打击 1000 米以内的目标，超过 1000 米后，准确度就无法保证，想要击中 1200 米之外的詹姆斯，难度非常大，弹道修正稍微差一点，子弹就不一定飞到哪里去了！

常寿的手在机械地刷锅，他低声问道：“你们说狙击手来这里干什么？我们的包围线距离这里有一公里远，距离狙击手更远，这还没有找到毒贩，毒贩躲的位置至少距离他两公里，他就算想灭口也打不到人，想等毒贩被抓时灭口也有难度，毕竟我们都不知道多久才能抓到人、能抓到多少人，狙击手长期埋伏会增加很大的暴露危险，还不一定能杀死多少人，那他到底要做什么？难道他想救人？”

“不可能，他一个人能对抗我们 1000 多人？就是兰博来了也没用。”童新宇根本不信一名狙击手能够救人。

“难道他不是一个人？”常寿进入炊事帐篷，拿起望远镜看向外边，自言自语道，“让我瞧瞧你在看什么。”

常寿观察狙击手，发现他瞄准的方向还是这边。既然自己和其他人没感到威胁，说明对方瞄准的是其他人。他想了下这个方向的其他人员分布，立刻将视线投向外围的守卫士兵。既然狙击手瞄准守卫，要是有进攻人员，他们一定会从这里突破。常寿顺着守卫的方向寻找，终于发现在林中闪现的人影。

“队长，我是常寿，发现几名持枪的武装分子在狙击手的掩护下接近我炊事班外围的守卫。”

高勇一惊：还有其他人，足以证明狙击手是要进攻，但几个人想要救出被困人员根本不可能，他们为什么要这么干？高勇看着地图上炊事班的位置，嘴角露出一抹冷笑：“参谋长，看来那些人是瞄上我们，想要声东击西。”

蒋国成不屑地道：“既然他们要来，就不要让他们失望了！”

“童新宇，你带领炊事班全体战士抓捕不明身份的武装分子，一旦对方开火，可以无限制还击，”高勇下完命令，笑道，“本想打磨常寿等人的性子，没想到现在只能派他们上去，真不知道那些人怎么挑的地方，竟然选择都是刺头的炊事班。”

炊事班那里是外围，守卫的是武警，附近没有战斗力强悍的部队，只能动用炊事班，要是从搜山的队伍中抽调人手下来，恐怕会造成外围武警人员的伤亡。

云飞扬一听炊事班都是刺头，兴趣大增。在军队里能被称为刺头的，要是没有两把刷子，早就让人收拾得服服帖帖了！云飞扬道：“我去支援他们。”

“小心点。”

云飞扬在蒋国成的叮嘱下，迅速前往炊事班。

霍军等人躲在距离守卫士兵100多米的地方，士兵对此还一无所知。他负责外围警戒，防止有人误闯进山中，导致被恐怖分子挟持或是误伤，根本没想过有人敢攻击他。士兵来回走动，注意着是否有人过来，免得有人偷跑进山。

罗星拿出手机，正要给詹姆斯发信号让他开火，霍军伸手压下罗星的手机，朝士兵指了指。

士兵正用对讲机说话，表情紧张中带着些许恐惧，四处张望。

“怎么了？”罗星有些诧异。

“等等。”霍军看士兵的表情不对，担心己方被发现。

罗星等人没敢吱声，躲得更隐蔽一些。士兵用对讲机说完话，继续执勤，没有任何其他反应。罗星道：“也许是例行汇报吧！”

霍军看士兵的表情从恐惧渐渐变得正常，不再四处张望，恢复成原来的样子，来回走动。霍军松了口气：“发信号，其他人准备行动。”

詹姆斯收到信号，拉动枪栓，将子弹上膛，脸上露出残忍的笑容，准星跟随着士兵移动，计算着提前量。

蒋礼见詹姆斯将子弹上膛，知道对方即将开火，他拿起胸前的红宝石项链，亲了一口吊坠，果断地扣下扳机。

大口径狙击枪的声音震耳欲聋，子弹在枪口的火光中飞出，浓烈的硝烟从枪口制退器两侧喷出，卷起大量尘土。

霍军等人冲出树林，正要跑向守卫，听到巨大的枪声从很远的地方传来，吓得一哆嗦，又跑回树林中。霍军低头看向自己的身体：还好，没有大洞也没有枪眼。他扫视周围，也没看到子弹击中的痕迹。

“难道他们找到杨霖他们了？”罗星看到警戒的士兵没有中弹，以为枪是打向被困在山里的兄弟。

霍军脸色阴沉地道：“联系詹姆斯，问问他有什么发现，如果没发现有什么可疑，就按原计划行动。”

罗星给詹姆斯打电话，电话响了好几声，对方也没有接起。

霍军问道：“怎么了？”

“詹姆斯没接电话。”

霍军有种不妙的感觉：詹姆斯就算感觉不妙撤退，也应该接电话说一声，除非……他死了！霍军拿起望远镜看向詹姆斯埋伏的地方，发现那个位置的树叶上溅满鲜血。他立刻转头去看警戒的士兵，发现士兵竟然跑了。中国军队是最有纪律的部队，没有上级命令，别说听到枪声，就算子弹打在身上，士兵都绝不会随意逃跑。

糟了！我们被发现了！霍军感觉一股凉气从脚跟直冲脑际，头皮发凉。他再看炊事班，发现那里竟然空无一人。

“人呢？炊事班的人呢？”

罗星道：“我看到他们去送饭了！”

“送个屁的饭，我们被发现了，撤退，快撤退！”霍军怕毒品丢了会被弄死，但他更不想立刻就被军队消灭。至于撤退后被围的手下和毒品，他已经顾不上了，顶多再想办法。

炊事班的人已经接近霍军等人，常寿更是一马当先，冲在最前面，恨不得立刻将敌人消灭。

霍军看到冲过来的炊事班战士，心中恨得牙痒痒：偷袭没成功，反而让一帮火头军打过来，实在太丢人了！他凶狠地看着冲过来的战士，深吸一口气，转身就跑，众人跟在他的后面落荒而逃，比狗撵的兔子跑得还快。

常寿看到树林里逃跑的人影，大吼道：“站住，否则我开枪了！”

站住——那是傻子才干的事情。跑在最后的毒贩靠着大树，对着常寿就是一梭子。常寿看到对方举枪，停止追击，迅速扑向一边，子弹追着他的身体扫去，当子弹要击中他的时候，身后传来一声枪响，毒贩眉心中弹，直挺挺地倒了下去。

常寿四处看，想知道是谁击毙了毒贩，这不是抢生意吗，他好不容易才有的机会呀！常寿看到他身后陌生的云飞扬，举起的枪口还冒着淡淡的青烟。想指责对方多管闲事不太好，常寿嘴巴张了张，没有说话。

云飞扬冷冷地看了他一眼：“愣什么，还不赶快追。”

“我刚才能搞定。”常寿叨咕一声，看到董艺他们已经跑到前面，便拎着枪追了下去。

霍军知道这么跑下去谁也逃不了，对两名手下道：“你们拦住他们，我会给你们家送笔钱。”

两名手下对视一眼，知道不留下不行。霍军说是给钱，可他们要是逃走，霍军活下来的话会杀了他们全家。两人面带绝望，躲在树后对着董艺等人疯狂开火。

AK47 的火力很猛，子弹的威力巨大。董艺等人可不想尝子弹的滋味，分散开找掩体，无法继续追击。

朱喜开火还击，对方立刻躲在树后；朱喜继续开火，子弹像是长了眼睛般打在同一个位置，枪的后坐力对朱喜来说好像不存在。在不断击中同一个位置的情况下，子弹穿透大树，打中毒贩。另一名毒贩吓疯了：这么粗的大树也能打穿，而且树上只有一个弹孔，那还怎么躲？他绝望地冲出来，拼命开火。

常寿从后面赶了上来，奔跑中开火，一枪将吓疯的毒贩撂倒。他没有丝毫延缓地追下去，同时看了眼云飞扬，眉毛一挑。

云飞扬嘴角轻扯，画出嘲笑弧度，加快脚步追下去。

霍军听到身后的两声惨叫，恨不得过去再踹死去的手下两脚：也太笨了，连一分钟的时间都没有争取到。

云飞扬在树林里奔跑如飞、如履平地，偶尔探出的树根和石头对他造成不了任何障碍。云飞扬看到前面霍军的身影，抬枪就射。霍军的身影消失，正好另一名手下跑到那个位置，像是主动迎上那颗子弹般，被击中倒地。

常寿嘴角带笑，差点大笑出来。他在云飞扬的旁边，清楚地知道云飞扬想要打谁，虽然也打中了，但目标变了，那就算是失败。要不是时间和地点不对，他非得好好嘲笑下云飞扬不可。

霍军很悲哀，被围困的手下没救出来，身边的人又被消灭得差不多，除了罗星外只有最后一名手下孙守义。罗星看了眼跑在自己前面的孙守义，眼珠一转，对着他的腿开了一枪。

孙守义惨叫着倒在地上，小腿肚上有个小弹孔，但前面却炸出个大洞，森白的骨茬和鲜血令人发寒。罗星超过他，紧跟在霍军的身后，等孙守义反应过来是自己人开火、想要报复时，两人已经消失。

童新宇和董艺从树林中显出身影，不甘被捕的孙守义只能将枪口对准两人。

“放下枪。”童新宇躲在树后大吼，枪口对准孙守义。

“去死吧！”孙守义贩毒数量巨大，被抓后也是死，他扣动扳机，发泄最后的疯狂。

董艺和童新宇一起开火，密集的子弹打在孙守义身上，孙守义带着悔恨倒了下去：要是有来生，他一定不会贩毒。

罗星停下脚步，大喊道：“老大，你先走。”当初他在地下拳场打过泰拳，失败的他奄奄一息、马上就要死去的时候，霍军救了他，从此他的命就卖给了霍军。

霍军也停下，罗星是他的左膀右臂，和他感情非常深，他吼道：“一起走，前面就是詹姆斯预留的退路。”

“来不及了，快走，否则我们谁也逃不了。”罗星推着霍军离开。

“小心。”霍军深深地看了眼罗星，扭头离开。

罗星趴在地上，靠着一棵歪脖树，摸出两枚手雷放在一边，紧紧地盯着前面。

常寿刚露面，罗星就将一枚手雷扔了出去。常寿朝旁边扑去，大吼道：“手榴弹！”其他人四处躲避。

董艺趴在地上，满头的树枝和树叶，嘴里还崩进来一根草。董艺把草吐出，骂道：“找死。”董艺从身上摸出个可爱的“小白兔”，用力地扔向歪脖树。

“炸弹！”董艺的声音很大，吓得刚刚爬起的云飞扬和常寿又趴下。

“小白兔”打在树上，弹到罗星的面前。罗星看着可爱的小白兔，满头冷汗，自言自语道：“完了！”那不是普通的小白兔，而是有着“残酷口香糖”称号的 C4 炸弹所做。

董艺摁下遥控器，“小白兔”爆发出巨大的威力，火光和冲击波瞬间将罗星吞没。

爆炸的威力太大，云飞扬等人耳朵嗡嗡响，常寿爬起来的时候，身体都是晃的。他大骂道：“你个疯子，要是炸死我们怎么办？”对方的手榴弹没将自己炸伤分毫，反而是自己人的炸弹差点要了命。

“不会的，我计算过当量。”董艺信心满满地回答。他磕了磕耳朵，让自己舒服一些。

常寿摇晃着追击霍军，只要不倒下，他就不放弃。其他人瞪了眼董艺，也追了下去。只有董艺无辜地撇嘴。

云飞扬跟在常寿后面，没跑多远就看到霍军的身影，没等两人开火，霍军的身影再次消失。云飞扬感觉不对：我们被拦了这么长时间，怎么还能看到他的身影，难道这段路有问题，才令他不得不缓慢前进？云飞扬看到常寿速度不减地冲过去，喊道：“站住，马上站住！”

常寿转头看了眼云飞扬，发出一声嗤笑：“我很快就追上那个领头的人了！还站住，我才不会将功劳让给你呢！”跟上来的董艺也紧张地大吼道：“常寿，别动，立刻给我站住！”

董艺紧张而焦急的声音让常寿停住，甚至抬起的脚都没有放下，他扭头瞪向董艺，骂道：“干什么，你没看我要追上他了吗？今天你要是不给我个理由，我就让你知道花儿为什么这样红。”

“你的脚别落下，否则我们都得死。”董艺的脸上满是紧张。

常寿疑惑地低头，发现草丛中有一根细线，要是不注意根本看不到。这是枚绊发雷，常用来阻止追击，要是不小心引爆，最轻也是残疾。

朱喜等人也停止追击，警惕地注视着四周，生怕四周还有地雷。

常寿不满地道：“我又没踩地雷，你不让我动干吗？”

董艺看他的脚要放下来，再次大吼：“别动，你不怕死，我可不想被你害死！”

常寿也吓一跳，虽然他是拼命三郎，但也不想憋屈地被炸死。常寿再次观察左右，发现他的脚后面也有一根线，而脚刚刚侥幸地落在两根线之间，要是放下，为了避免碰到前面的线，肯定会向后落，到时就会踩到后面的线，引爆炸弹。

“这是哪个王八蛋布置的，太阴毒了！”常寿嘟囔着，额头上都是冷汗。绊发雷很多都是阔刀地雷这种指向性地雷，或是反步兵跳雷，不管是哪一种，自己和战友们到时候都要受到近千枚钢珠或是破片的伤害。

董艺顺着线找到地雷，熟练地拆除，说道：“这是O3M-3型地雷，只要碰到拉发引信，地雷会跳起1.5米，有效半径25米。幸亏你的脚没有落下，否则我们都得死。”

詹姆斯布置了一个雷区，准备撤退的时候阻止中国军队的追击，他直接被蒋礼击毙，没机会用上，反倒是被霍军用上了，就算霍军全程看了詹姆斯的布置，刚刚通过的时候也小心翼翼，生怕不小心将自己炸上天。

董艺小心地将地雷排除，等通过雷区之后，霍军已经不见踪影。常寿寻找着霍军的踪迹，想要继续追踪，云飞扬道：“不用追了，警方会发布通缉令的，以后的事情不归我们管了！”

常寿一拳砸在大树上，表情郁闷。要不是之前指挥中心通知他们云飞扬到来，并将现场指挥权移交给他，自己才不会这么容易放弃呢！

云飞扬带着几人回到指挥中心，另一边的围剿也步入尾声，周正找到毒贩躲藏的位置，正在进行最后的布置。

杨霖带着五个人躲在山洞中，虽然看不到外边的情况，但从不断传来的命令声和脚步声得知自己已经被包围。杨霖看着山洞中几个装满毒品的登山包，就是这些害人的东西让自己走投无路。

“二哥，怎么办？”

杨霖也没办法，外边上千名士兵，哪怕自己全身是铁也能被拆了，怎么看都是死路一条。杨霖愁眉苦脸的样子让其他人绝望。

山洞外，周正已经带人布置好天罗地网，毒贩们插翅难飞。周正站在山洞对面，喊道：“里面的人听着，你们已经被包围了，立刻出来投降。”

山洞中的众人看向杨霖，等待他拿主意。

杨霖眼神闪了闪，下定决心道：“我们出去。”

周正听到山洞内传来脚步声，手一摆，所有士兵的枪口都对准山洞。

杨霖挟持一名女人走出山洞，身后跟着三名神态疯狂、手上拿着手雷的毒贩。杨霖大吼道：“退后，你们都给我退后，否则我杀了人质。”

周正看着被挟持的女人脸上带着恐惧，无奈地道：“后退。”

士兵们缓缓后退几米，让出一段距离。杨霖见威胁有用，继续喊道：“马上给我架直升机，让我们离开。”

周正目光不善地盯着半弯着腰、只露出半只眼睛的杨霖，严肃地道：“你逃不掉的，放了人质投降。”

“没听到我的话吗？我要直升机，你是不是逼我杀了人质？”杨霖激动地吼着，手枪用力地顶住女人的太阳穴，随时可能开火。

“我没有权力答应你的要求，需要向上级请示。”周正拿出对讲机，请求指示。

蒋国成等人通过周正头盔上的摄像头了解到现场情况，高勇对周正的请示没有立刻回应，而是看向蒋国成。蒋国成笑着问道：“飞扬，你怎么看？”

云飞扬看了眼常寿几人，问道：“你们有什么想法，会做什么决定？”

常寿抢先道：“命令狙击手开火，将他们击毙。”

云飞扬问道：“你怎么保证手雷不会爆炸？”

“根据事先得到的情报，逃进山区的毒贩有七人，其中有一名女性。我们共击毙两名毒贩，都是男性。所以我判断这名女性也是毒贩，他们是在演戏，就算手雷爆炸，也不会伤害到任何无辜的人。”

云飞扬追问：“你只凭情报判断这名女性是毒贩，如果错了呢？”

常寿毫不犹豫地回答：“那我只能说抱歉。”

云飞扬点点头，没发表任何意见，看向朱喜问道：“你呢？”

朱喜挠了挠后脑勺，憨厚地道：“我很笨，做不来这种决定，上级怎么命令，我怎么执行。”

云飞扬最后看向董艺，抬了抬下巴。

董艺笑道：“我会同意对方的条件，借口直升机没有适合停的地方，让他们爬绳梯上去，这样他们就会放下手雷，等他们上了飞机，由我们假扮的飞行员会释放麻醉气体，轻易制服他们。如果对方不爬绳梯，就让他们去平坦的、适合直升机降落的地方，我会在路上设置陷阱和狙击手，用狙击手消灭挟持人质的毒贩，让人质掉入坑洞陷阱，然后再消灭其他三名毒贩，这样就算手雷爆炸，也伤害不到人质的安全。”

云飞扬从三人的回答中了解到他们的性格和想法，对高勇道：“问问周正的想法。”

高勇皱了下眉头：人质随时都有性命危险，这时不管人质安危，反而拿这事当成考题来测试，怎么都感觉不对，也太不把人质的命当回事了！高勇看了眼蒋国成，见他点头，只能拿起对讲机，对周正进行询问。

周正听到问题，立正站好，答道：“报告，我会假意答应对方的条件，拖延时间，同时派人谈判，调查人质的真正身份，尽量用和平手段解决。就算不行，对方也很难长时间保持紧张，可以趁他们松懈的时候让狙击手击毙毒贩。”

云飞扬从高勇手中拿过对讲机，问道：“如果你确定女人是毒贩，会不会提前让狙击手开火？”

周正听到陌生人的问话，一愣，随后答道：“不会，只要人质没有主动攻击，哪怕她是毒贩，我也会认为她是被逼而成为人质的，我还会等待时机。”

云飞扬把对讲机交还给高勇，对周正的性格也有了了解。

蒋国成见云飞扬停止询问，笑着问道：“你问了他们，那你自己是怎么想的？”

“第一，根据资料得知，毒贩一直被武警撵进山，中途没有机会绑架人质，并且毒贩原打算跨越边境，返回缅甸，更不会事先就带着个累赘。这个女人穿着裙子和高跟鞋，说明她之前没有进山的打算；脖子上的翡翠项链和手腕上的手表可以看出她是富有的人，而这座大山的附近只有边民，有钱人绝不会进这座什么都没有的深山。第二，她大热天还穿长袖外搭，很可能是用来掩盖胳膊上的针眼；她面黄肌瘦，瞳孔收缩，符合长期吸毒人员的体貌特征。第三，毒贩被困在山中长达 24 小时，精神极度紧张，如果她是被挟持人员，不可能这么长时间不被侵犯。她的着装虽然有破损，但不凌乱，可以看出是树枝刮伤，不是暴力撕扯。第四，她的表情恐惧，好像被控制，但她经常挡着后面的挟持人员，阻挡狙击手的射界。第五，三名拿着手雷的毒贩围在挟持人的四周，但他们却没有看过人质一眼，好像根本不担心人质会找机会逃跑。第六，她的脚尖朝向武警少的一边，表明那是她心中最好的逃离方向，如果真是人质，她的潜意识应该是朝着武警人数多的方向。第七，挟持人的枪口在用力顶人质时，按照正常来说，情绪激动，扣动扳机的手指也会用力，但他却相反，放松了扣动扳机的手指。第八，他的转动方向都是跟随着人质，说明他认为跟随人质的方向是安全的。”

云飞扬飞快说出这一长串的话，将指挥中心的人都镇住了！有人将录像进行回放，发现云飞扬的分析没有丝毫错误。

蒋国成的嘴角咧开，表明他的情绪非常好，是真正的开心。

“你分析得很好。下命令吧！他们会配合。”

云飞扬道：“我带他们去现场。”

杨霖等了许久，也没见周正同意让直升机过来，不耐烦地道：“要是再不让直升机过来，我就杀了人质，和你们同归于尽。”

周正阻止道："不要激动，调用直升机不是小事，领导正在协调。"

"我不管，再给你们五分钟，要是不同意我就杀人。"

"别激动，别激动。"周正尽力安抚杨霖。

高勇、云飞扬带着朱喜等人赶到，云飞扬来到周正身边，面对着杨霖道："这里现在归我负责，我同意你的要求，请你不要伤害人质。"

"直升机什么时候来？"

"已经在协调，需要五个小时。"

"不行，时间太长了，最多半个小时。"杨霖怕迟则生变。

"半个小时太短了，我们协调就需要时间，而且协调成功后还需要给直升机做检查，检查好后还有加油、申请航线等一些复杂的工作，直升机飞过来也需要时间，最短也需要四个小时。"

"不行，最多一个小时，否则我就杀人质。"

"就算你杀人质，一个小时也办不到，最少三个小时。"

杨霖犹豫片刻，恶狠狠地道："两个小时，我只能接受两个小时，如果再拖延就同归于尽！"

"好，就两个小时。"云飞扬答应下来。

杨霖带着其他人缓缓退回山洞，他不敢在外边待两个小时。

云飞扬看了眼紧张地守在山洞外的战士们，对周正大声命令道："让战士们休息，准备吃饭，留下几个人保持警戒就行。"

"首长，这不符合规定，是否等抓到毒贩再让战士们吃饭？"

"战士们辛苦那么久，怎么能不让吃饭呢？听我命令。"

"是。"周正不再质疑，传达命令。大部分战士都获得休息，在距离山洞几十米的位置坐下，既能防备突发事件，又可以放松紧绷的神经。

童新宇带着炊事班剩余的两名战士拿着行军锅赶到，立刻准备做饭。朱喜、董艺、常寿也回到炊事班，一起准备。

不一会儿，饭菜的香味就飘散开来，休息的战士们伸长脖子看向炊事班——他们辛苦一天，早就饥肠辘辘。值勤的士兵们不能回头看，只能用力地嗅着，吞咽不断上涌的口水。

周正见饭菜好了，大声道：“集合。”

休息的战士们集合好之后，周正跑步到云飞扬面前，立正敬礼：“首长，部队饭前集合完毕，是否开饭，请指示。”

云飞扬大声道：“开饭。”

战士们拿着各自的饭盒打饭，随后就坐在一旁吃饭，咀嚼的声音让山洞口的士兵感觉更加饥饿，他们不自觉地舔舔嘴唇。

山洞内的毒贩闻着饭菜的香味，肚子咕噜噜直响，他们自从逃进大山里，就什么都没吃过，饿得眼睛都蓝了，全靠着对军队的恐惧才忽略饥饿，这会儿他们成功用人质吓住军队，精神放松之下，饥饿的感觉无法抵挡。

杨霖道：“太饿了，小六，你让他们送饭进来。”

小六担心地问道：“他们会不会趁机攻击？”

“没事，我们有人质，他们不敢动手。”

小六拿着枪走出来，对着外边的士兵喊道：“马上给我们送饭，不要做手脚，否则我们就杀死人质。”

董艺几人用饭盒盛好饭菜，装在一个箱子中，由朱喜端着送了过去。

小六看到朱喜的体型，眼神中带着恐惧。以朱喜的体型，就算不拿武器，也能给人巨大的压迫感。小六阻止道：“你别过来，将饭放下，退后。”

朱喜把饭放下，倒退着离开。小六见朱喜走远，将每一个饭盒都拿出来检查，然后才带进山洞中。

杨霖等人看到饭，全都扑了上去，就连最后一个拿手榴弹的也将保险环插回去，抢过一个饭盒。小六也伸手去拿饭，杨霖踹了他一脚，吼道：“你等会儿吃，先去门口看着！”

“哦！”小六不满地走向山洞口，不停地偷看他们吃饭，嘴角的口水都流了出来。

女毒贩拼命地将食物往嘴里塞，吃得直打嗝，拿起一瓶朱喜送过来的矿泉水，打开后咕咚咚地灌了下去。所有人都吃得很香，根本没看到有两个微型摄像头在箱子底部，正将他们的情况传送给外边。

云飞扬通过监控看到女毒贩和杨霖等人和谐吃饭的一幕，对她的身份更加确认无疑。此时虽然小六在警戒，但其他人都在吃饭，手雷更是都插回保险环，放在一边。云飞扬道：“拿下他们。”

周正敬礼，带人悄悄地摸到山洞口，然后拿出枚震爆弹，扔了进去。

震爆弹发出巨大的声响和刺目的光芒，瞬间让里面的毒贩失去视觉和听觉，头脑发晕，站立不稳。

“冲！”周正大喊着，第一个冲进山洞。

小六处在短暂的失明失聪状态下，手指下意识地扣动扳机，对着四周扫射，子弹打在山洞壁上，碎石飞溅，打在他的身上，令他以为受到攻击，更加疯狂。周正见他的枪口朝向洞口，立刻对小六进行三发短点射。其他战友涌进山洞，迅速控制住扔下饭盒、四处寻找武器的毒贩。

女毒贩被战士摁住，大声喊道：“放开我，放开我，我是被他们抓的人质！”

周正走上前，道：“你也是贩毒分子，当我们不知道吗？”

女毒贩哭泣道：“我被他们骗了，不知道是贩毒，我是无辜的，我想要投降才被他们当作人质。”

“具体情况我们会调查清楚的。带走。”

女毒贩哭得非常凄惨，猛地甩开士兵，抱住周正的大腿，哀求道：“求求你，我真是被他们胁迫的，我是无辜的。”

“你松手，快松手。”周正想要扯开女毒贩，却又怕伤了对方，没敢用太大的力气。

“我有证据，我拿给你。”女毒贩说着，手深入口袋中。

周正停止拽她，打算看看是什么证据，其他战士见周正都不再拉，也站在周围，没有去帮忙。

女毒贩从口袋中拿出枚手雷，正要拉掉保险环，就被赶过来的常寿一把握住拉环部位。常寿得意地看着周正，周正却是黑着脸：自己被常寿救了，还被鄙视了！女毒贩知道被抓根本不可能活命，早就抱着同归于尽的想法，见无法用手雷，便愤怒地咬向常寿的手。

周正和董艺都站在常寿旁边，但他们没有阻止女毒贩咬人的动作，眼看女毒贩就要咬到常寿，她的嘴都停在常寿的手腕上，怎么都咬不下去，几人这才发现女毒贩的头发被面容严肃的云飞扬抓住。

云飞扬扫视着周正、董艺和常寿，见两人明明能阻止却没有阻止。从董艺脸上露出的笑容可以看出他是幸灾乐祸，打算用这种小伤来打趣常寿。周正则是不打女人，所以没帮忙。常寿自己能阻止女毒贩咬人，但从他毫不在乎的脸上可以看出他并不在意被咬一口。

“所有人都给我听着，我知道你们‘猎豹’主要负责反恐，对贩毒分子不够了解。现在我告诉你们一条抓捕贩毒分子的注意事项：尽量不要被贩毒分子咬伤，他们长期吸毒、滥交，大部分人都有各种传染病和艾滋，如果你们不想被艾滋缠身的话，下次一定注意。”云飞扬说完，看了他们一眼，将女毒贩交给旁边的战士。

毒贩们被严格控制，没有人再敢松懈。

董艺歉疚地道：“对不起，我没想到被咬的后果这么严重。”

常寿一挥手，大方地道：“别说你了，连我都没想到，否则我一脚就踹飞了！”

“对不起。”周正没有解释原因，扭头离开。

蒋礼背着两杆狙击枪回来集合，看到云飞扬离去的背影，目光中流露出复杂的情绪。

第三章

全军劫

军区营地的广场上，朱喜、常寿、董艺、蒋礼、周正、童新宇、李磊、周贺、吴晟站在云飞扬的面前。朱喜憨憨地对着云飞扬笑，微微鼓起的小肚腩仿佛在诉说他不是个合格的士兵。董艺的站姿没问题，目光却很游离，仿佛在思考自己的艺术作品。蒋礼看向云飞扬的目光中则是充满了鄙视和挑衅。周正和常寿等人站得笔直，仿佛是一把把冲天的利剑。

云飞扬扫视众人，刻意忽略蒋礼眼中的挑衅，大声道："我叫云飞扬，恭喜大家被选入南部战区的隐刺小队，这是一支专门为了抓捕跨国毒枭霸主而成立的队伍，是特种部队中的特种部队。以后，没有人知道我们的身份、名字，所有人都是只有代号的杀人机器。在隐刺一分钟，就全力以赴60秒。我对你们的要求只有一个——完全服从我的命令。"

蒋礼在队伍中大声道："报告。"

云飞扬发现是蒋礼，眉头一皱，道："讲。"

"我要退出。"

蒋礼的话令人震惊，所有人都诧异地看着他：能够进入隐刺是特种兵最大的荣誉，不知道他为什么要退出。

云飞扬冷冷地看着他，问道："理由？"

"你当初带的队伍除你以外全都牺牲，我怕被你害死。"蒋礼的话石破天惊。

朱喜等人惊诧地看着云飞扬，想不到上面安排的队长竟然是这么一个人。由于蒋礼的话没有说清，大家都以为云飞扬是抛弃战友才能保住性命，这样的队长谁敢跟随？谁也不想把自己的后背托付给一个随时逃跑的人，哪怕云飞扬战斗力和决断力再好，他们也不想白白牺牲。

云飞扬的脸色瞬间变得苍白。幸存，代表的不是好运而是耻辱，他多希望牺牲的是自己，而其他战友活着。其实活着的人要背负的东西太多、太沉重，沉重到做梦都会因为愧疚而惊醒。

周正等人等着云飞扬解释，可他不但没有解释，还脸色难看，明显是默认下来，他们顿时更是失望。

云飞扬无法解释，兄弟们统统牺牲，不论是什么原因，结果都是一样的。云飞扬深吸口气，压住激荡的情绪，平静地道："我批准了！"

"啊？"蒋礼没想到云飞扬会放自己走，发出惊疑之声。

"你没听错，你可以离开了！"云飞扬的话像是把大锤，将蒋礼砸得晕晕乎乎。蒋礼没想过真离开隐刺，而是找机会给云飞扬难堪而已，谁知道云飞扬不按常理出牌，没有求自己，反而直接把自己踢了出去。蒋礼愤怒地瞪着云飞扬，仿佛受到极大的侮辱。

"你们还有谁要走？向前一步。"云飞扬继续问道。如果手下不相信自己，这种人不用也罢，战友一旦上战场，必须互相信任。

周正等人站得笔直，内心都在挣扎，考虑着蒋礼的话的可信度，其中是否有隐情，要不要继续留在隐刺跟随云飞扬。

常寿的性格急躁，见大家都不说话，大声道："报告！"

"讲！"

"加入隐刺，是不是可以经常战斗？"

"你们是最优秀的尖刀，会不断为国家和人民战斗，直到退役为止。"

常寿渴望战斗，只要有战斗，其他的都不重要。常寿站直身体："我不退出。"

周正是最标准的士兵，以服从命令为天职，把荣誉当成第二生命，立正喊道："我选择留下。"

董艺最喜欢的艺术是用炸药炸出各种形象，但他需要的炸药太多，只有进入随时准备实战的部队才能满足他对炸药的使用，对宁愿为艺术献身的他来说，就是为了炸药也打死不退出。董艺见云飞扬看过来，立正站直，一动不动，用实际行动表明态度。

朱喜来自农村，家里很穷，还有弟弟和妹妹在上大学，家里就靠着他的一点津贴给弟弟妹妹，只要能多赚一分钱，他都会干。当初加入特种部队，就是因为特种部队的补助比普通士兵多一些，而隐刺因为实战，又比普通特种部队的补助多一些。只要多一点点钱，他就愿意干。当他看到云飞扬将目光转移到自己身上，也立正站好。

人都有从众心理，童新宇、李磊、周贺、吴晟等人也选择留下。

云飞扬见没有其他人退出，冷冷地盯着蒋礼，大声道："蒋礼，出列，马上离开！"

蒋礼看其他人没有选择离开，他的话不但没有任何作用，反而让自己陷入到困境，他愤怒地瞪了眼云飞扬，大步离开。

云飞扬不等蒋礼的身影消失，大声道："隐刺的存在是为了抓捕霸主，霸主是金三角最神秘残忍的毒枭，为了毒品的运输安全，不但买通多国的禁毒人员，支持反政府势力，造成多国内乱，还从事恐怖活动，对我国造成极大的危害，现奉上级命令，组建隐刺，全力缉拿毒枭霸主。你们能够入选隐刺，说明都很优秀，但在我看来还不够，我需要你们更加优秀，克服自己的弱点，成为一名战无不胜的战士。你们要忘记之前在部队中的职务，接受我的训练，你们这些人中我只会挑选五人，其他人回原来的连队，听明白了吗？”

“明白！”所有人大喊。

“所有人都有——向后转，领取各自武器装备。”

云飞扬带着排成一排的周正等人走向武器库。

蒋礼的嘴角发苦，本想直接离开，但强烈的好奇心让他不由自主地来到武器库的附近，关注着隐刺。

云飞扬来到武器库，平静地道：“带好一次战斗的武器装备，只要你认为需要，可以随便拿，明白吗？”

“明白。”

“好了，去拿装备吧！如果需要特殊武器装备，可以申请。”云飞扬说完，带头去拿武器装备。

董艺进入军火库，就和嫖客进入窑子一样，看着C4炸药眼睛都直了。拿一次战斗需要的？那是开玩笑！他必须得多拿、多拿、再多拿。连续拿了十几块C4之后，武器库的管理员冷汗都要流下来了：这些C4炸药够炸十几栋大楼了！这是要打仗还是要干拆迁呀？尽管有“随意拿”的命令，管理员还是硬着头皮站出来：“董艺，你拿的炸药够多了，请不要再拿了！”

“好的。”董艺自己也知道拿得太多，要是平时的话，他用一点都得审批很久，哪像现在这样，拿得这么爽。董艺不再拿C4，转而去拿各种指向地雷、诡雷等武器。

常寿背着两支步枪，带了三个基数的弹药。狙击手李磊背了三支狙击步枪，不但各种口径都有，就连专用子弹都成箱地拿。其他人拿的装备也都明显超出一次战斗的使用范围，很多装备都基本用不上。只有朱喜没有多拿，除了标准装备外，只拿了一个基数的弹药。

蒋礼看着董艺拿出的各种武器装满了两个大包，这根本不像是打一场消灭毒枭的战斗，更像是打小规模战争。其他人也是大包小裹地出来，脸上洋溢着幸福的笑容。蒋礼感觉嘴角苦涩，低头离开。

云飞扬见他们整理完装备，命令道："既然大家拿好装备，现在带上各自的装备，先跑十公里武装越野热热身。"

"不是吧！"董艺瞪大眼睛，一脸便秘的样子。他拿的东西最多，加起来有七八十公斤，带这么大的负重跑十公里越野，对他来说是要命的事情。

其他人也都一脸苦涩的样子，只有朱喜憨厚地笑着。"猎豹"经常进行武装越野五公里，偶尔也会进行高强度的十公里，每次训练背的重量都和现在差不多，这次只是多了十几公斤的子弹，对他来说不算问题。

"好了，全体背上行囊，向右转，跑步走。"云飞扬带头第一个跑起来。

周正整理下行装，面无表情地跟了上去。常寿和朱喜也痛快地跟上去。其他人都苦着脸。只有董艺像是被人欺负的小姑娘，满脸痛苦地背着两个大包跑在最后面。

一行人最开始的三公里还好，之后董艺就感觉身体极其疲惫，大负重让他有种随时会崩溃的感觉。董艺跑在最后面，前面的李磊因为拿了三支狙击步枪和大量子弹，负重只比董艺轻一点，跑在倒数第二的位置。

云飞扬发现队伍已经拉长，跑到后面，对李磊大吼道："你没吃饭吗？跑那么慢？快，快点，加快速度。"

李磊咬牙加快脚步，追上前面的队伍。云飞扬又对董艺吼道："你比娘们儿跑得还慢，用不用我送你去泰国做个手术？"

"啊！"董艺大吼着，拼命朝前跑，这时他无比恨云飞扬给他们挖了个大坑，让自己陷入困境。

云飞扬跟在队伍的最后面，谁跑得慢，他就言语攻击侮辱对方。这不是云飞扬心理变态，而是特种兵训练的一种手段，被称为“侮辱训练”，为了提高特种兵的心理承受能力，让其适应任何恶劣的作战环境。

六公里后，董艺和李磊的呼吸像是在拉破烂的风箱，脚步犹如灌了铅一样，重逾千斤，每一步都摇摇晃晃，很可能下一步就倒在地上。朱喜跑回来，接过董艺的一个大包，搀扶着董艺继续奔跑。常寿和周正也跑回来，分别接过李磊的一支狙击枪，然后扶着他一起跑。其他人也互相帮助，整个队伍在坚定不移地朝前跑。

军营内，蒋礼走向自己原来的连队，感觉每一个和自己碰面的人脸上露出的笑容都像是嘲笑。他低下头，快步走向连队，路过的李爱民副师长看到蒋礼，诧异地问道：“你小子不去训练，怎么还在闲逛？”

“李师长，我……”蒋礼欲言又止：难道说自己要求退出后真被踢出来了！

李爱民看到他难看的表情，脸色一沉，严肃地问道：“怎么了？”

蒋礼知道这事根本瞒不住，就算现在不说，等会儿回到连队也得说，于是慢慢地将经过说出来，最后愤怒地道：“我只是质疑他曾经的作为，他就把我给撵出隐刺。”

“简直是胡闹。”李爱民显得很愤怒。

蒋礼看到李爱民支持自己，脸上的表情好看多了。虽然李爱民也无法用职位压服云飞扬，但毕竟有人支持自己，李爱民往上面汇报的时候，也会向着自己。

“云飞扬是什么人你不知道吗？竟然敢质疑他，活该被退回来，他没让你吃个处分都是对你格外开恩。”

李爱民的话将蒋礼砸得晕乎乎的：没想到自己竟然被批评了。要知道平时李爱民对他非常照顾，简直当成子侄对待，更别提批评了。

蒋礼低下头，无力反驳。

李爱民见他垂头丧气的样子也不好多说，语重心长地问道：“你是怎么想的，打算回隐刺，还是回连队？”

“我……他是不会让我回去的。”

“跟我去找他。”李爱民看出蒋礼的想法。

“他带人去进行十公里武装越野了！”

“好小子，刚组建就跑去训练。好，我们就在大门口等着。”李爱民带着蒋礼等在军营的大门口。

一个小时后，李爱民看到云飞扬带着互相搀扶着的战士们跑回来，笑着看了过去。云飞扬看到李爱民身边的蒋礼，就知道李爱民为什么等在门口，于是带人跑过去，立正敬礼：“师长好。”

李爱民回礼后笑道：“飞扬，这些兵怎么样？”

“勉强达标。”云飞扬满脸都是对董艺等人不满意的表情。

李爱民笑了笑。董艺等人都在这里，云飞扬肯定不会表扬，否则这些小子还不得翘尾巴呀！

“这些小子可是我们军区最好的兵，这次我相信你一定能将霸主抓到。”

“是，保证完成任务。”云飞扬立正敬礼。

“霸主很狡猾，极度凶残，蒋礼是军区的王牌狙击手，不加入隐刺浪费了！”李爱民推了蒋礼一下，让他上前一步。

云飞扬看了眼梗着脖子、其实眼中充满忐忑的蒋礼，回道：“李师长，蒋礼质疑我的权威，主动要求退出隐刺。”

“蒋礼年轻冲动，做事有时会欠考虑，我严肃批评了他，他已经认识到自己的错误，你总要给年轻人改正的机会嘛！谁还没有年轻的时候？”

云飞扬没有答应，沉吟着。

“给老团长个面子，就让他归队吧！”

李爱民在云飞扬刚参军的时候是他的团长，现在打感情牌，让云飞扬难以招架。

“老首长，如果是平时，我肯定让他归队，哪怕我退一步，离开隐刺也没有问题。但现在不行，为了其他队员的安全，我的队伍中绝对不允许有一个随时会违抗我命令的人，这是对其他人不负责任。”

李爱民的脸上没有露出不快，毕竟蒋礼要是真不听云飞扬的命令，那就等于是一颗定时炸弹，随时都可能让还没有露出锋芒的隐刺折戟沉沙。

“蒋礼，你说说吧！”

蒋礼在云飞扬和李爱民的注视下，很久才说道：“我保证服从命令。”

“归队吧！”

蒋礼本来还担心自己服软也不能让云飞扬收回命令，听到让其归队，马上兴奋地回到队伍。

李爱民拍了拍云飞扬的肩膀，道：“好好收拾这些小子。”

云飞扬的嘴角上翘，露出一丝恶魔般的笑容，对李爱民敬礼后带人离开。云飞扬带着众人来到一个充满污浊物、散发着恶臭的水坑边，大声道：“热身结束，相信你们也累了，为了让你们休息一会儿，你们都进去凉快一个小时，其中每隔十分钟就要在水下憋气三分钟，不够三分钟，哪怕你在里面喝水也不许上来，明白了吗？”

董艺等人看着污浊的水坑，见其不但散发着令人作呕的臭味，上面还漂浮着疑似粪便的东西。别说泡进去，就连看着都让人有想吐的欲望。他们听到云飞扬的命令，有气无力地答道：“明白。”

“你们都没吃饭吗？大点声。”

“明白。”他们的声音大了些。

“我没听见。”云飞扬将手放在耳边，仿佛他们的声音是蚊子叫。

“明白！”董艺等人大吼起来。

“明白还不跳进去，跳，快跳，快，快……”云飞扬催促着，走到他们的后面，一脚将蒋礼踹进臭水坑。

蒋礼一头扎进水坑中，他挣扎着站起来，脑袋上顶着坨狗屎，满脸秽物，看向云飞扬的目光中充满愤怒。这是故意的，一定是为了报复。

云飞扬走到董艺身后，没等伸腿，董艺识趣地跳下去，他可不想用扎猛子的方式下去。这小子为了报复云飞扬，跳的时候非常用力，手还不动声色地朝云飞扬那边拨动。污水四溅，拨出的水飞溅向云飞扬，云飞扬没有躲闪，连眼睛都不眨一下地让污水溅在身上。云飞扬没有生气，更没有惩罚董艺，继续往前走。

朱喜看见云飞扬走过来，立刻道：“我自己来。”一咬牙，跳了进去。

周正看着满是秽物的水坑，面无表情地跳下去。其他人也不等云飞扬过来，纷纷捏着鼻子跳进去。只有童新宇痛苦地看着水坑，没有跳进去。

云飞扬踱步到童新宇身边，问道：“你为什么不跳？”

“我……”童新宇做炊事班班长一段时间，有点轻微洁癖，接受不了这么恶心的地方。

“我给你两个选择：跳下去或者退出。”

童新宇内心激烈挣扎，不想退出的他闭上眼睛跳了进去。蒋礼等人被臭味熏得头昏脑涨，童新宇更是几次欲呕。

云飞扬蹲在池边：“是不是很臭，难以忍受？受不了的话就上来，去洗个热水澡，然后回营房休息。”

时间一分一秒地过去，所有人逐渐适应这股臭味。

云飞扬看了眼手表，大声道：“现在蹲下去，闭气三分钟，谁在三分钟之前起来——淘汰。”

周正屏住呼吸，第一个蹲下去。蒋礼也不服输地蹲下去。其他人一个接一个消失在水面上。他们虽然是特种兵，但主要训练都是山林作战，不像蛟龙突击队那样是海军的特种部队，平时训练要求是在水中做 50 个俯卧撑，闭气一分钟，最多的时候也就是闭气两分钟。

童新宇在心中计时，盼望着三分钟赶紧过完，可越是着急，就越发感觉时间缓慢，还不到一分钟，他就感觉快要坚持不住了！人脑的耗氧量占全身耗氧量的 1/4 左右，焦虑、紧张等脑力活动需要的耗氧量大增，严重降低闭气时间，唯有放松，脑子什么都不想，才能降低耗氧量。童新宇的大脑一直处在焦虑和担忧状态，氧气根本不够，他只能强忍着，鼓着腮帮子，脸都憋得快要青紫。

1 分 30 秒的时候，童新宇必须将肺中的空气吐出去才能感觉好受一点，可越是这样，肺中的氧气就越少，他感觉自己就快要死了！

两分钟，童新宇再也忍受不了，猛地张口呼吸，结果一大口污水被吞进口中，这一下，轻微洁癖的他再也忍受不了了，下意识地从污水中爬到岸上，伏在岸边大吐不止。

云飞扬的目光没有往童新宇那边移动一下，他大声道："童新宇已经出来了，很快就可以享受到热水澡和热牛奶，你们还在坚持什么？只要上来就不用再受苦了！"

朱喜感觉自己需要氧气，需要呼吸，可时间没有到，他为了弟弟妹妹的学费绝对不能出来，朱喜忍耐着，死死地捂住自己的口鼻，宁可将自己憋死，也绝不放弃。

蒋礼也到了极限，可凭着对云飞扬的不满还在坚持，他不想输给云飞扬，哪怕是他的故意刁难也不行。

周贺憋不住气，为了避免污水进嘴里，只能站直身体。

"每个人的生命都只有一次，坚持不住就放弃吧！死在粪坑里既没有意义又丢脸，受不了就出来吧！"

吴晟也忍受不住，在死亡临近的时候，他听从了云飞扬的话，决定放弃。

“很好，周贺、吴晟都出来了！还要谁要出来，你们可以一块儿去休息、吃饭。”

云飞扬见众人都在水中，不受言语诱导，看了眼手表，大声道：“时间到，可以起来了！”

周正、蒋礼、董艺、常寿、李磊都从水中抬起头，大口呼吸，朱喜却没有抬头，云飞扬跳入水中，三两下游到朱喜身边，拽着他的后脖领子将他拽出水面。

朱喜竟然憋气憋到将自己给弄晕了，云飞扬摁住他的人中，朱喜猛吸一口气，从眩晕中醒过来。他的身体自我保护，短暂眩晕，可强烈的意志竟然让他一直站在水中。

云飞扬问道：“能挺住吗？挺不住你可以上岸退出。”

朱喜摇摇头，“没事，我还能坚持。”

“继续训练，”云飞扬上岸，看向周贺、吴晟、童新宇，道，“你们被淘汰了，回自己的连队吧！”

三个大男人听到这话，当场就哭了出来，他们想要加入隐刺，而不是灰溜溜地离开。

吴晟大声道：“我不服。”

云飞扬的眉毛一挑：“不服可以，执行命令，离开这里。”

“你诱导我们拿大重量的武器进行突发的高强度训练，我们只是没有准备好。”吴晟说出心中的委屈。

云飞扬冷冷地看着吴晟，道：“为什么他们能够坚持下来，你们不能？你被敌人埋伏的时候也要事先商量好战斗时间吗？我让你们拿那么多武器吗？一切都缘于你们的贪婪。这么点时间就受不了，都怕死吗？怕死当什么兵？”

“我们……”

“不用再说，你们意志力不强，很难经受住各种考验，回到原来的连队未尝不是一件坏事。走吧！”

三人见云飞扬不再理自己，只能默默离开。

其他人继续训练，每隔十分钟闭气三分钟。朱喜找到了窍门，尽量放松自己，能够坚持三分钟而不晕倒。

一个小时后，云飞扬鼓掌，夸奖道：“你们做得非常好，经受住了考验。现在可以吃饭了！”

周正等人看向云飞扬，眼中带着一丝疑惑：吃饭了为什么还不让我们上岸，在水里泡着干什么？他们没得到命令，不能擅自上岸，只能继续在水里待着。

饭已经打好，在岸边放了一排。云飞扬笑道：“你们可以去拿饭了，但是，只能在水里吃。”

“什么？”董艺下意识地惊呼出声：在粪水中吃饭，而且一个个不但满脸都是粪便，头发还在滴水，这么吃饭的话，那些水不都滴在托盘里了，还怎么吃呀？

“你们没听错，取饭吧！”

周正和朱喜第一时间过去，既然不能反抗，就只能接受。常寿、蒋礼也跟了上去。四个人来到岸边，因为饭放得都很近，拿的时候污水不可避免地溅到其他的饭盘中。他们就当作没看见，拿起饭盘和筷子，蹚水回到中间，埋头开吃。

董艺和李磊看着带污水的餐盘，一阵阵反胃，两人挪动脚步，拿起餐盘，返回污水中央的时候发现其他人都快要吃完了，蒋礼虽然吃得快，但他每吃一口，都能看出他明显的反胃，想要呕吐，不过都被他强压下来。董艺真的不想吃，不过他想起自己最爱的艺术、最爱的炸药画，他闭上眼睛，大口大口地吃了起来。

李磊将被污水沾染的地方扒拉开，好不容易找出一口干净的饭，他慢慢地将饭送入口中，咀嚼的时候，怎么都感觉嘴里有股臭味，只好用亿万分的毅力将饭咽了下去。

云飞扬看着手表，当15分钟一到，立刻道："吃饭时间结束。"

众人将餐盘送回岸边，李磊的饭只吃了两口，他惴惴不安地看向云飞扬。在部队中，是不允许浪费一粒米的，而他竟然浪费这么多，他准备迎接暴风骤雨般的臭骂。

云飞扬好像没看到李磊剩下的饭，道："你们可以上岸了，准备进行乘车射击训练。"

李磊松了口气，上岸后跟在董艺的后面。云飞扬却拦住他，道："你被淘汰了！"

"为什么？"李磊简直不敢相信自己的耳朵。他想过自己被骂，也想过被逼吃光这些饭，就是没想过会被淘汰。

"你是狙击手，在这个训练中，你和蒋礼应该是表现最好的，可你的表现让我失望。"

"我只是不吃饭而已。"李磊感觉很委屈。

"狙击手的等待不只是孤独而漫长，还要具有超人的意志力和忍耐力，为了击杀目标，可能需要几十个小时长时间潜伏，不能上厕所，不能移动，在任何环境你都必须保持体力和注意力，你不吃饭，怎么保证自己的体力？"

李磊呆呆地站在原地，看着云飞扬带其他人去做别的科目训练。

下午除了射击训练，还是令人难以忍受的体能训练，当体能被消耗殆尽后，意志力就是他们唯一的力量。在超越体能极限的训练下，其他人都凭着超强的意志力留了下来。当训练结束时，几个人都瘫倒在地上，连回营房的力气都没有了！

云飞扬来到司令部，向蒋国成汇报结果。

蒋国成看向还带着臭味的云飞扬，笑道："你这次出名了，一天之内淘汰了四名‘猎豹’最优秀的特种兵。”

云飞扬苦笑：“这也是没办法，我必须用最快的速度将人员选拔出来。对付霸主这种大毒枭，再小心都不为过。一旦队员们的身份泄露，不但会遭到各种威胁，还有利诱，意志力不坚定的人很难保持本心。”

“我理解，不过你这么选拔，再有淘汰的人，人数是不是太少了？用不用再选一些人？”

“霸主重新出现，我担心时间不多，所以我只选最优秀的，用最快的速度形成战斗力。”

“你做决定就好，需要什么就告诉我，我会全力支持。”

云飞扬离开司令部，回到营房，准备休息一晚，明天带他们去前进基地。

营房内，蒋礼等人在浴室里不断地搓洗，恨不得将皮肤都搓掉一层。

董艺一边打香皂，一边问道：“蒋礼，你早就认识队长吗？为什么说他害死兄弟？”

其他人也竖起耳朵，想要知道蒋礼会怎么说。

“云飞扬说得到准确线报，带领一支精锐小队抓捕霸主，结果小队所有人都牺牲，只有他活了下来。”

蒋礼的话瞬间将浴室外的云飞扬带回到那场战斗的记忆中。

云飞扬得到准确情报，霸主要运送一吨海洛因从密支那跨越边境到腾冲。密支那到腾冲有数不清的羊肠小道相连，路况复杂，云飞扬根据线人给的路线，带领九名最优秀的特种兵埋伏在茂密的原始森林中。

原始森林中有大量的大青树和柚木，疯长的野草和随处可见的藤蔓非常适合伏击，云飞扬、巨人、法师等人穿着吉利服，混在杂草中，很难被人发现。

火力手巨人趴在一个烂树根后，面前放着挺轻机枪，旁边摆着三个弹箱，他抓起一条虫子，弹飞出去，问道：“这次抓了霸主，我们是不是就可以休假了？小红已经催我好几次了！”

突击手法师嘴里叼着根草梗，笑道：“我看你是着急回去结婚，怕小红跟别人跑了吧！”

巨人嘿嘿一笑，从口袋中拿出张照片，目光中充满柔情，道：“我和小红的婚事都延期两次了，她可是给我下了最后通牒，要是这次再延期，就嫁给别人。”

“也就是小红，要是别人早就换人了！小红还有没有姐妹，给我们介绍介绍。”通信兵骡子到现在还没处过对象，特别想找个女朋友。

狙击手幽灵没发现远处有敌人，低声道：“骡子，你思春了！”

“你们都有对象，就我一直单着，我吃够狗粮了！”

众人都笑起来，医疗兵教授将枪放下，道：“等巨人结婚那天，我们当伴郎，你看伴娘团中哪个漂亮，兄弟们帮你。”

“好，我没追过女孩子，到时候全靠你们了！”骡子很兴奋。

火力手熊猫打趣道：“我们是没问题，不过你要小心海龟，那家伙就是个女人杀手，有钱还帅，我担心你喜欢的女人看上他。”

“说我帅我承认，但说我有钱可不对，我们谁有钱也比不过法师呀！”海龟从国外留学归来，风度翩翩，见多识广，非常讨女人喜欢。

法师道：“那是我爸有钱，不是我有钱，再说了，我们所有人加一起也没有你讨女人喜欢。”

海龟抹了下头发，自恋地道：“唉！长得帅让我很为难呀！”

幽灵身边的观察手蜻蜓一边观察着周围的情况，一边道：“其实我不佩服你的长相，就佩服你这个脸皮，简直超出了人类想象的极限。”

“一般，一般，世界第三。”海龟很得意。

突击手野蛮人感叹道：“这次任务结束，不倒翁也该退役了！”

爆破手不倒翁在林中布置诡雷，笑道：“当了这么多年兵，累了，终于可以休息休息，回去教那些路走歪的家伙怎么做人。”

法师笑道：“我担心你劝不服别人，会动手。”

“他要是不听劝，逼我使用暴力也是没办法的事，我可是想当个百分百解决危机的谈判专家。”

“嘁。”众人齐齐嘲笑。

法师问道：“队长，你抓住霸主后想要干什么？”

云飞扬道：“我打算转业。”

“不是吧！这次抓住霸主后妥妥地升一级，这时候转业太赔本了！”教授不想云飞扬这时候转业。

“你可是军校的高才生，长年军区大比武第一，首长们都看好你，过几年升校官肯定没问题，你就是一颗冉冉升起的将星。”骡子很佩服云飞扬，认为他就是天生的兵王，退役太可惜了！

“队长，你怎么想转业了呢？”蜻蜓有些好奇。

“我弟弟这次就算是戴罪立功，最少也得被关几年，等他出来后就挺大了，也该结婚生子了，我这个做哥哥的希望给他多赚点钱，别到时候结婚的彩礼钱都拿不出来。”

“这算什么，你弟弟就是我弟弟，等詹尼弗结婚的时候，钱我都出了。”法师拍着胸脯，大包大揽。

“你都说了，那是你爸的钱。再说詹尼弗因为贩毒进去，还是霸主的亲信，我继续当兵也不合适。”云飞扬其实舍不得转业，但没有办法。云飞扬因为这个突然出来的弟弟，政审就有两条不合格，其中一条是“家庭成员参加带有黑社会性质的犯罪团伙”，另一条是“家庭主要成员被刑事处罚”。

海龟道：“你有首长罩着，失散十几年的弟弟不会影响到你。”

“不提这个，我能找到弟弟就已经很开心了！人不能太贪心。”云飞扬不想给首长添麻烦，更担心因为自己而连累到首长。

教授道："也是，你找了弟弟十几年，也是老天开眼，让你找到他。当初他被外国人领养，谁也想不到你们兄弟还有重逢的一天，而且他还能帮我们抓到霸主。"

云飞扬期待着弟弟詹尼弗从狱中出来，两人可以都娶妻生子，过上平静的生活。

蜻蜓从望远镜中看到一群人赶着马队过来，低声道："有人过来了！"

幽灵举起狙击枪，通过瞄准镜看了过去。"目前看到十几个人，没有警戒。"

云飞扬打了个手势，所有人都打起精神，准备战斗。很快，马队就出现在众人的视线中，马队有 20 多匹马，每匹马身上都有两个大箱子，箱子应该很沉，导致马走得很慢，蹄子踩在地上，刨出一个个小坑。17 个背着自动步枪的毒贩散布在马队中，中间位置有个穿着花衬衫的年轻男子，面容帅气，但嘴角挂着轻佻的笑容，衬衫口袋上方露出一小截白色的汗巾。这是云飞扬和弟弟事先约定好的，代表着霸主就在队伍中。

詹尼弗身边有名男子，身上没有带步枪，只有腰间挂着把手枪，他的面容阴狠，看起来就是个枭雄。四周的人下意识地将他围在中间，他应该就是这次的行动目标——霸主。詹尼弗左顾右盼，打量着森林里的情况，却没有看到埋伏的哥哥。

云飞扬身上披着吉利服，没有贸然跟詹尼弗打招呼，他担心詹尼弗沉不住气，会被霸主发现，到时候反而会危害到弟弟的性命。云飞扬低声命令道："准备行动。"

众人纷纷拉动枪栓，打开保险，将马队周围的毒贩套入准星中。骡子给后方发信号，开始行动，让后方埋伏的增援部队马上出发。

等马队走进包围圈，云飞扬、海龟、法师、野蛮人、不倒翁跳了出来，大吼道："中国边防，全都不许动！"

毒贩们看到枪口指着自己，脸上却没有多少恐慌，看向云飞扬等人的目光就像是看死人。

云飞扬感觉有些不对劲，微皱眉头：就算对方有 17 名持枪的毒贩，面对突然冒出来的中国军人也不应该这么冷静，哪怕是世界上最优秀的特种部队遇到袭击，也会有一刹那的惊惧，但毒贩却好像早就知道有伏击。他看了眼詹尼弗，表情没有异常，也没有给什么提醒，不过云飞扬还是暗中打了个手势，让其他人警惕，再次大吼道："霸主，你被捕了！所有人放下武器。"

"是吗？"霸主的脸上挂着嘲笑，淡然道，"我不这么看。"他的话音刚落，云飞扬等人就感觉不好，有种芒刺在背的感觉，他们立刻扑向一边，各自找掩护。与此同时，远处传来两声枪响，野蛮人的胸口中弹，跳到大树后面的时候，后背已经出了个大血窟窿。海龟的腹部中弹，生死不知地倒在地上，他躲藏的那棵大树有个拳头大的空洞。

"有狙击手，开火！"云飞扬大吼着，对着霸主等人开火。

这些毒贩虽然早有准备，但面对云飞扬等人同时开火，瞬间倒下七八个人，其他人纷纷找掩护，躲藏起来。霸主早在枪响的时候就躲在马后，大喊着让手下还击。

"幽灵，找到狙击手。"云飞扬大声命令，努力消灭毒贩。对方虽然不知道为什么有所准备，但只凭着两名狙击手和面前 17 名缺少训练的毒贩，我方还是可以消灭他们，抓住霸主的。

幽灵将枪口对准狙击枪声发出的方向，寻找着敌方狙击手的踪迹，他十分着急，对方有名狙击手使用 12.7 毫米的反器材狙击枪，隔着大树就可以杀人，要是不将这名敌人杀死，对我方的威胁实在太大。

蜻蜓寻找着另一名狙击手的下落。一名穿着吉利服的狙击手躲在附近的半山腰处，正瞄准着架起轻机枪开火的巨人。蜻蜓拿起步枪，快速朝旁边跑去，找个隐蔽的地方瞄准敌方狙击手。

幽灵发现蜻蜓的动作，低声道："你疯了？现在开火会暴露位置，等我找到另一名狙击手，我们一起开火。”

蜻蜓继续瞄准。“来不及了！敌人在瞄准巨人，你要抓紧机会，找出那名狙击手。”蜻蜓说完，直接扣动扳机。子弹脱膛而出，飞向敌方狙击手，从眼眶打了进去。

“快转移！”幽灵叮嘱着蜻蜓，同时紧张地寻找着狙击手的下落。

蜻蜓拿起枪，猫腰离开，刚跑两步，就听到传来一声巨大的枪响，蜻蜓应声而倒。

幽灵强忍着担忧和伤痛，没有回头，看到第二名狙击手正拿起反器材步枪，准备转移。幽灵立刻将他的身影套入准星，含恨扣下扳机，子弹从敌人的胸口穿过，敌人啪嗒一下摔在地上。幽灵立刻掉转枪口，瞄准下面的毒贩，同时问道：“蜻蜓，你怎么样了？”

蜻蜓没有回应，所有人都知道没有回应的蜻蜓恐怕是凶多吉少。

幽灵很担心蜻蜓的伤势，但现在是战斗，敌人虽然只剩下七八人，但下方还需要自己的支援，只要尽快结束战斗，就可以去看蜻蜓的情况了！他瞄准下方的毒贩，刚要开枪，就察觉远处有一丝反光，幽灵感觉不对，滚向一旁。

一颗子弹打在幽灵刚才所在的位置，幽灵躲在一棵树后，大口喘着粗气，幸好敌人用的不是反器材狙击枪，否则自己躲在树后也没用。幽灵想知道狙击手的位置，头刚刚微动，一颗子弹就打在树上。

糟糕，自己被盯死在这里。幽灵没法反击，只要出来就会被对方打死，但对方的狙击枪也无法打到树后的自己，一时间只能是僵持，只要队长将霸主的人消灭，就可以腾出手来消灭突然冒出的第三名狙击手了！

“队长，还有一名狙击手。”

云飞扬看向半山腰，没发现狙击手，却突然看到一名扛着火箭筒的外国雇佣兵瞄着幽灵的方向，云飞扬立刻对着雇佣兵开火，同时大喊道：“幽灵，快跑！”

幽灵不知道发生了什么事，但他习惯性听从云飞扬的命令，立刻起身就跑。

云飞扬的子弹击中雇佣兵，不过在击中之前，火箭弹也射了出去。云飞扬眼睁睁看到火箭弹射在幽灵的身旁，剧烈爆炸的火光将幽灵的身体吞没。云飞扬目眦尽裂，没等他找到第三名狙击手，毒贩射过来的子弹打在云飞扬的身上，云飞扬身子后倾，倒在地上。

云飞扬感觉自己被大锤击中，明显是子弹打在了防弹衣上，但他却没有感觉到疼痛。

“队长！”骡子大声喊着，手中的枪不断对着毒贩开火。

“我没事。”云飞扬刚说完话，一股剧烈的疼痛传来，差点让他呻吟出声。云飞扬低头一看，防弹衣被打出个洞，子弹穿过防弹衣，还打断了自己的肋骨，卡在身体中。云飞扬用无上的毅力咬牙爬起来：“熊猫，寻找敌人狙击手。骡子，让增援快点过来。”

骡子用对讲机喊道：“我是……”他的话还没有说完，敌人狙击手再次开火，打中他的头部。

云飞扬怒火冲天。埋伏霸主，自己人却在短时间伤亡过半。霸主就在眼前，只要再努力一下就可以抓住，而且幽灵和蜻蜓生死不明，必须将敌人消灭，才能救治战友。

骡子的牺牲让狙击手暴露，巨人和熊猫同时用机枪对着狙击手扫射，瞬间将狙击手消灭。

狙击手被彻底消灭，霸主那边也只剩下四五人，胜利的天平已经向云飞扬等人倾斜，正当他们准备一鼓作气抓住霸主的时候，那些因为枪战而四散奔逃的马匹身上绑着的箱子突然打开，每个箱子中都跳出一名外国人，对着云飞扬等人猛烈开火。

云飞扬本以为箱子中都是海洛因，根本没想到里面竟然有人，而且交战的时候，就算再怎么注意，也不免有子弹会打中箱子，可现在看到那些从箱子中蹦出来的人一个个都分毫未伤，明显箱子都是特制的，可以防弹，这要不是事先准备好，根本不可能。

这次埋伏是根据弟弟詹尼弗给的情报才布置，既然对方有准备，是詹尼弗出卖了自己，还是霸主棋高一着，事先洞悉了詹尼弗是内鬼呢？云飞扬看了眼詹尼弗的方向，此刻不知道他躲在哪里，已经看不到人，无法从对方表情上去推断。

外国雇佣兵的火力很猛，打得云飞扬赶紧低头，小队的所有成员都被压制得无法抬头，而且雇佣兵还在一步步逼近。

熊猫趴在树桩后面，大声问道："增援什么时候到？"

"坚持住，五分钟就能到。"

"快点，我们一分钟都坚持不住了！"熊猫大喊着，将机枪子弹换好，架上后对着外面胡乱扫射。他刚开枪，就惨叫一声，猛地收回手，只见他的食指和中指被打断。熊猫捂着手，脸上满是痛苦。

"熊猫！"教授顶着弹雨跑到熊猫身边，想要帮他包扎手掌。

熊猫一把推开教授，大吼道："别管我！"他架起机枪，用左手扣动扳机。

教授也豁出性命，对着雇佣兵扫射。巨人、法师、不倒翁也同时开火，几人拼命反击将雇佣兵的火力暂时压下去。

云飞扬看了眼正在逼近的敌人，开火的同时也陷入两难：对方人数太多，火力凶猛，战斗力强悍，要是继续战斗下去，所有人等不到增援就得牺牲，可要是撤退，生死不明的蜻蜓、幽灵就无法管了！要是他们没牺牲，很可能会被霸主残忍杀害，弟弟詹尼弗也可能因为当线人被霸主杀害。可是别看暂时将雇佣兵压制下去，不过大家弹匣中的子弹都要打光了，一旦换弹匣，火力压制不够，对方立刻就会还击。

这帮雇佣兵的战斗力很强，都是国外特种部队退役、久经战场的老兵，不论战斗力和经验都不比云飞扬等人差，人数还占据绝对优势。

远处传来一声狙击枪的枪声，正在开火的熊猫仰面而倒。教授看向熊猫，只见他的头盔上有个圆洞，鲜血从头盔边沿流了出来。

“熊猫！”教授发出一声悲呼。

云飞扬听到这声悲呼，眼眶瞬间红了。熊猫也牺牲了，并且对方再次出现狙击手，这对只剩下几个人的云飞扬等人来说是致命的。云飞扬看了眼詹尼弗的方向，还是没有看到詹尼弗，幽灵和蜻蜓也没有任何动静。云飞扬枪中的子弹打空，他掏出一枚烟幕弹扔到前面，遮挡狙击手的视线，一边换弹匣，一边命令道：“撤退。”

不倒翁大声喊道：“队长……”声音中充满了不甘，撤退就代表着放弃抓捕霸主，兄弟们都白白牺牲了！

云飞扬强硬地道：“服从命令，撤退。”云飞扬不想撤退，哪怕是死也不想撤退，但他不是一个人在战斗，要是继续打下去，兄弟们都得牺牲，霸主同样抓不住。他带大家出来执行任务，希望将大家平平安安地带回去，而不是全体牺牲。

烟幕弹升起的浓烟弥漫在战场上，远处的狙击手无法通过狙击枪瞄准。

云飞扬看了眼霸主的方向，烟雾还没有弥漫到那边，霸主躲在马后，没有出来战斗，云飞扬对霸主恨透了！也不管活捉的命令，他瞄准霸主的腿部，扣下扳机。子弹击中霸主的小腿，霸主应声而倒，云飞扬再次开火，子弹准确命中霸主的头部。

法师和不倒翁同时扔出烟幕弹，然后迅速后撤，教授和巨人还在开火，掩护两人。

“我掩护你们，快撤退！”云飞扬大吼着，不顾生死地对着雇佣兵开火。

“你们谁也走不了！云飞扬，你几次破坏我的事情，还想走吗？”烟雾中传来一名年轻男子的声音。

云飞扬愣了下，感觉不对：能够说出这种话的人，只能是霸主，可霸主不是被自己击毙了吗？难道……刚才我击毙的人不是真正的霸主？

“你是真正的霸主？”

“没错，你是不是很想知道这次的伏击为什么会失败？”

云飞扬和霸主说话的时候，双方诡异地停止开火。云飞扬示意其他人赶紧撤退，但不倒翁等人都被霸主的话震惊到，一时间没有离开，都想知道这次伏击为什么会被霸主知道，牺牲这么多兄弟。

“看来你有心炫耀下你的成功了！”云飞扬继续打手势，让人离开。

“炫耀？不，不是炫耀，只想让你认识到和我对抗是多么愚蠢的事情。”

云飞扬听到霸主的声音从浓浓的烟雾中传出，还在逐渐接近，满心仇恨的云飞扬留在原地，决定等霸主从烟雾中出来的那一刻，将他击毙。

“我不这么认为，任何敢和中国作对的组织和个人，最终都会认识到中国的强大。”

“是吗？我很希望见识一下。”

云飞扬听出声音距离越来越近，就要从烟雾走出。云飞扬将枪口瞄准声音的位置，随时准备开火。

一个高大的黑影在烟雾中若隐若现，云飞扬瞄准黑影的头部，迟迟没有扣下扳机，感觉黑影的头部很大，并且太高了，不像是人。黑影继续往烟雾外走，先出来的是一匹马，云飞扬将枪口对准马的后面，霸主很可能就在马后。当马继续往前走，云飞扬才发现马的身上竟然有个音箱，霸主的声音根本就是从音箱中传出的。

糟糕！中计了！

自己拖延时间，想要击毙霸主，等待增援，但对方也需要时间从两侧包抄，彻底完成包围。

云飞扬大吼道：“敌人在包围，快走！”云飞扬将枪口瞄向左边，几名雇佣兵已经影影绰绰地出现。云飞扬立刻对着雇佣兵开火，将最前面的雇佣兵打倒。

左边的雇佣兵立刻开火，云飞扬快速离开自己的位置，他的掩体主要防着前面，要是留在原地，左边没有任何掩体，只能白白牺牲。

右边的雇佣兵快速接近，一名雇佣兵感觉自己好像绊了下，感觉不对的他低头看到一个细线，眼珠瞬间瞪大，吼道："炸弹！"他奋力向前扑去，其他人也赶紧卧倒。雇佣兵的身旁一声轻微的爆炸声，一个反步兵跳雷从地里跳上一米处，轰然炸响，650枚破片朝着四面八方飞去，扫荡着14米半径内的一切目标。

四名雇佣兵被炸伤，躺在地上哼哼。负责右边的雇佣兵指挥官看了看几名受伤的战友，留下两人照顾，其他人继续包围，不过他们这次变得小心翼翼。

左右两边都出现雇佣兵，云飞扬还在包围的正中心，其他人要是立刻撤退，还有机会离开，但他们不能让队长留在包围圈中。不倒翁朝着左边开火，教授朝着右边开火，阻止他们接近。法师和巨人朝着云飞扬跑去。

云飞扬看到他们竟然不撤离，还跑回来，气得大骂："别回来，快滚，马上给我滚！"

正面的烟雾中有不少马匹冲出来，它们的后面跟着开火的雇佣兵，云飞扬被左边和正面的敌人打得龟缩在一个小土坑中，无法还击，也无法离开。

"云飞扬，你逃不了的，投降吧！我给你体面的死法。"说话的是名面容冷酷的青年，躲在马的后面，身边围绕着七八名雇佣兵，詹尼弗不知何时也站在他身边。

云飞扬听出刚才就是他的声音，看到身边的雇佣兵在他身边围绕，保护得十分严密，就知道他才是真正的霸主。霸主头发梳理得十分整齐，衣服上面没有任何尘土，根本不像是在战场上。

“去你大爷的！”巨人大吼着，端着轻机枪对着霸主开火，子弹打在马身上，马在吃痛下跑开。

云飞扬也趁机对着霸主开火，霸主飞身躲到树后。云飞扬从霸主干脆利落的动作上可以看出，他的军事素养很高，明显受过专业训练，不是普通的毒贩。

法师一边开火，一边朝着云飞扬跑去，要将他带离。

云飞扬本想自己留下掩护，可自己要是坚持留下，只能全军覆没。他掏出两枚手雷，拉掉保险栓后扔了出去，在爆炸声中迅速起身，一边后撤，一边不断回身开火。没等三人跑到教授身边，教授已经被雇佣兵的枪榴弹炸飞。

不倒翁在脚下扔了个感应雷，去和云飞扬会合，四人边打边撤。不过敌人太多了！他们跑跑停停，不断依托大树还击，速度太慢，很快再次被敌人三面包围。云飞扬将弹匣内的子弹射空，迅速抽出手枪开火，他的步枪子弹已经打光了！不倒翁掏出最后一个烟幕弹，扔在身后。

巨人已经扔掉了轻机枪，他的子弹全都打空，同样只能用手枪，法师和不倒翁也剩最后一个弹匣，四人快要弹尽粮绝。

奔跑中的不倒翁感觉到一阵狂风从脸颊刮过，前面的大树被枪榴弹击中，发生爆炸，不倒翁距离太近，整个被炸得向后飞去，一块木条旋转着扎到法师的大腿上，跑动的法师因为突然受伤而摔倒在地。

云飞扬想要回去救人，却看到雇佣兵已经冲到不倒翁的身前，对着倒在地上的不倒翁开火。

“王八蛋！”云飞扬怒吼着，对着雇佣兵开火。

不倒翁在临死前拔掉了身上手雷的保险栓，当雇佣兵从他身上跨过时，手雷爆炸了！三名雇佣兵被炸上天。

云飞扬跑到法师身边，拖着他后撤，手枪不断射击，一颗子弹飞来，打在他的防弹衣上，云飞扬因为子弹的冲击力摔倒，再次中弹，这颗子弹又击穿了防弹衣。云飞扬知道想要三人都离开根本不可能，对巨人道：“带他走，我留下掩护。”

法师的腿被木头扎中，跑不快，他对巨人使了个眼色，道：“我留下，带队长走。”

巨人明白法师的意思，两人都中枪，都想自己留下阻敌，给另一人生的希望，而自己又只能带一人走，法师要牺牲性命，让自己强行带走队长。

“不行，你们快……”

巨人不等云飞扬说完，抱住他飞快地撤退。

法师躲在树后，用步枪开火，当子弹打光后，又用手枪开火。他只有一个人，雇佣兵却从三面包抄，绕到他的身后，对着他打出一梭子。

“松手，快松手！”云飞扬大吼着，可巨人打定主意不松手。两人身后传来剧烈的枪声，片刻后，枪声消失了！

巨人的虎目中流下泪水，云飞扬停止挣扎，悲伤地道：“放我下来。”

巨人正要放开云飞扬，突然身后传来一阵枪声，巨人的身体一震。云飞扬知道巨人中弹，可巨人身高两米，体重足足有240斤，完全将云飞扬挡住，云飞扬想要还击都做不到。巨人抱着云飞扬飞快狂奔，跑出十几米，身体再次一震。巨人松开云飞扬，虚弱地道：“队长，快走。”巨人回过身，对着后面的雇佣兵疯狂开火。

五六名雇佣兵同时对巨人开火，子弹连续不断地打在巨人身上，巨人终于支撑不住，轰然倒下。

云飞扬看到开枪的有霸主，气得目眦尽裂。队友们都牺牲了，他也没有活下去的打算，也不逃走，对着霸主和雇佣兵开火。

雇佣兵三面包围，正当云飞扬以为自己可以去见死去的兄弟之时，天上传来直升机的轰鸣声，增援赶到了！

云飞扬经常在夜里回想起当时的情景，每次都非常痛苦，他思念那些牺牲的战友。

蒋礼说得很简单，队友都牺牲，队长还活着，但这很难证明云飞扬有什么问题，几人擦干身体，走出浴室就看到面带痛苦的云飞扬。

“队长。”几人都有些尴尬。

云飞扬从回忆中清醒过来，平静地道：“早点休息，明天继续训练。”

第四章

杀　父

董艺在朱喜身边转圈，不断出拳试探，朱喜对他攻来的拳脚尽力躲闪，却总被击中。董艺再次击中朱喜，朱喜闪避的时候身形不稳，董艺抓住机会，近身重击，想要一次性将朱喜击倒。谁知道朱喜竟然是故意露出破绽，在董艺靠近的时候，抓住董艺，直接将他抡起来摔在地上。

董艺的五脏六腑都快要被摔移位，躺在地上直哼哼。

朱喜伸出手要将董艺拉起来，董艺摆摆手，“让我躺会儿，我快被你摔死了！”

常寿嘴角挂着鄙夷的笑容，抱着膀子道：“只有速度和灵活性，一旦被朱喜抓住，连反抗的能力都没有，贪功冒进的笨蛋。”

董艺不满地骂道：“有几个人像你这样是个变态，能够和朱喜交手的。”

周正走上场，对着常寿道：“轮到我们了！”

常寿晃动脖子，大步上前：“你倒是不服输，这次我就打服你。”

董艺怕自己被两人给踩到，连忙起身，跑到旁边坐着，兴奋地看着两人格斗，只要不是自己上场，他看谁和谁打都行。

云飞扬走进训练场，拍拍手，将其他人的注意力吸引过来，大声道：“郊区发生一起持枪劫持人质案件，警方请求支援，所有人立刻出发，记住，这不是演习。”

“是。”大家的脸上挂着兴奋，迅速跑去准备。这是隐刺的第一个任务，每个人都憋着一股劲儿，想让人知道隐刺是军区中最好的部队。

云飞扬等人的脸上涂满油彩，还戴着面罩，全副武装地坐在直升机中，飞向佤木桶村。这个村子距离边境很近，经常有毒贩从这里偷越边境，村子里也有人吸毒和贩毒。

隐刺赶到村子，现场有大量警察围在一所房子周围。直升机降落的时候，警察全都惊讶地看着直升机，这种劫持人质的事件，顶多出动武警，他们不理解为什么会出动军区的士兵，还是坐直升机过来。

云飞扬走下飞机，警方负责人和军方联络人立刻迎了上来。

“你好，我是云飞扬。”

军方联络人看着武装到牙齿的云飞扬，热情地伸出手，道：“我是联络人曲晟，这位是警方负责人廖宏斌副局长。”

云飞扬和两人握手，道：“现在什么情况？”

廖宏斌道：“嫌犯张晓鸥长期吸毒，每次没钱就回家要，不但花光了家里的钱，还背负了不少外债，可他没有收敛，继续要钱，要是父母不给钱，就殴打父母，这次父母实在拿不出钱，他砍伤了父亲，威逼母亲给钱，要是不给钱就杀了他们。我们已经让人劝解，可嫌犯不放下武器，甚至不允许受伤的父亲去治疗。”

“事情发生多久了？”

“已经过去两个多小时，张父的情况不太好，根据医生推测，要是再不将人救出来，恐怕会失血过多。”

“现场交给我们，我们会将人质救出来。”

“等等，再等等，已经让人去找张晓鸥的前妻，希望他的前妻能够劝他释放人质，出来自首。”

云飞扬点点头，道：“好。”

警方希望用最小的代价解决，而不是武力营救，云飞扬非常理解，隐刺来这里是配合警方行动的。他回到其他人身边。

董艺问道：“什么情况？”

云飞扬将情况说了一下，感叹道：“长期吸毒的人没有感情，为了吸一口，父母、子女都不在他们眼中，这些人给社会带来的危害是巨大的。”

“该我们出手了？”

云飞扬摇摇头，道：“还没有，等毒贩的前妻劝解失败，才会强攻。大家先做好准备。”

众人点点头，他们之前虽然听说过吸毒的人丧心病狂，却没有实际接触过，对于消灭霸主，也是当成任务，没有一种信念。蒋国成让隐刺参与警察的行动，就是让他们亲眼看看吸毒给人带来的危害，有实际感受，并且通过实战来磨合团队。

蒋礼冷冷地道：“这种已经没了人性的家伙，我一枪毙了他。”

云飞扬看了眼蒋礼，道：“记住，我们的目标是救人，尽量使用有限武力，只有人质有危险的时候才可以击毙嫌犯，听明白了吗？”

“明白。”

蒋礼的声音有气无力，要不是仔细听，根本无法从其他人的声音中分辨出来。蒋礼认为云飞扬说这段话是故意针对自己，心中积蓄着对云飞扬的不满。

云飞扬命令道：“蒋礼负责一号狙击位，周正负责二号狙击位，其他人和我强攻，各自准备。”

蒋礼扫视周围，寻找位置最好的制高点，最终选择了附近房子的房顶。周正选择了支援车的车顶。两人架好狙击枪，瞄准着屋内。

房间内，张晓鸥挟持着老迈的母亲，刀子放在母亲满是皱纹的脖子上，脸上全是疯狂。

张母看到张父躺在血泊中，腿部开始抽搐，哀求道："晓鸥，你快让人将你爸送医院，他要不行了！"

"别废话，你个老不死的，今天不给我钱，谁都别想出去。"

"家里已经没钱了，能借的都借了，你快让你爸去医院吧！"

"不行，那个老不死的还敢打我，他死了才好。"张晓鸥已然疯狂，没有任何亲情。

张晓鸥的前妻早就对他恩断义绝，根本不想过来劝说，要不是警方坚持，她都不会来。她来到房子门口，大声道："晓鸥，你快放了你爸妈，自首吧！"

"臭婊子，当初背着我偷男人，你还敢出现，你进来，我砍死你。"张晓鸥的情绪更加失控。他面容狰狞，手因为激动而颤抖，刀子划破母亲的脖子，鲜血顺着刀刃流下。他挟持着母亲来到窗口，看了眼外边的前妻，目光中全是疯狂。

张晓鸥前妻被吓得一哆嗦，她自从离婚后就躲着张晓鸥，生怕被张晓鸥找到，要不是警察在身边，她会转身就跑。警方也郁闷，时间太短，没查出她出轨的事情，虽然和吸毒的人生活在一起，出现这种事情可以理解，但将她找回明显不会让张晓鸥平静，反而会刺激到他。不过人既然来了，就再试试吧！

警察示意她继续劝说。

"晓鸥，你不要一错再错了！自首吧！"

"我是不会自首的，赶紧给我钱和毒品，否则我就杀了他们这对老不死的，都杀了！"张晓鸥大吼着，刀子在张母的脖子处滑动，血流得更多了！

蒋礼透过瞄准镜看到张母伤心绝望的表情，汇报道："嫌犯随时可能伤害到人质安全，请求开火。”

“不能开火，等待命令。”云飞扬拒绝，等待警方的最后努力。

“嫌犯父亲发生抽搐，随时可能失去性命。”蒋礼的语气中带着不满。

“服从命令。”云飞扬再次拒绝。

张晓鸥前妻和身旁的警察道：“我说他不会听我的，我劝不了他，让我走吧！”

警察劝道：“你再试试，求求他，不要刺激到他。”

“晓鸥……”

“你给我闭嘴，”张晓鸥大吼道，“马上给我 100 万、10 公斤海洛因和汽车，放我离开国境，否则我就杀了这对老不死的。”张晓鸥意识到自己的这个要求可能将警方逼到绝境，从窗口躲到角落。

这个条件警方根本无法答应，十公斤海洛因绝不可能给犯罪分子，否则海洛因再流出去，会害到更多人。警方看到张母的脖子不断流血，决定不再等待，来到云飞扬身边，道：“张晓鸥已经失去理智，随时会威胁到人质的安全，直接击毙。”

云飞扬点点头，道：“一号狙击手，击毙嫌犯。”

蒋礼很郁闷：张晓鸥躲的位置，别说开火，就连张母的身形都只能看到一半。蒋礼不满地道：“没有射界，一号无法击毙。”

“二号狙击手，可以击毙嫌犯吗？”

周正的位置更差，从这个方向看去，连人影都看不到。“二号无法看到目标，不能击毙。”

云飞扬道：“强攻。”

几人快速来到房门两边，董艺上前，在门上安装炸弹，随后撤退到旁边。云飞扬的手指从三倒数，手指全部收回时，董艺摁下起爆键。

在爆炸声中，大门被炸开，云飞扬一马当先冲进房间，常寿紧随其后。张晓鸥听到爆炸声，大吃一惊，丧心病狂的他举起刀子，就要刺死自己的母亲。云飞扬和常寿同时开火，两颗子弹分别打在张晓鸥胳膊和肩膀上，子弹的冲击力让他的刀子无法刺中张母。

张晓鸥的眼睛通红，将老母亲推向云飞扬等人，左手从腰间掏出个手雷，他咬掉保险栓，大吼道："我炸死你们！"他把手雷扔向常寿等人，打算同归于尽。

云飞扬扶住张母的胳膊，顺势带到一边。

常寿冲到张晓鸥的身边，抓住张晓鸥的胳膊，一个过肩摔将他摔倒在地，压住他的身体，摁住他未受伤的胳膊，不让他有丝毫异动。

董艺则是飞起一脚，将手雷踢到旁边的小屋，朱喜将床掀起，堵住小屋的门。所有人都趴下，后背对着小屋，尽力缩脖，减少接下来的冲击力和破片伤害。云飞扬用身体挡住爆炸的方向，避免张母一会儿受到冲击波的伤害。

手雷爆炸，破片打在床垫子上，冲击波将堵在门口的床炸飞。碎片四散，打在几人的身上。

云飞扬站起身，扶起被他用身体保护的张母，要将她带出房子，张母却走向躺在血泊中的张父。

朱喜晃了晃脑袋，拔掉扎在腿上的木刺，揉了揉嗡嗡作响的耳朵，去帮助常寿控制张晓鸥。董艺距离张父最近，他探了下张父的脉搏，对云飞扬摇摇头。

云飞扬早已猜到结果，老人的伤势很严重，而且失血过多，只看他身下流出的血，就知道生存的可能性很小，还受到冲击波的震荡，想要活下来太难了！

张母看到董艺的反应，不敢置信地探了下老伴的鼻息，哇的一声就哭了，坐倒在血泊之中。本来她摊上这么个儿子已经很艰难，但现在儿子杀了父亲，她等于一夜间失去了老伴和儿子，她的人生瞬间失去所有希望。

云飞扬不知道怎么劝解，只能默默地看着她。等候在外边的警察冲进来，将张晓鸥带走，医生也进来查看张父的情况，可已经不再起伏的胸膛和放大的瞳孔都表明张父已经离开了这个世界。

女警搀扶张母起来，让她离开这里，避免伤心过度，去救护车那里包扎一下。可老太太走出屋子，看到被送上救护车的儿子，愤怒地冲上去，拍打着儿子，哭喊道："你这个不孝子，不孝子呀！"

云飞扬感觉气氛很压抑，一场人伦惨剧发生在眼前，所有人的心情都不好，叹道："这就是毒品带来的危害，会让人失去人性，为了避免更多人受到毒害，我们要消灭霸主和所有毒贩，将毒品从我国清除。"

众人点头，坚定了消灭霸主的信念。

隐刺返回基地，云飞扬命令解散，大家各自去休息，蒋礼却直接找上蒋国成中将。

蒋国成看着全副武装的蒋礼，问道："你不回去休息，来这儿干什么？"

"报告，我要举报云飞扬为了私人恩怨，罔顾人质性命，导致一名人质死亡。"

"你知不知道你举报的罪行十分严重，会让云飞扬上军事法庭。"

"我知道，但我绝不能让这种藐视人命的人留在军队。"

蒋国成深吸一口气，压住满腔的愤怒，道："好的，我会调查，你可以离开了！"

蒋礼看出蒋国成的敷衍，大声道："首长，我认为您对这起事件的重视不够，云飞扬罔顾人命的事情要是不处理，只能将隐刺带成一支冷血的杀手部队。"

蒋国成大声逼问道："你想让我怎么处理，是将他立刻抓起来，还是直接枪毙？"

"我认为应该将云飞扬控制住，以免调查的事情泄露，他再潜逃。"

“你很厉害，都知道怎么做了！要不你坐我的位置怎么样？”蒋国成已经压抑不住内心的愤怒。

“我只是负责举报，尽到我一名军人的职责，我希望您也尽到一名军人的责任，而不是因为私情，罔顾国法。”

“好，好。”蒋国成把电话摁成免提，让勤务兵联系拯救人质时的军方联络人曲晟。

电话接通，曲晟大声道：“首长好。”

“小曲，你将现场的情况详细说一下，为什么现场会死了一名人质？”

“是。死亡的人质是嫌犯的父亲，因为失血过多死亡。云飞扬带人赶到时，受重伤的人质已然出现濒死症状，云飞扬提出立刻进行强攻。但警方已经找了嫌犯的前妻，希望通过前妻的劝说让嫌犯自首，避免使用武力制止犯罪。我方是为了配合警方行动，在警方主导的情况下，没有警方的首肯，我方不能使用任何武力行动。所以在劝解失败后，嫌犯母亲的生命也受到威胁时，警方才同意使用武力营救。云飞扬带人完美地完成任务，受到警方的夸奖。”

“好，我知道了！辛苦了！”蒋国成将电话挂断，问道，“听到了吗？你们的行动都是警方主导，云飞扬在没有命令之前，不可能同意你击毙嫌犯的请求，你还要举报吗？”

“不举报了！”蒋礼敬礼后离开。

“站住。”

蒋礼转身看着蒋国成，脸上全是不屈。

“下次不要没有任何证据就诬告同事，听到了吗？”

“是。”蒋礼离开办公室。

蒋国成看着他的背影，头疼地揉了揉太阳穴。

一天后，隐刺的休息结束，大家的身上虽然还有木刺造成的小伤，还是投入到训练之中。蒋国成来到训练场，云飞扬喊道："集合。"

隐刺站成一排，挺胸抬头，精神十足。

蒋国成站在大家面前，道："你们训练很刻苦，昨天执行的任务也很完美，大家辛苦了！"

"为人民服务。"

"军区的训练场距离边境太远，一旦有霸主的消息会贻误战机，军区在边境建立了一个临时的前进基地，以后你们长期在前进基地训练，大家收拾下行装，准备去前进基地。"

通往边境小镇的路上，一辆印着大福速运字样的厢式货车在路上飞驰，两侧的树木飞快后退。云飞扬、常寿、周正、董艺、蒋礼坐在闷热的车厢内，红烧肉无精打采地趴着，朱喜拿着扇子给红烧肉扇风。

董艺凑到红烧肉身边，蹭着风，红烧肉抬头看了眼分享凉风的董艺，又蔫头耷脑地趴着。

货车进入小镇，驶入一家超市的卸货区。云飞扬拿出电话，摁了几下，卸货区的卷帘门升起，车子开进去后，卷帘门自动落下来。

两名装卸工坐在两米高的货堆上休息，看到车子进来，一跃而下。

云飞扬走下车，朝两名装卸工点点头。装卸工走向货厢，打开车门，一个有着长鼻子的白色大脸探了出来，吓得他们一激灵，飞快地从后腰摸出手枪，对准怪物的脸。

货厢门从里面推开，灯光射了进去，两人才发现探头出来的是头猪。

"别开枪。"朱喜跳下车，将红烧肉抱起来放在地上。

两名装卸工看着 300 多斤的红烧肉，惊讶地问道："这头猪是你的宠物？"

朱喜自豪地介绍道："这是我儿子。"

"啊！"

两人马上收起枪，不想因为武器而引起明显是“猪粉”的朱喜不快。

常寿将武器袋递向朱喜，两名装卸工主动帮忙，常寿却将手收回，道：“我自己来。”他不是不信任对方，只是对待武器的态度就像是对待自己的生命，除了自己的队友，不容陌生人碰。

朱喜憨厚地向两名装卸工笑笑，接过常寿手中的武器袋。

云飞扬带众人穿过一堆饮料后面的狭小通道，轻轻敲响后面的铁门，门框上的摄像头转动到云飞扬的方向，经过里面的人确认，铁门从里面自动打开。几人顺着三米长的通道来到另一个门前，云飞扬直接推开门，众人就看到一名扎着马尾辫的少女坐在一堆显示器的前面。

少女一推桌子，椅子滑到云飞扬面前，她含着棒棒糖，逐个打量着众人。

常寿的目光从少女身上扫过，没有注意她的长相和身材，而是观察着房间环境。周正站得笔直，目视前方的少女，其实却没有焦距。朱喜憨厚地冲着少女笑。蒋礼则是观察着少女。只有董艺看向少女的目光中充满了兴奋的光芒，仿佛大灰狼看到了小绵羊。

少女拿出口中的棒棒糖，伸向众人，问道：“你们谁吃？”

董艺的眼中只有少女，根本没注意棒棒糖是少女含过的，伸手就要接。少女的手飞快缩回来，将棒棒糖放入口中，从口袋中掏出个新的。“那个是我吃过的，给你个新的。”

红烧肉也想吃棒棒糖，可它不会说话，只能哼了哼，从人群中挤出来，希望少女能够明白自己的意思。

少女惊讶地看着从后面突然挤出来的红烧肉。“这怎么还有头猪，难道是特意带过来现场杀了，请我吃杀猪菜的吗？”

红烧肉一听杀猪菜，吓得耳朵紧紧地贴在脑袋上，一溜小跑躲到朱喜的身后，小心地探出半个头，紧张地看着少女。

董艺将棒棒糖打开，放入口中，两秒后，他猛地将棒棒糖从口中拿出，甩了出去，眼泪和鼻涕一起流出。那根本不是普通的棒棒糖，而是特制的芥末棒棒糖，只有最外面是一层糖衣，还入口即化，然后就是最辣的芥末。

红烧肉见棒棒糖落在不远处，四蹄翻飞，用迅雷不及掩耳之势来个猪抢地，把棒棒糖咬在口中，可随后它用更快的速度将棒棒糖吐出，不断地摇头。

董艺见到红烧肉的惨样，顾不得幸灾乐祸，他也受不了口中的味道，三步并作两步跑到电脑桌前，拿起桌上有着可爱图案的水杯，咕咚咚就将里面的水喝干，随后就像是濒死的鱼儿，大口大口地呼气，仿佛下一刻就会断气。

“这是什么？”董艺哭的心都有了。本来他看到水杯里是可乐，谁知道喝下去后，就变成了辣椒水和可乐的混合物。关键是在喝之前，他根本就没有闻到辣椒味。

红烧肉跑回朱喜身旁，委屈地趴在地上，大张着嘴。朱喜摸着红烧肉的头，抚慰着它受伤的心灵。

众人看到董艺的脸都被辣成红色，全都幸灾乐祸地笑起来。董艺感觉自己快要烧着了，急需喝水，左右四顾，终于在墙角看到一箱尚未开封的可乐。董艺的眼睛一亮，快步来到箱子面前，他看到上面有一瓶打开的可乐，拿起来闻了闻，是可乐的味道，不过他还是没敢直接喝。董艺将打开的可乐放到一边，将箱子打开，同时偷眼去看少女，果然看到她的脸上飞快闪过一抹失望，然后恢复成单纯懵懂的样子。要不是董艺盯着看，根本不可能发现少女的表情变换过。

董艺打开可乐，可乐发出二氧化碳和焦糖的味道，董艺深深地嗅着，陶醉在可乐的气味中，他拿着可乐，得意地看着少女，猛地将可乐送入口中，大口灌下。

噗！

刚刚猛灌了两口的董艺将口中的可乐吐了出来，伸着舌头，面容扭曲地看向少女，沙哑地问道：“这里为什么是酱油？”

少女满脸郁闷地道："人家好不容易特制的酱油，你怎么给喝了，你赔我。"

董艺一口老血差点喷出来：自己被折磨成这个样，还要赔偿，这娘们儿比强盗还狠。

云飞扬看闹得差不多了，上前一步，道："够了。我给你们介绍一下，这位是唐欣怡，最优秀的网络安全专家，以后会为我们的行动提供网络支援，大家都互相认识一下。"

唐欣怡是个调皮捣蛋的性子，最喜欢整蛊，但她就算是整人，也是整董艺这种露出色眯眯目光的人，以免有人打自己的主意。当然，谁要是打扰她整蛊别人，她就会整蛊阻止的人，云飞扬为了避免自己受难，也只有等差不多了才阻止唐欣怡。

董艺来不及认识新战友，急切地道："水，水！"

唐欣怡将桌子上的电脑机箱打开，从里面拿出瓶水，扔给董艺。董艺接过水，连瓶盖都没敢打开，谨慎地看着水，问道："你不会再耍我吧？"

"喝吧！那是水。"云飞扬从机箱中拿了瓶可乐，打开喝了一口。

董艺小心地往前走几步，发现机箱根本不是电脑，而是机箱外形的冰箱，这才打开，小心地喝了一口，发现没有问题后，一口气喝完，让自己快要着火的口腔好受一些。

朱喜也要了瓶水，给红烧肉喝，他对红烧肉和对亲儿子一样，看不得红烧肉受罪。

董艺好了些，低声道："头儿，能不能换个网络专家，你看她是个女人，和我们一群大老爷们儿在一起也不方便。"

"我可听着呢！"唐欣怡的话将董艺吓得一哆嗦。

云飞扬看着董艺满是恐惧的脸，板着脸道："不能，她是最优秀的，没有人能代替。"

董艺顿时感觉天雷滚滚，一副生无可恋的样子：不能换人，刚才还得罪了这位姑奶奶，她不会把我弄死吧！董艺侧眼看见唐欣怡的冷笑，感觉这个概率很大。

蒋礼将武器袋扔到墙角，笑道：“让你好色，该。”

董艺委屈地道：“我是艺术家，都是从艺术角度看待美。”

蒋礼一撇嘴，露出完全不信的神色，周正也一脸不信，朱喜憨笑得更明显了，唯有常寿拍了拍董艺的肩膀，道：“兄弟，你是艺术家。”

董艺很高兴，终于有人认可自己，大声道：“还是你了解我。”

“艺术家好色也属于正常，不用否认。”

董艺脸上的笑容僵住了！终于明白常寿不是要帮助自己，而是来补刀的。

云飞扬拍了拍手，将大家的注意力集中过来，将队员介绍给唐欣怡。

“大家互相都认识了！这里是我们的基地，这儿是监控室和地下室的入口，地下有两层，所有人跟我来。”云飞扬在键盘前摁下一串数字，显示器墙平移到旁边，露出电梯门。

电梯里只有两个按键，云飞扬摁下负一层的按键，电梯运行了十几秒才停止，表明地下距离地面很深。

云飞扬带着众人走过训练场、食堂、指挥中心后，将他们送到宿舍，站在第一个房间门口，道：“每个人一个房间，自己挑。20 分钟后到指挥中心集合。不需要休息的人可以去地下二层看看，有武器库和靶场等设施。”

指挥中心有几台服务器，专供唐欣怡使用，唐欣怡含着棒棒糖，手指在键盘上飞快地跳跃，一行行代码行云流水般敲出。

云飞扬将行李放好，走进指挥中心，问道：“有霸主的消息吗？”

“没有，自从得到霸主回来的消息后，卧底失联，再也没有传来任何消息，我通过各种手段也找不到霸主的下落。”唐欣怡知道，卧底失联，牺牲的可能性非常大。

“泰猜的手机追踪得怎么样了？”

“我追踪了你提供的电话号码，并且在他的手机里安装了监听程序，掌控了号码所属手机里的所有内容和联系电话，他一直停留在掸邦，但目前没有霸主的消息。”

“通话内容有什么发现吗？”

唐欣怡摁了几下鼠标，一个屏幕上显示电话号码详单，有通话时间和时长、拨打次数等信息。另一个屏幕上显示出短信记录、内容信息等。

“这是目前监控到的所有信息，没有任何发现。”

云飞扬点点头，这个号码是他用泰猜手机拨过来才留存下来的，毒贩不论是发短信还是打电话，必然会用暗号，毕竟现在科技发达，毒贩也怕被监听。

“你有没有监控与这个号码联络的其他电话？”

“已经监控，但是没有发现。”

“继续监控，一有消息立刻通知我。”

第五章

初次交锋

训练场，云飞扬挥拳打向常寿的左脸，常寿格挡后迅速反击，小腿闪电般踢向云飞扬，两人拳来脚往打在一起。朱喜举着杠铃，浑身的肌肉紧绷，满头大汗。董艺和蒋礼做着俯卧撑。周正在做引体向上。所有人都在进行体能训练。

唐欣怡冲进训练场，众人转头看过去，董艺笑着问道："来这里偷看我们强壮的身体吗？"

"呸！就你身上那二两肉，谁愿意看，"唐欣怡转头看向云飞扬，兴奋地道，"霸主有消息了！"

云飞扬扔掉拳套，道："走。去指挥中心。"

唐欣怡调出一段录音道："霸主约吴刚明天晚上六点见面。"

云飞扬紧握拳头，道："等了这么多年，终于可以亲手抓住他了！你联系首长了吗？"

"还没有。"

云飞扬拿起电话，拨给蒋国成。

“首长，我们发现霸主的踪迹，请求进行抓捕。”

“霸主在哪里？”

“具体位置还不知道，他会在明天下午和吴刚见面，我请求去掸邦跟踪吴刚，顺势抓捕霸主。”

“批准，不过你要注意，在国外只能动用有限的武力，国内也无法提供支援，一切小心。”

“是，”云飞扬挂断电话，扫视众人，道，“所有人准备，一个小时后集合出发。”

董艺笑道：“有我出马，轻松拿下。”

常寿鄙夷地看了眼董艺，道：“就你这小身板，恐怕连唐欣怡都打不过。”

董艺当时就怒了，撸起袖子道：“我打不过她？你看看我和她谁厉害。”

唐欣怡沉着脸走到董艺面前，挺起胸膛，问道：“你要和我动手？”

董艺看到唐欣怡发怒，想起自己被整的惨痛经历，立刻改口道：“误会，都是误会，我是说我比常寿厉害。”

常寿咧嘴一笑，握紧双拳，晃动脑袋，骨节发出一阵脆响。“来吧，趁着还有时间，我们练练。”

董艺梗着脖子，做出一副要交手的样子，等了几秒，发现云飞扬没有阻止的意思，常寿也狞笑着朝自己走来，举起双手道：“我承认，我是弱鸡，行了吧！”他才不会和常寿这个连续两年军区大比武第一名动手呢！他是爆破手，玩炸药的手艺人，未来的艺术家，不和这种粗人动手。

云飞扬不介意在出动之前活跃气氛的举动，可以缓解大家的紧张情绪。他命令道：“大家去准备吧！”

唐欣怡道：“我会在后方随时提供支援，你们要小心。”

几人点点头，分开去做出发前的准备。

掸邦腊戌市附近的一个小镇中，吴刚和十几名手下藏在一个大院里。院子正中的房间内，吴刚光着膀子坐在床上，素格力帮他换药。

泰猜敲门进入，道："刚先生，已经准备好了，随时可以出发。"

吴刚仿佛没有听到，依旧端坐，泰猜却知道刚先生就是这个性子，于是走出房间，将门带上。

素格力将纱布绑好，道："霸主这几年销声匿迹，这次出来就联系你，我总感觉不太对，要不一会儿我替你去。"

"没事，他不会害我。"吴刚和霸主认识多年，关系一直不错，这次霸主刚出现就联系自己，甚至没有联络旧部，虽然让他有些怀疑，不过却没什么可担心，他认为霸主可能是担心旧部对他的忠诚度不够，反而是自己和霸主不但有交情，还因为交易而牢固地捆绑在一起。

"晚上我们多带点人。"素格力习惯性地将吴刚的安全放在第一位。

吴刚点点头，对着镜子整理下仪容，道："出发。"

素格力打开门，等吴刚走出后，对着泰猜喊道："出发，所有人带上武器。"

泰猜跑到中间的路虎车旁，拉开车门，恭敬地请吴刚上车，然后才跑到最前面的护卫车辆上。素格力坐在路虎的副驾驶上，等其他人拿起武器分散坐在破旧的吉普车后，素格力打了个手势，泰猜才让司机出发，三辆车护卫着路虎开出大院。

远处的山上，周正通过望远镜监视着大院，他拿起对讲机，道："蛇已出洞。"

"收到，继续观察。"

副驾驶位置的云飞扬收起对讲机，观察着镇口的大路，等待吴刚的车队。常寿的手放在挡把上，随时准备开车追踪。朱喜坐在驾驶座后面的位置，观察后方情况，中间坐着的是红烧肉。而副驾驶后面坐着的是董艺，此时快要被红烧肉挤成一张纸片，他不停地挪动身体，试图挤出一点地方，不满地道："老朱，你就不能让红烧肉在后备箱里待着吗？"

"不行，它是我儿子。"朱喜可舍不得红烧肉在后备箱里待着，那样多不舒服。

董艺哭丧个脸："我回去就给它在后备箱弄个窝行不？放两床被子，保证大爷睡得舒舒服服，现在先别挤我了！"

"不行。"

"为什么还不行呀？"

"后面没有安全带，不安全。"

"我给大爷改一个还不行吗？别挤我了！"董艺很委屈，堂堂的未来大艺术家，竟然被猪给挤得快要断气。

吴刚的车队出现在大路上，常寿立刻挂挡跟了上去，云飞扬道："准备抓蛇。"

"收到。"周正迅速往下跑，半山腰处，蒋礼骑在摩托上，不断地轰着油门，周正快跑到的时候，纵身一跃，坐在摩托的后座上，蒋礼立刻松开离合，摩托瞬间窜了出去。

吴刚的车队行驶在路上，乡间的道路上没有几辆汽车，云飞扬为了不暴露，只能远远地跟踪，吊在后面。

车队行进了十几公里，拐进一个小村子。汽车目标太大，无法继续跟踪，蒋礼骑着摩托绕到村子的另一个出口，防止吴刚的车队离开。

云飞扬来到附近的一个小山包上，观察着村子里的情况，发现四辆车子停在一个大院中，院子的房顶上有几名拿枪的守卫来回巡视，院子中也散落着不少守卫，防守非常严密。既然确定了吴刚的位置，云飞扬让蒋礼和周正归队，同时联络后方："欣怡，我跟踪吴刚到一个小村子，这里戒备森严，无法确定霸主是否在，泰猜的手机可以监听吗？"

“泰猜手机已经关机，我可以远程开机，这样就能用手机监听到周围的情况，但不知道泰猜的手机是否有开机铃音，可能会让对方发现。”唐欣怡之前没有对泰猜的手机设置进行更改，为防止对方发现，只留了后门程序。

“这时候也顾不了那么多了！开机，看看霸主是否在里面。”

“好。”唐欣怡操作电脑，远程开机，同时将音频同步传递到云飞扬的耳机中。

云飞扬命令道：“升空无人机。”

常寿立刻从车内拿出彩虹无人机，助跑几步后将其放飞，周正控制无人机迅速升上高空，爬升到接近 4000 米的高度，多光谱光学摄像头很快将地面上的清晰图像反馈回来。

云飞扬仔细观察着村子里的情况，不断调整着画面，计划着进入村庄的最佳路线。云飞扬将路线计划好，道：“准备进入，蒋礼负责狙击，周正支援。”

朱喜等人检查武器，进行最后的准备。蒋礼拿着狙击枪找到最好的位置，瞄准着下方的村子。

村庄的大院内，正中央站着一个穿着低胸短裙的长发美女，两边各站着三名拿着步枪的士兵，警惕地看着吴刚的车队。

车内的素格力抽出手枪，打量着院子中的环境，吴刚轻松地笑道：“放松，不用那么紧张。”

泰猜从前面的车里下来，走到美女的面前，道：“刚先生前来交易。”

美女再次打量下车队，点点头，两边的士兵将端起的步枪垂下。

素格力走下车，再次打量下周围的环境，才拉开后车门。

吴刚微笑着走下车，其他手下在周围保护，吴刚挥了挥手，道：“你们在外边等着，素格力、泰猜、扎鹏和我进去就行了！”

美女请吴刚进入大屋，屋内装修很豪华，霸主坐在大沙发上，身后站着两名手持自动步枪的外国壮汉，霸主正在倒茶，看到吴刚进来，笑着伸手道："尝尝。"

吴刚坐在霸主的旁边，没有喝茶，而是面带愤怒地问道："你怎么成这样了，谁干的？"

泰猜之前没见过霸主，偷偷打量着：霸主身高 1.85 米，鼓胀的肌肉差点将衣服撑破，只是他的脖子上有一道刀口经过喉咙，可以看出当初受了多么严重的伤。

霸主的眼中露出刻骨的仇恨："云飞扬。"

吴刚主动道："我让人去杀了他。"

"不用，我会亲自报仇，"霸主不想多说这个话题，道，"喝茶。"

吴刚端起茶杯，还没喝就听到泰猜的身上发出手机开机的铃音。吴刚很不满，在训斥泰猜之前，先看向霸主。霸主的眉头微皱，表明了他的态度。这毕竟是毒品交易，手机在这个时候开机，谁知道你是不是卧底，还是要做其他事情。

泰猜也被自己的手机铃声吓了一跳，连忙拿出自己的手机，手忙脚乱地关机。

吴刚瞪了他一眼，道："不知道规矩吗？"

"对不起，对不起，我也不知道它为什么自己开机了，手机可能坏了，我马上关。"泰猜越是着急，手机的反应越慢，急得他汗都下来了，毕竟来之前吴刚命令手下都将手机关机，唯一能够开机的两人只有吴刚和素格力，这要是引起误会，分分钟会被杀。

素格力走到泰猜身边，看着他将手机关机，并把他的手机拿过来，放入自己的口袋。

吴刚这才说道："抱歉，手下人不懂事。"

霸主点点头，没有表态自己是否满意。

吴刚对泰猜道："出去。"

泰猜虽然委屈，手机自己开机的，但也不能再解释，现在明显是大家不信自己，手机被没收了，在素格力那里保管，自己也只能乖乖地走出去。

霸主等泰猜离开，已经没有多少和吴刚叙旧的心情。"我们这次先不叙旧，直接交易吧！"

吴刚知道霸主只有战斗的时候才疯狂，其他的时候都很谨慎，而且长时间没有和自己接触，泰猜还弄出这事，肯定打算交易完立刻离开。吴刚笑道："没问题，货都在车上，两吨五号，你让人验货吧！"

霸主对美女一抬下巴，道："冷柔，你去验货。"

美女冷柔和素格力出去验货，吴刚和霸主继续喝茶，交易的事情下面的人会弄好。

泰猜的手机是真开机，而关机则是后门程序弄的假象，所以手机一直开机，监听着屋内的情况。当云飞扬听到霸主的声音，眼睛一亮，道："霸主就在里面，朱喜和我从村东面进入，董艺、常寿从村西面进入，一定不要被人发现。"

常寿看着屏幕上的地图，又在关键地点放大观察，微皱眉头。"无人机在高空盘旋，下面房屋内的具体情况不清楚，我们的潜入很难确保不被发现，要是被发现怎么办？"

"我们这次在国外作战，主要任务是抓捕霸主，我们可以失败，但绝不能伤害普通人。"

"明白。"众人齐声回答。

"所有人将能够暴露身份的东西留下，我们的抓捕要迅速，一旦被发现就及时撤离，如果有人被当地军方抓住，那么要记住，你们不是国家派来的！"

"是。"众人将身份牌和军装上的国旗标志扯下来，放到口袋中。

"从现在开始，所有人用代号，清楚了吗？"

“清楚。”

云飞扬将迷彩油涂在脸上，整理好装备，将子弹上膛后，扫视众人，发现所有人都准备好了，低声道：“进入。”

一阵拉动枪栓的声音响起，朱喜拍了拍红烧肉，吩咐它留在原地，然后跟在云飞扬的身后，按照计划前进。周止控制飞机降到2000米的高度，尽量提供更清晰的图像。唐欣怡在总部监控当地的网络和通信情况，防止交火的时候缅甸军方会出动。

蒋礼通过瞄准镜观察着村口，仔细地扫过每一处能够藏人的地方，当瞄准镜扫过一处沟渠的位置，他发现有烟雾冒出，于是放大瞄准倍数，发现烟雾隔十几秒就升起一股，明显是有人抽烟。

“医生，厨子，在你们右前方300米的位置有个沟渠，里面有人抽烟。”蒋礼虽然对云飞扬一直不满，但战斗的时候却不能将这种情绪带进去，必须团结合作。

“收到。”云飞扬朝朱喜打了个手势，两人弯腰朝着沟渠跑过去。

沟渠内有名抱着枪的士兵，手边放着个对讲机，悠闲地抽着烟，负责警戒外围的他根本没想到有人会摸进村子。

云飞扬靠近沟渠的时候，不远处的一条流浪狗看到两人，没有叫，转头跑向一边。云飞扬松了口气，默默收回掏出来的匕首。

几颗石头滚落到沟渠里，士兵叼着烟探头看了眼，发现了离开的流浪狗，自嘲地笑了下，继续迷醉地抽烟。

朱喜和云飞扬从两面包抄，接近沟渠。云飞扬看向里面，发现士兵抽的是大麻烟，这会儿已经开启了“自嗨”模式，不停地自言自语，说话的对象还是已经离开的狗，他的双手有时还不自觉地颤抖，这是长期吸食大麻的特征。两人对视一眼，朱喜踢了下小石头，发出一阵声响，士兵一秒后才反应过来，看向声音的出处；云飞扬趁机来到他的身后，麻利地砍在他的颈侧，士兵瞬间晕了过去。

云飞扬扶住士兵，轻轻地放在地上，没有发出任何声音。要是士兵没有吸食大麻，云飞扬是打算将他制服后审问一下的，可吸食了大麻就不行了，这种长期吸食大麻的毒贩士兵会有幻觉和思维紊乱，狂妄自大，并且极度富有攻击性，有自杀倾向，要是逼问的话，谁也不知道吸毒的人下一秒会是什么反应，还是打晕最安全，也能避免抓捕霸主后这名士兵再蹦出来。

常寿和董艺接近村尾，两人担心有暗哨，前进得非常缓慢，注意观察每一个可疑的地方。董艺拿出遥控炸弹，藏在路边的石头下，不满地低声道："这么放炸弹简直是对艺术的侮辱。"

常寿不满地道："别废话，小心被发现。"

"放心啦！有我在没事的，"董艺从包里又拿出个 M18A1 阔刀地雷挂在树上，用树叶做了个简易的伪装，不舍地道，"这个阔刀地雷经过我的改装，不再是以 60 度广角的扇形范围扩散，我在里面做了个美人的造型，把 700 粒钢珠减少为 463 粒，在 20 米内会形成非常完美的图案。"

"你是不是有病？要是因为减少钢珠，没有炸到敌人怎么办？你这是在拿我们的命开玩笑。"

"放心，钢珠虽然少了，面积也小了一些，但威力更大，杀伤范围达到前方 60 米，如果真有敌人侥幸避免，也是幸运女神站在他那边，和我没关系。"

"要是出了问题，我绝对会向上面举报。"

"专心做你的事吧！"董艺懒得和不懂艺术的人说话。

云飞扬和朱喜很安静地前进，经过屋子时都会停顿一下，看看有没有人在窗口，确定没人后才会继续前进。当云飞扬距离霸主躲藏的大院只有十几栋房子的距离的时候，听到旁边屋内传来的脚步声逐渐增大。云飞扬对朱喜打了个手势，两人迅速躲到墙边。

屋内走出名中年男子，朝着两人躲藏的墙边走去，喊道："吞钦，把你摩托车借我。”

墙另一边房子的窗户被吞钦推开，他手中拿着钥匙，作势欲扔。“给你。”他的钥匙没扔出去，就看到正要离开的云飞扬和朱喜，而两人听到窗户响，枪口瞬间瞄向窗口，吞钦惊叫出声。

“怎么了？”中年男子有些疑惑。

云飞扬竖起食指放在唇边，示意他不要声张。吞钦点点头，道：“没事，钥匙给你。”

中年男子接到吞钦扔过来的钥匙，骑着摩托离开。云飞扬用缅甸语说道：“回去，不要说话。”

吞钦连忙缩回屋子，同时将窗子关上。

云飞扬和朱喜松了口气，幸好这人没有大喊大叫，毕竟普通的村民还是胆小怕事的。两人继续往前走，刚走几步，云飞扬就敏感地听到后面传来拉动枪栓的声音。云飞扬连忙回头，看到吞钦手中拿着把 AK–47 步枪，正从院子中冲出来，枪口对着自己和朱喜。贴着房子走的云飞扬没时间提醒，迅速扑向朱喜，两人撞破大门，滚进屋内。

一阵剧烈的枪声响起，子弹擦着云飞扬的鞋底打在地上。

云飞扬和朱喜冲进屋内，没等调整姿势，就看到屋内有三名身穿迷彩服、手中拿着扑克牌的外国男子目瞪口呆地看着冲进来的两人，他们的身边还放着自动步枪。

三名老外看着一身军装、满脸迷彩油的云飞扬和朱喜，立刻伸手去拿枪。云飞扬看到老外就知道不好，缅甸的毒贩中外国人很少，就算是有也都是头目或是教官，不可能是底层的喽啰，而三名老外在破房子里打扑克，不但手边有自动步枪，腿上还绑着手枪，马甲上插着好几个备用弹匣，可见这些人不是正规军就是雇佣兵，而正规军是不可能躲在村子里，距离霸主如此近还有闲心玩牌，所以云飞扬判断出这些人只能是雇佣兵。他枪口微抬，对着三人打出一连串的子弹。

子弹轻易钻入老外的身体，溅起一朵朵血花，老外的手刚刚摸上枪，就已经被打倒在地。

朱喜迅速爬起，警惕地将枪口对准三名老外，要是他们没死，朱喜手中的M249轻机枪不介意打出去几发。

吞钦听到屋内传来的枪声，不敢跑过来，躲在墙角瞄向这边。云飞扬从窗户看向外边，发现这个平静的村子好像是沉睡的巨人被惊醒，很多拿着枪的老外和当地人从房间内冲出来，一部分直奔大院，另一部分则是朝着这里跑来。

蒋礼看着村里的大量敌人。"发现大量敌人，请求批准开火。"

云飞扬透过无人机的镜头看到村子里到处都是拿枪的人，无法分辨那些人是普通村民还是毒贩的手下，或者这个村子的人都是毒贩的手下，但战友的生命更重要，云飞扬命令道："对待持有武器的人可以任意开火。"

"收到。"蒋礼拉动枪栓，将子弹上膛，一旦发现有人威胁到队友的安全，会随时开火。

云飞扬考虑是否要撤退，毕竟敌人已经知道有人进来，再想抓霸主就只能强攻，而村子里目前能够看到的就有30多名拿枪的士兵，再加上大院里和藏在暗处的敌人，估计不会少于50人，其中还有不少雇佣兵，云飞扬没有任何把握能够无损抓人。

"准备撤……"云飞扬的话还没说完，就听到接近大院的地方传来一阵剧烈的枪声，就连院里也是枪声齐鸣。云飞扬连忙问道："暴君，发生什么事了？"

"我们被发现了！"常寿说话的时候还能听到他身边砖块被击碎的声音。

"撤退，马上撤退。"云飞扬不想陷入泥潭之中。

"不行，我们被包围了！"常寿本以为距离大院近，可以迅速冲进去抓捕霸主，谁知道大院的外围全是敌人，完全将大院包围，仿佛他们的目的根本不是防备外边的人，而是要包围大院里的人。

“扳机，自由开火。”

“收到。”蒋礼拿起胸前的红宝石项链，亲了一口吊坠，将枪口瞄准下方拿着轻机枪的敌人。

大院内，当霸主和吴刚听到枪声时，脸色都是一变，看向对方，哪怕之前他们互相熟悉，可几年不见，人心都是会变的，谁也不知道是不是对方想要黑吃黑，毕竟这种事情在金三角也很普遍。两人虽然怀疑对方，但都从对方的脸上看出惊讶和疑惑，不像是对方所为。

冷柔拎着手枪从外边进来。“Boss，有人潜入，目前正在交火。”

泰猜拿着枪带了两个小弟冲进来，脸上满是紧张。“刚先生，外边有枪声，不知道具体情况。”

霸主将目光投向泰猜，厉喝道：“你竟然出卖我们。”

泰猜的脸色发白，连声否认：“我没有，不是我，不是我！”

冷柔向前两步，手枪顶在泰猜的脑袋上。

“刚先生，不是我，真的不是我。”泰猜知道叛徒的下场，但他真不是叛徒。

“霸主，泰猜跟了我很久，应该没有问题。”吴刚为手下说了句话。

霸主看了眼泰猜，将目光移开。

冷柔直接扣动扳机，从泰猜的太阳穴射了进去，泰猜摔倒在地，死的时候脸上还充满恐惧和不敢置信。

吴刚很愤怒，泰猜是不是叛徒还不一定，就算是叛徒，要杀人也应该是自己出手，何况自己都开口了！吴刚看向霸主的目光中充斥着不满。

霸主毫不退缩地看着吴刚，冷冷地道：“交易取消，我们走。”

吴刚有些急，站起来道：“等等。”他可不想把这次交易取消，毒品卖不出去是小事，影响到和霸主的关系才是大事。何况他凑齐了两吨海洛因，要是现在不交易，谁知道风声传出去了，会不会有人想要抢劫，留在他的手里实在太危险了！吴刚正想恳求霸主继续交易，解释外边的事情和自己无关，就看到冷柔再次举枪，对着素格力扣动扳机。他还没理解冷柔为什么开枪，就看到霸主身后的老外也举起枪口，对着扎鹏和另外两名手下开火。

素格力自从冷柔毫不迟疑地杀死泰猜，就一直警惕，他看到冷柔抬枪，迅速闪躲并拔枪，可他的速度比冷柔慢一点，冷柔连开三枪，枪枪命中他的身体，素格力倒在地上，像是濒死的鱼儿一样张嘴呼吸，手也努力地想要抬起，但此时的枪对他来说重逾千斤，根本无力举起，就连扣动扳机都做不到。

扎鹏和另外两名手下根本没想到霸主的老外手下会开火，当场被打成筛子，连反击的动作都没有做出来就直接死亡。

吴刚看到老外的枪口对准自己，不敢置信地看向霸主，问道："我没有出卖你，你听我解释。"

霸主戏谑地看着吴刚，眼神中有种说不清、道不明的东西。

素格力见到自己这边的人都死了，他们无法替自己报仇，于是瞪着冷柔，还在坚持努力，想要给冷柔一枪，拉着她上路。

冷柔姣好的面容上满是冷酷，她走到素格力身边，将枪口对准他的头部，猛地扣下扳机。

吴刚看到自己最信任的手下被杀，眼中的怒火喷出，要是眼光能够杀人，冷柔已经被杀了无数遍！吴刚强忍着怒气，道："霸主，这次我来和你交易，是看着多年的交情上，我要是出卖你，就不会亲自来了！"

这时，院中和院外同时传来剧烈的枪声，吴刚气得浑身发抖，院中在交战，不用说，是霸主的人在消灭自己的手下，这些手下都是自己的嫡系，就算自己能够逃过这一次，想要再培养这么多手下，也需要几年的时间才行，所以哪怕自己活下来，也基本废了。

吴刚一时间心若死灰，不再抱有让霸主手下留情的打算，他仔细地看着霸主，想知道为什么几年不见，霸主的心性变化如此之大，竟然对自己也下了狠手。

“为什么？”

“让你的手下停手吧！没想到你这么聪明，早就看出来了，还在外边布置了后手。”霸主一副胜券在握的样子。

“聪明，我要是聪明就不会中计来这儿，现在说停手还有用？院子里的枪声都稀疏了，我的手下恐怕快要死光了！”

“但你外边的人还在开火，让他们停手吧！看在这么多年交情的分上，我可以放过你。”

“外边根本不是我的人。”

“不是你的人？”霸主的目光中带着探究。

“不是。”吴刚这时候没有必要骗人。

霸主看向冷柔，冷柔点点头，拿起对讲机，道：“小心，外边的人身份不明，全部消灭。”

吴刚看着霸主，突然眼睛一亮，大声道：“我知道，你根本不……”

霸主猛地掏出手枪，一枪打在吴刚的胸口上，吴刚倒了下去，眼中的光芒渐渐消失，喃喃地道：“原来，原来是这样。”他的头一偏，彻底没了呼吸。

霸主来到吴刚的尸体前蹲了下去，嘴角露出一抹冷酷的笑容。“知道得太多，很多时候并不是好事，不是吗？”

吴刚无法回应他了，霸主也没有让他回应的打算，他看了眼身后的两名老外，冷酷地道：“尽快消灭敌人。”

两名老外点点头，一起走了出去。

常寿和董艺被堵在房子中，周围全是敌人，常寿不断开火，可敌人太多了！他吐了口唾沫，将口中的沙土吐出，郁闷地道：“艺术家，赶快给他们几个炸弹。”

董艺躲在窗户下，窗口子弹横飞，他缩着脖子，回应道："不行，这么扔炸弹太没有艺术感。"

常寿猫腰跑到董艺身边，大骂道："艺术你大爷，再让他们这么开火下去，他们该拿我们的尸体做成艺术品了！我要是死了，我希望他们把你脑袋做成夜壶。"常寿说话的时候，还不忘从董艺的包中抢出块巴掌大的C4炸药，插上雷管，甩手就要扔出去。

董艺一把摁住他的手，瞪着眼睛道："你疯了，这么大的C4扔出去，不但外头的人会死，我们也得死。"董艺抢回C4，拿刀迅速切下来一小块，然后用小刀飞快地在C4上雕刻起来，三两下就出来个美女的身姿，正当董艺还打算刻画眼睛和头发时，常寿瞬间抢过来，插上雷管，甩手就扔了出去。

"你个王八蛋，这太不艺术了！"董艺不满地叫着，手却毫不迟疑地摁下炸弹的起爆器。

轰隆！

C4在空中就发出巨大的爆炸声，冲击波瞬间将所有没有掩体的敌人吹飞出去，砖块在冲击力的作用下成为了杀人利器，擦着就伤，磕着就亡，敌人的火力立刻消失一半。

常寿探出头，对着外边的敌人开火，只要还试图拿枪的，都是他的击毙对象。

董艺也开始还击，骂道："下次不许抢我的C4。"

常寿连理都懒得理他，一心一意消灭敌人。

周正再次控制无人机下降高度，行动已经暴露，霸主的人看不看到无人机已经没有什么意义。当无人机在100米的高空飞过时，图像的清晰度非常高，周正看到有座三层房子的窗口探出一根枪管。周正放大图像，仔细看了眼枪管和枪管对准的方向，连忙道："暴君，艺术家，快卧倒，有狙击手。"

常寿和董艺听到周正的警告，没有任何怀疑，瞬间趴下。

巨大的枪声响起，子弹擦着常寿的头顶飞过，要不是他头缩得快，头盖骨都会被掀飞。

常寿摸了下鼻子，后怕不已，愤怒地喊道：“扳机，干掉他。”

蒋礼拿起旁边的反器材步枪，将瞄准镜的热能探测器打开，隔着墙瞄准着趴在地上的狙击手，再次亲了下吊坠，干脆地扣动扳机。

反器材武器的枪声很大，消焰器喷出的气体将枪口旁的野草都吹飞了。蒋礼抱起反器材步枪，迅速转移向第二个预定狙击地点，周正拿起另一把狙击步枪跟了上去。

云飞扬透过掌上电脑查看无人机传来的图像，敌人的狙击手应该死了，枪口都歪向一边，明显是没人管了！从狙击手所在的位置来看，他要对付的敌人是大院里的人，而且刚才敌人都在消灭吴刚的人，由此可以看出，这次根本就是个陷阱，只不过陷阱不是对付自己的，而是霸主对付吴刚的，只是在对付的时候，自己带人阴错阳差地掺和进来。云飞扬从无人机上的画面看到吴刚的人和霸主的人交手，虽然吴刚的人都被消灭，但霸主的人也不是完全没有损失，而且本来两方人马变成一方，大院中的人就少了很多，云飞扬要想离开，必须要跨过大院，解救被包围的常寿和蒋礼，反正都要去大院，既然这样，不如在救人的同时继续抓人，消灭霸主！

“所有人注意，五分钟抓捕霸主，超过五分钟就撤退。”

“是。”所有人回答。

霸主的士兵们朝着云飞扬的房子围过来，云飞扬小心地看了眼外边，掏出枚手雷，道：“厨子，一会儿火力压制两点钟方向。”

朱喜点点头，对着外边的敌人进行点射，让敌人无法大胆地进攻。

云飞扬拔掉拉环，将手雷用力扔向前方，同时再次拿出枚手雷扔向三点钟方向。

敌人看到手雷，有掩体的迅速躲到掩体后面，没有掩体的也四处奔逃。正前方的敌人一部分跑向两点钟方向，三点钟方向的敌人因为两点钟方向是他们的右侧，而人类在遇到危险的时候大部分都会选择向右跑，所以大部分也跑向两点钟方向。

朱喜看到敌人跑向云飞扬的预设阵地，拥挤在那块区域，立刻扣动扳机，轻机枪发出欢快的怒吼声，子弹争先恐后地飞向敌人的身体。朱喜强壮有力，双手非常稳，子弹没有乱飞，准确地打中敌人，瞬间扫倒一片。

云飞扬从房内冲出来，对着躲在墙角的敌人就是三枪，随后立刻跑到墙边，对着外围的敌人开火，掩护朱喜。

朱喜将机枪端起来，一边开火一边走，火舌喷吐，压制着敌人。

周正将无人机设置成自动盘旋，拿起蒋礼另一支狙击步枪，开始攻击。

连续三次不同的狙击枪声让霸主一惊，其中最震撼的枪声就是蒋礼开火的反器材狙击步枪，霸主知道雇佣兵没有带这种武器，而普通的毒枭也搞不到这种武器，就算有也不会用，超远距离狙击根本不是普通狙击手能够完成的。

霸主拿起对讲机，问道："约瑟夫，外边的情况怎么样了？"

"不要担心，我们会消灭敌人的。"约瑟夫的回答很轻松，可实际上脸色却很黑，他已经确定了云飞扬和朱喜的位置，那个位置有三名手下，都是外籍兵团退役的特种兵，全都是好手，但这会儿已经联系不上，估计是凶多吉少，而狙击手也失去联络，活下来的希望很小。

约瑟夫大声命令道："詹姆斯、伊恩、列昂纳多去右边，消灭右方的敌人；沃森、道格拉斯、布莱克消灭左边的敌人；亨利、克莱默带人去对付狙击手，不能让他们轻易开火。"

"放心吧！我会让敌人知道游骑兵的厉害，"躲在屋内的伊恩站起来，吼道，"游骑兵，做先锋！"

他旁边的詹姆斯和列昂纳多同时站起来，挥舞着胳膊，大喊道："呼啊！"

约瑟夫摇摇头，对这几个游骑兵出身的雇佣兵很无语，他们总习惯喊着以前的口号，凡事争先，要不是之前的敌人都不强，他们早死 800 次了！

沃森、道格拉斯、布莱克没有喊口号，悄无声息地朝着云飞扬那边跑去，这三人分别是 SAS[1] 和海豹突击队的退役特种兵，习惯悄无声息地进攻，快速消灭敌人，快速退出。

亨利和克莱默是从海军陆战队退役的特种兵，两人没有动，要事先找出狙击手的位置，才能压制或是消灭。

有名士兵站在阳台上，枪口瞄准着朱喜的后背，正要扣动扳机的时候，远处传来一声枪响，随后房顶被打出个大洞，12.7 毫米的穿甲弹穿过房顶，打在士兵的腰上。士兵的腰部出现个海碗般的大洞，身体对折挂在阳台上，只剩下腰部的一点皮连着，差点就被打成两截。

朱喜回头看了眼被打死的士兵，扭头继续开火。

士兵的惨状将其他人吓住，他们是霸主雇佣的士兵，大部分都是瘾君子，尤其是在战斗的时候，都会嗑药，增强勇气和战斗力，但就算嗑了药，眼前士兵的惨状也吓到他们了！他们不怕死，但不想被打成这个样子。

“上，继续上！”约瑟夫大吼着，他带着的手下教导过这些士兵，也负责临时指挥，在他的催促下，士兵猫腰前进，迅速找障碍物隐蔽，免得被狙击枪打中。

蒋礼掉转枪口，从无人机的图像上看到敌人躲藏的位置，然后通过热能感应瞄准镜确定具体位置，冷酷地扣下扳机。

伴随着巨大的枪声，一堵砖墙被打倒，躲在后面的士兵被砖墙拍倒在下面，发出撕心裂肺的惨叫声。

两名黑瘦的士兵和这名士兵的关系很好，立刻跑过去将同伴从墙下拖出

---

[1] SAS：英国特种空勤团。

来，只见拖出来的同伴右小腿不翼而飞，鲜血不断地从断腿处涌出，形成一道刺眼的血痕。

周正瞄准着左边的黑瘦士兵，对着肚子开火，子弹准确击中在黑瘦士兵的肚子上，黑瘦士兵倒在地上，再也管不了断腿士兵，自己捂着肚子哀号。

剩下的那名黑瘦士兵拖着断腿士兵飞快地向一边跑去，没等他躲在障碍物后，周正再次开火，子弹打在他的腿上，这名士兵也捂着大腿倒在地上。

附近的士兵看到两名救人的同伴受伤，犹豫着是否要出去救人。

约瑟夫大吼道："不要管他们，敌人在围尸打援！"

围尸打援是狙击手常用的方法，故意打伤敌人，让其他战友营救，然后再消灭救援的人，周而复始，达到消灭敌人有生力量的目的。尤其被打伤的是军官或是女人的时候，效果都非常好。

三名受伤的士兵呻吟着，哭泣着请求同伴相救，可士兵们听从了约瑟夫的命令，没有贸然去救，有人还将枪口瞄向他们，想要帮他们解除痛苦。

"抓住你们了！"克莱默兴奋地道，"狙击手在两点钟方向的半山腰。"

亨利将枪口对准半山腰，对其他士兵喊道："火力压制！"

士兵们对着半山腰开火，很多人都不知道蒋礼和周正躲藏的位置，只是单纯地开枪，甚至有的人将扳机摁住，巨大的枪支后坐力让枪口扫射的位置早就偏离很远，都快打到天上去了！

亨利根本没对士兵抱有多大的希望，指望一些吸毒的人经过简单训练就成为优秀战士，那是做梦。他估算了一下到半山腰的距离，大概 400 米，用自动步枪也能有效杀伤狙击手，他打算找到敌人后自己出手。

约瑟夫掏出一个烟幕弹，扔到受伤士兵的位置，喊道："去救人。"

士兵看看滚滚烟雾升起，看不清几米外的情况，顿时感觉到极度安全，三名士兵迅速跑过去，拉住受伤的同伴就往回走。没等走出两步，那令人恐惧的狙击枪声再次响起。

“啊！”

一名士兵惨叫着倒下，他只叫了几句，就停止了呼吸。另外两名士兵用更快的速度想要将伤员拖走，结果枪声再次响起，又一名士兵发出惨叫声倒下，右肩膀都被打没了！

士兵们再也不敢管伤员，这些人本身也不是多重感情的人。约瑟夫本以为压制住狙击手，再用烟幕弹就可以将人救走，他不在乎这些士兵的死活，反正在金三角只要有钱，从来不缺少人当兵，只是想要显示下他们雇佣兵团的能耐，方便以后继续和霸主合作或是在金三角接别的活儿，谁知道直接被对方打脸，人没救出来，反而又搭进去两个。

“克莱默、亨利，快点消灭狙击手！”约瑟夫恼羞成怒。

“狙击手换位置了！我还在找。”克莱默还在观察，他知道遇上了对手。敌人不是野路子出身的狙击手，而是职业军人出身，就算面对拿着步枪的普通士兵，还坚持打一枪换一个地方，非常谨慎。

“赶快找出他们。”约瑟夫也在寻找蒋礼和周正的踪迹。

有名士兵躲进茅草和木头搭建的牛棚，牛因为剧烈的枪声而躁动不安，来回走动，士兵猫腰躲在牛旁边，对着云飞扬的方向开火。

蒋礼瞄准这名士兵，再次扣动扳机，子弹穿透木头薄墙和牛的身体将士兵击毙。

约瑟夫看到这一幕，头皮发紧，躲在茅草屋中可以避开狙击枪的瞄准镜，就算对方用热感应，牛的热量也会阻挡人的热量，让狙击手无法看清楚人的位置，不可能这么精准，狙击手到底是怎么瞄准的，难道有什么高科技装备吗？约瑟夫不信，就算是美军来这里，也不可能有这种装备，他仔细观察着牛棚，发现牛棚的棚顶有个大洞，从上方可以看清楚下面的情况。难道敌人是从上面看清楚下面情况的？他小心地探出头，看向天空，发现在天空盘旋的无人机。独特的V形尾翼设计让约瑟夫看出这款是中国军方常用的彩

虹 –802 微小型无人机。

“霸主，在外边攻击我们的是中国军队的士兵，还要不要消灭他们？”约瑟夫知道对面的人是中国军人，就算是牺牲了四名手下，也打了退堂鼓，他不太想和强大的中国作对，毕竟一个小小的佣兵团无法和大国对抗。

“约瑟夫，我给你们钱是替我消灭敌人，只要消灭对方，我会再给你两倍的钱。”

“知道了！”约瑟夫也算是有道义，收人钱财与人消灾，何况钱又翻了两倍，既然霸主不肯放手，那就继续战斗，顶多以后就躲在阿富汗和伊拉克，不接金三角的活儿了！

云飞扬和朱喜坚定地朝着常寿那边靠近，但他们遇到巨大的阻力，前方有十几名士兵，其中还有三名老外潜藏起来，偶尔开火，给他们带来极大的压力。

朱喜已经打出去 400 多发子弹，身上剩下的子弹已经不多，轻机枪一旦没有子弹，比烧火棍强不了多少。

两人感觉压力很大，他们因为要帮助常寿，已经又前进了三栋房子的位置，这会儿身后也有敌人，就算想要撤退都不可能，而且他们也不会放弃常寿和董艺。

云飞扬皱起眉毛，看着无人机拍摄的战场情况，分析着怎么才能消灭敌人、抓捕霸主或是完成撤退。从图像上来看，士兵还有 30 多名，七八名外国雇佣军，雇佣军都躲在结实的砖混结构房子中，而士兵则大多在平地或是茅草房中，最密集的地方就是自己的前方和常寿的前方，这两个地方都通向霸主所在大院，防守最为严密，人员众多。只要将前方的人消灭，就等于消灭了敌人一大半的力量。

敌人虽然密集，也躲在三个房子中，想要将他们都消灭，并不是容易的事情，云飞扬的身上还有一枚手榴弹，朱喜身上根本没带。云飞扬继续看着无人机的图像，一个大胆的想法出现在脑海中，不过他还没有下定决心。

这时，他从图像中看到一名老外端着步枪瞄准无人机，顿时令他下定决心，命令道："圆规，用无人机去撞我正前方的房子，在撞击的时候启动自毁装置。"

"收到。"周正收到命令，放下狙击枪，再次操纵无人机直冲三名老外躲藏的房子，根本不问任何理由，严格执行命令。

约瑟夫瞄着无人机，他一个短点射，却因为无人机突然加速，子弹擦着无人机而过。约瑟夫再次瞄准无人机，连续两个短点射，子弹击中机翼，机翼出现两个洞，一头朝下栽去。约瑟夫的脸上露出一丝笑容，没有了天上的眼睛，他们这么多人消灭这个中国的小队就更有把握。但他很快就发现不对，无人机好像不是被打下来，而是在俯冲。他看了眼无人机俯冲的位置，竟然是沃森等人躲藏的地方。

"沃森、道格拉斯、布莱克，马上离开房子！"

约瑟夫焦急的喊叫声传到了三人的耳中，不过无人机也以每小时 70 公里的速度一头撞在房顶上，在周正摁下自毁键的时候，无人机发出巨大的爆炸声。

巨大的爆炸声传来，附近的几座茅草房直接被冲击波摧毁，狂风呼啸而过，云飞扬和朱喜躲在窗户下，震碎的碎玻璃溅了他们一脖子。

云飞扬探头看了眼外边，发现房子都变成废墟，立刻翻身而出，跑动中击毙一名被炸得晕晕乎乎的士兵。

约瑟夫用胳膊挡住飞过来的破片，还是没有完全护住，脸颊被破片划伤，但脸上的痛明显没有心痛来得强烈。他这个佣兵团是小型团队，沃森等人都是核心，他们的死亡等于宣告佣兵团的灭亡。

"我要杀了你们！"约瑟夫低吼着，不再顾忌蒋礼的狙击，迅速冲了出去。

亨利和克莱默发现周正的位置，立刻对着周正开火，在急促的枪声中，狙击枪的位置爆出几个子弹打出的小坑，崩起的石头将狙击枪都砸倒，将正在收无人机遥控器的周正吓了一跳。要不是自己刚才在操纵无人机，凭着对方看到狙击枪枪管后猜测的位置开火，肯定会将自己打伤或是杀死，周正紧张的同时也伴随着庆幸。

蒋礼发现有人瞄准这边，拍了下红烧肉的屁股，命令道："去那边。"

红烧肉扭着大屁股跑向一旁的树林，亨利看到半山腰的香蕉树发出一阵晃动，立刻瞄准那边，低声道："亨利，香蕉林，我们一起开火消灭他。"

他们看到周正的狙击枪倒了，也没有扶起，以为消灭了一个狙击手，打算最后消灭躲在香蕉林的狙击手，完成任务，却不知道周正已经端起自己的步枪，寻找着他们的踪迹，蒋礼也在等他们开火，只要他们开枪，枪口的火焰就会暴露他们的位置。

亨利和克莱默在盯着树木和草丛起伏的痕迹，估算着敌人的位置，然后一起扣动扳机，对着预判的地方开火。

子弹打在香蕉林中，将正在四处嗅的红烧肉吓一跳，连忙跑向一旁，亨利和克莱默发现树木晃动得更加剧烈，以为人在跑，再次开火。

蒋礼的准星已经准确瞄准亨利的头部，他自言自语道："浑蛋，竟然还敢开枪，希望你别打伤红烧肉，否则我就死定了！"蒋礼扣下扳机，巨大的枪声响起，亨利一惊，脑海中立刻升起个疑问：使用反器材步枪的狙击手不是在林中奔跑吗，怎么能在奔跑中开火，这完全不可能。没等他考虑清楚，子弹已经打中他的头部。

鲜血和脑浆溅在克莱默的脸上，克莱默浑身发抖，自己的战友竟然就这么被爆头了！他感觉不对，树林里奔跑的肯定不是狙击手，他得离开这里，换个地方。没等克莱默收起枪，半山腰传来声清脆的枪声，克莱默要躲开，但身体没有跟上思维的速度，子弹无情地打在脖子上。

克莱默倒在地上，喉结被打碎，子弹从后脖颈穿出，鲜血飞快地流着，很快就形成一大摊，克莱默眼中的光芒渐渐消失，他仿佛看到了一道铺满金光的道路，克莱默以为这是通往天堂的路，脸上露出笑容，停止了呼吸。

两名老外被击毙，没有人再对蒋礼和周正形成威胁，两人再次换地方，对着村庄开火。

霸主一直在关注着战况，发现局势变得越来越不利，毫不犹豫地道："我们走。"

冷柔点头，拿起对讲机，命令道："所有人回来。"

士兵们立刻放弃进攻，全都朝着大院后退，哪怕他们不断被蒋礼击毙，也还是赶回来，涌进屋子中，随后护送着霸主上车。

蒋礼看到被人群包围的霸主，立刻瞄准，果断扣下扳机。子弹打穿霸主前面的士兵身体，射入霸主的肚子中。霸主当场倒了下去，其他士兵顿时一哄而散，不再管霸主，乘上院子中的汽车，开始逃窜。

六辆汽车冲出大院，蒋礼再次掉转枪口，瞄准车队中最好的路虎越野车，一枪打在发动机上。路虎车前机盖被炸飞，一头撞进旁边的房子中。

云飞扬和朱喜已经冲到大院边，看着冲出去的车队，正要开火的时候，第二辆车后座的人回头看了过来，云飞扬和那人的目光在空中碰撞在一起。霸主，目光中充满了仇恨的肯定是霸主。云飞扬抬起枪口，正要对着汽车开火，眼角的余光看到约瑟夫冲出来，对着自己扫射。云飞扬立刻扑向一边，子弹打在地上，跟着云飞扬滚动的方向追去。

朱喜掉转枪口，对着约瑟夫开火。

轻机枪喷吐出长长的火舌，子弹像是雨点般打过去，一道人影冲到约瑟夫的身前，将约瑟夫扑倒在地，子弹全都打在他的身上。

朱喜看到詹姆斯和列昂纳多的身影，子弹扫了过去，两人闪到一边，举枪还击，朱喜也躲到一棵树后，免得被流弹击中。

约瑟夫看着吐血的伊恩，脸上全是悲伤。要不是伊恩身上穿着防弹衣，子弹肯定会穿透伊恩的身体，将自己打死，但防弹衣却无法护住伊恩。

詹姆斯和列昂纳多来到约瑟夫身边，焦急道："霸主的人都撤了，我们赶紧走。"

约瑟夫看了眼快要成为焦土的村庄，这里牺牲了绝大部分团员，只剩下三人。伊恩的死虽然让他愤怒，但他更知道留下来只有死亡，不会有其他结果，他想要报仇，并且一定要报仇，前提是必须得先活着，他不去思考怎么杀死云飞扬等人，而是怎么在狙击手的瞄准下逃走。

"我们走。"约瑟夫深深地看向云飞扬的方向。虽然迷彩油让他无法看清楚云飞扬的面容，但他记住了云飞扬的眼睛，相信只要再见，一定会认出来。

常寿和董艺在士兵撤退后，也跟了上来，不断开火，消火敌人，同时追着詹姆斯等人打，他们之前憋屈坏了，差点被杀死，这会儿得好好出口恶气。

董艺也看到车队离开，对着车队就是一阵扫射，不过乘车的士兵也开火还击，人多势众的士兵反倒将董艺打得抬不起头。董艺气不过，看到车队快要到村尾，立刻摁下炸弹遥控器，挂在树上的阔刀地雷启动，钢珠在火药的推动下飞出，密密麻麻地打在第一辆车上，车内的人当场就成了筛子，汽车失控，撞在大树上。

第二辆车的司机也被击中，当场死亡，不过因为距离地雷有些远，威力已经不大，没有穿透座椅击中后面的霸主和冷柔。冷柔在爆炸后，立刻探身扶住方向盘，避免汽车撞到前面的汽车上。汽车冲进茅草房，又穿了过去。冷柔握着方向盘，挤到前面，拉开车门，将死去的司机踹下去。

云飞扬躲开约瑟夫的攻击，背靠一辆汽车，大声道："霸主躲在第二辆汽车，拦住它！"

董艺立刻摁下其他的炸弹引爆器，但他看不到村尾的情况，根本不知道霸主的车子不走寻常路，是从茅草屋中撞穿出去，完全避开了炸弹的埋伏，毕竟董艺也没想到有人会开车冲过屋子，炸药没有布设在那边。

连续不断的爆炸在不远处响起，将车玻璃全都震碎，冷柔的脸上也被划破，可她冷冷地盯着前面，也不管后面的车队，用最快的速度离开。

蒋礼瞄准霸主的汽车，但车子已经冲进树林，完全失去踪迹。

云飞扬想要追击，但村子里还有三名雇佣兵，必须要将他们消灭，才能放心地去追击，否则很可能在追击的时候被雇佣兵从后面偷袭。云飞扬命令道："扳机，圆规，你们追击霸主。"

"是。"蒋礼将狙击枪的脚架折起，跑向汽车的时候，听到唐欣怡说道："缅甸部队已经赶了过去，很快就会到，你们马上撤离。"

"该死。"云飞扬狠狠地挥下拳头。他们不可能和缅甸的军人交火，那会引起外交纠纷。云飞扬不甘心地道："撤退。"

几人迅速朝村外跑去，当他们快要离开村子的时候，几人听到旁边发出声响，枪口立刻掉转，瞄了过去。只见一名受伤的士兵身上有个大伤口，血水不断地从伤口往外淌，士兵的意识模糊，分不清敌我，只是心中强烈的求生欲望让他发出呼救的声音："救救我。"

云飞扬停下脚步，跑到士兵的身边，打开身上的医疗包，拿出芬太尼贴片，贴在士兵的脖子上，随后准备为士兵进行伤口缝合。

常寿看了眼表，低声道："你疯了吗，打算救这个毒贩的士兵？缅甸军方的人马上就到了！"

"你们先走，给我把摩托车留下。作战的时候，他是敌人，但现在战斗结束了，他在我的眼中只是个伤者，救死扶伤是医生的天职。"云飞扬说话的时候飞快地帮士兵进行消毒和缝合。

"该死的医生天职，怪不得你会去当无国界医生，"常寿嘟囔着，道，"你们先把车开过来，我保护队长。"

其他人点点头，迅速跑向放车的地方，等几人将车子开过来，云飞扬已经做好紧急缝合手术，正在进行包扎。

周正大声道：“快上车，缅甸军方要来了！”不远处已经传来汽车的轰鸣声，缅甸军方很快就会将他们堵在村子里。

朱喜等人的脸上都露出紧张的神色，不断地观望。

云飞扬飞快地结束包扎，对士兵鼓励道：“马上就有人来救你，坚持住。”随后上车，朱喜一脚将油门踩到底，汽车快速驶离。

第六章

刺　头

前进基地，朱喜抱着右后腿上缠着纱布的红烧肉，瞪大双眼，浑身带着压迫的气势站在蒋礼面前。蒋礼面带讪笑，道：“红烧肉受伤了，我给它买了它最爱吃的苹果。”

朱喜板着脸问道：“它怎么受伤的？”

“肯定是被敌人打中的，当时敌人用火力压制我们，也许就是那个时候被流弹击中的。”蒋礼说话的时候，视线根本不和朱喜对视。

“是这样吗？”朱喜盯着蒋礼的眼睛。

“我去给它拿苹果。”蒋礼想要借机开溜。

“站住，周正已经都告诉我了！你还想继续编吗？”朱喜放下红烧肉，面容狰狞，一副马上就要动手的样子。

“那个叛徒，”蒋礼恨得咬牙切齿，决定坦白从宽，“我和周正被村子里的雇佣兵压制，还差点让周正牺牲，我为了消灭雇佣兵，只能先引诱对方开火，对方有两个人，我和周正需要消灭敌人，只好让红烧肉去林子里走一圈，真的只是走一圈，我也没想到红烧肉竟然被打伤。”

“你竟然拿我儿子当诱饵！”朱喜握紧拳头。

蒋礼这才明白过来，老实人朱喜竟然会使诈。

朱喜紧握着右拳，伸向蒋礼，蒋礼看着砂锅大的拳头，吓得后退一步，他们对练过，别说自己一个人不是朱喜的对手，就算是加上董艺也没用，朱喜的体格太强壮，他们打朱喜两下朱喜什么事情都没有，而朱喜一拳就可以将他们打伤，所以蒋礼才不想和朱喜这个人形巨熊动手。拳头落在蒋礼肩膀的时候变为拍，朱喜沉声道："这次我儿子的伤自是石头崩伤，算你运气好，要是下次再让我儿子诱敌，我饶不了你。多拿点苹果给我儿子。"

“没问题，我这就去拿。”蒋礼没想到朱喜这么简单就算了，还以为得被揍一顿呢!

朱喜看着蒋礼兴奋离开的身影，叹了口气。他是将红烧肉当儿子，但它毕竟是头猪，不是人，在之前那种情况下，蒋礼的做法并没有问题，朱喜也不是不讲理，难道让战友们冒着生命危险诱敌，甚至导致整场战斗的失败吗！他可以为了红烧肉去诱敌，却不能让战友那么做。但朱喜还不依不饶地询问，甚至威胁，就是为了避免其他人将这种事情当成习惯，那样的话红烧肉早晚会被害死。

红烧肉的伤势并不严重，主要都是子弹打在树木和石头上溅射导致的受伤。红烧肉吃着蒋礼送来的苹果，一口一个，吃得美滋滋，皮糙肉厚的它对这些小伤根本不在意。

其他人都各自休息，缓解剧烈战斗后的精神紧张和疲惫，只有云飞扬回到军区述职。

汇报室内，蒋国成中将坐在左边，旁边是南部战区参谋长杜海，云飞扬笔直地站在两人面前，大声汇报完整的行动步骤，将任务失败的原因都扛在自己身上。

蒋国成听完汇报，看着处于自责中的云飞扬，安慰道：“你也不用自责，这次行动失败固然有你的原因，但主要原因还是霸主设伏杀死吴刚，你们正好一头扎进去。”

“我在没有准确情报的支撑下贸然行动，行动中没有及时带领队伍撤离，请求处罚。”云飞扬认为自己的责任很大，差点将隐刺带进地狱，这次侥幸，下次要是再出现这种情况，也许就没有那么好的运气了！

“处罚就算了，你要吸取教训，但以后也不要死板地认为必须要有准确情报再行动，战斗就算做到十足的准备，还是可能出现意外。尤其是情报，很多时候等到有准确情报，早就错失良机。所以我认为你的责任并不在于行动，而在于准备工作。在战斗之前，不论形势多么乐观，都要做好处理突发事件的准备，尤其是当形势不好时的退出方式。你在行动中没有第一时间撤退，反而继续进攻，这才是最大的问题。”

“我会谨记这次的教训。”云飞扬没有多解释，还将常寿没有按照约定的计划同步前进，反而和董艺抢先进入大院附近，导致无法及时撤退的责任承担下来。

蒋国成对隐刺的这次行动总体还是满意的，虽然任务没有完成，有些是运气导致，但他们六个人在遭遇数十名士兵和十几名雇佣兵的情况下消灭大部分，并在缅甸军方到来之前全身而退，无一人受伤，简直战斗力爆棚，相信下一次在准确情报支撑的情况下肯定会抓住霸主。

“现在还有霸主的踪迹吗？”

“霸主汽车进入树林后就失去踪影，我们无法追踪。”

“我会让情报部门继续寻找霸主的下落，你回去好好训训那帮小子，不要因为这次战斗的成果而翘尾巴。”

云飞扬敬礼后离开，心情还是十分沉重。霸主这次逃走，也不知道什么时候才会再次出现。

参谋长杜海笑道："云泽还是什么事情都往自己身上揽，要不早就能升上去了！"

蒋国成道："虽然常寿没按照计划行动，但人是云飞扬选的，他是领导就要承担责任。"

"你对儿子的要求太严了！"

"别提了，想起另一个就头疼。"

"找个机会将真相说出来，估计你就不用头疼了！"

蒋国成叹口气道："我看看吧！"

云飞扬回到前进基地的指挥中心，回放着当时的战斗场景。他现在还能清晰地回忆起后座上霸主那张丑陋的脸孔和仇恨的双眼。霸主害得云飞扬弟弟身死，而云飞扬又差点杀死霸主，所以双方的仇恨刻骨铭心，不论谁对谁都是这样，云飞扬和霸主都希望对方落在自己手里，最终要看谁技高一筹。

唐欣怡走进指挥中心，手中拎着一个大袋子，从袋子中拿出瓶啤酒递到云飞扬面前，道："你都在这里看一个小时了，不要给自己太大压力，我们都会帮你找到霸主的。"

"我在想霸主会逃到哪里。现在失去他的踪迹，要是不趁着他刚回到金三角，立足未稳，等以后再想找出他会更加困难。"

"我已进入电信公司的数据库，拿到村庄附近的移动电话记录，排查了当天所有在那个区域的电话号码，目前还没有任何线索，但我已经设置跟踪，一旦那些电话有通信，都会录下来，并且追踪对方电话号码和地址。"

云飞扬点点头，问道："霸主身边的女人有线索吗？"他认为那个女人很重要，她既然能贴身保护霸主，还负责交易，说明她绝不是个普通花瓶，也许有犯罪记录也说不定。

唐欣怡打开瓶啤酒，喝了一口，道："刚刚在国内的数据库进行了比对，没有任何记录，我已经申请了国外的协查，目前还没有消息返回。"

"情报科那边也在追踪霸主的下落，你要及时和他们互通消息。"

"我知道，"唐欣怡和云飞扬碰了下杯，道，"先喝酒，休息一下。"

云飞扬灌了一大口，冰凉的啤酒喝下去很舒服，让他放松很多，高强度的战斗后不断奔波和忙碌，加上战斗后的自责令他的精神压力很大，弦绷得太紧会断，适当的放松可以让思路更清晰。

"那几个逃走的老外确定身份了吗？"

"无人机照的图像不是很清晰，目前还在进行图像增强，大概明天可以查出具体的身份。"

"泰猜的手机有录音吧？"云飞扬想起在准备侵入村庄之后，唐欣怡就切断了云飞扬等人监听泰猜手机，以免因为监听而影响战斗时的通信。

"有，我放给你听。"唐欣怡找出录制的音频文件开始播放。

扬声器中传来霸主和吴刚的交谈，当巨大的一声枪响后，泰猜被杀。云飞扬和唐欣怡打起精神，仔细倾听后面的录音，也许一点点的细节就能找出霸主的隐匿地点。

"为什么？"

"让你的手下停手吧！没想到你这么聪明，早就看出来了。还在外边布置了后手。"

……

"小心，外边的人身份不明，全部消灭。"

"我知道，你根本不……原来，原来是这样。"

"知道得太多，很多时候并不是好事，不是吗？"

两人听到吴刚被杀时的录音：吴刚发现了什么，他到底知道了什么，他想说的话是什么，霸主有什么秘密呢？巨大的疑问浮现在两人的脑海中，相信只要破解了这个疑团，对抓住霸主肯定有极大的作用。

录音还在继续，可后面没有什么有用的内容，云飞扬和唐欣怡又听了两遍，才停止了播放。

云飞扬可以从录音中分析出吴刚和霸主之前的关系很好，但霸主为什么打着交易的幌子暗算吴刚？原因是什么？如果只是想要一批毒品，黑吃黑的话，霸主都不用打着自己的名头，随意用别人的名号就可以找人来交易，吞下一笔毒品，这样还不用背负不好的名声。而且雇佣兵非常贵，单纯想黑吃黑，就凭着霸主以前手下的士兵就可以轻易完成。所以为了毒品或是钱这一说应该站不住脚。

难道吴刚和霸主有仇？可是这也不应该，吴刚和霸主要是有仇，吴刚就不会伤势未好就来见面，见面的气氛还那么和谐，对霸主丝毫没有戒心，从这里可以看出，吴刚对霸主没有任何坏心，只是霸主单方面想弄死他。

霸主不是为了钱，也没听说两人有仇，吴刚的身份也不重要，不会影响到霸主在金三角的统治地位，这样毫无威胁的一个人，莫名其妙地被杀，完全让人想不通。

云飞扬一夜都在想吴刚到底发现了什么，却没有收获，他顶着黑眼圈和其他人一起训练，所有人睡得都不是很好，他们虽然都参加过抓捕毒贩这类实战，但这种近乎绝境般以少对多的战斗却是第一次，那种战斗的兴奋、绝处逢生后的喜悦、杀人的自责等种种情绪混合在一起，让他们都无法睡安稳觉。

所有人都休息得不好，神经也紧绷，只有董艺的脸上全是笑容，跑步的时候还吹嘘道："看到我给无人机加自毁炸弹的爆炸威力了吗？整整 200 克 C4，不但将飞机炸得荡然无存，还消灭至少七八个敌人。可惜，飞机炸弹我本来设计的是坠毁后爆炸，那样能炸出个美丽的维纳斯图案，要不是周正提前引爆，导致没有出现效果，图案肯定非常漂亮，那些毒贩以后就知道我们维纳斯战队了！”

周正反驳道：“我们是隐刺，不要胡乱改名，要是对起爆时间有疑问，去找队长。”

董艺看着满脸冰霜的云飞扬，识趣地没敢质疑，不过还是继续嘚瑟道：“可惜了我那枚阔刀地雷，里面的美人图案都被车队给毁了，我下次得做个更漂亮的。”

常寿打击道：“你要是不把那枚阔刀地雷给改了，也许就将霸主抓住了！”

董艺瞪大眼睛，不满地道：“本来我可以放更多诡雷，是你一直急着前进，导致我少放诡雷的。”

“你……”常寿愤怒地停下脚步，想要打董艺。

董艺也停下来，挑衅地看着常寿，哪怕知道打不过常寿，也绝不会屈服，谁也不能随意侮辱他的艺术，这是董艺的原则。

朱喜停下来，拦在两人中间，劝道：“大家是自己人，都少说两句。”

周正不满地道：“你们还有脸吵，要不是你们没有按照计划同步前进，我们也不会被迫迎战。”

常寿对周正的指责更加愤怒：“你既然怕死就退伍呀！当什么兵，你那么厉害，怎么没阻止霸主逃走，两杆狙击枪竟然让人给跑了，真出息。”

蒋礼听到常寿的话里捎到自己，也恼了：“我们又没有霸主的照片，打中假霸主怪我吗？霸主坐在哪辆车里又不是我能猜到的，要不是你和董艺瞎胡闹，陷进去之后出不来，我们完全可以等霸主出来，轻松将他击毙。”

董艺道：“打错车还理直气壮，作战不是开枪就行，要用脑子。怎么解决车队，在部队里没学过吗？脑子都被狗吃了？只要击毁第一辆车和最后一辆车，车队就是瘫痪的，霸主还能逃走吗？没事非得去打吴刚的那辆路虎车，吃饱了撑的。”

蒋礼也知道自己错了，要是第一枪打中车队的头车，车队无法前进，只能倒退，他会有充分的时间击毁最后一辆车，然后云飞扬四人就可以抓捕霸主了！

朱喜不想大家内讧，劝道："大家都不要吵，都冷静冷静。"

蒋礼没好气地道："你装什么好人，要不是你和云飞扬被敌人发现，这次的行动也不会失败。"

朱喜被蒋礼攻击，没有生气，他知道这件事不怪自己和云飞扬，他们也不能被人发现后，在不确定对方是毒贩还是平民的时候就杀人灭口。而且要不是误打误撞发现雇佣兵，等到了里面，围剿霸主时才发现外围有雇佣兵，到时情况也许更加严峻。朱喜继续劝道："别生气，冷静一下。"

蒋礼不再追着朱喜说，抱着膀子冷冷地看着董艺等人，所有人的心中都是不满，互相瞪视。

云飞扬看蒋礼等人都像是斗鸡一样，随时可能打起来，深吸一口气，压住自己的愤怒，道："够了！都和我来作战室。"

蒋礼等人来到作战室，互相离得很远。云飞扬冷冷地扫视着众人，心中全都是愤怒。任务失败，战斗的压力大家都需要释放，但这个释放的方式不能是对自己人。

云飞扬站在前面，冷冷地道："这次任务失败，大家都总结一下。"

刚刚大家发泄了情绪，这会儿稍微冷静一点，几人都不再说话。

"怎么不说了？刚才一个个的不是挺能说的吗？说啊！"云飞扬最后两个字是咆哮出来的。

几人低下头，没脸说话。

"都不说了？"云飞扬等了片刻，道，"那就由我来说说。"

"常寿不按战斗计划前进，导致无法及时撤退，罚训练增加一倍，接受处罚吗？"

常寿知道自己性格冲动，但还是很聪明的，只是冲动起来就不动脑子罢了，不冲动的时候还是很正常的。常寿站起来，大声回答："我接受一切处罚。"

云飞扬点点头，示意他坐下，道："董艺作为常寿的队友，没有起到阻止常寿贸然前进的作用，并擅自改武器，和常寿同样受罚，你接受处罚吗？"

董艺有气无力地道："我接受。"他想起两倍的训练量，就有想死的冲动。

"朱喜、周正、蒋礼表现得不错，不用受罚，但作为常寿的队友，理应和战友同甘苦共患难，一起加训。"

云飞扬的话刚说完，没等继续说下去，蒋礼就不满地站起来，大声道："常寿犯错就算了，我们没错也加训，你这是逃避责任。谁看不出来这里责任最大的就是你，要不是你被敌人发现，也不会暴露，要不是你在敌情不明的情况下贸然攻击，也不会中伏。常寿虽然没有按照计划行动，但这只能说明你的指挥能力有问题，才没有按照一致的步调行动。"

常寿听到蒋礼说的话，脸上没有任何喜悦，反而一脸不爽：你和队长不对付，还拿我当枪使，硬磕队长。

云飞扬的脸色也不好看，作为队长，被手下指责，他要是不生气就怪了！

蒋礼见云飞扬没有话说，继续道："双方速度不一致是你的原因，董艺没有阻止常寿很正常，常寿是个战斗狂，谁能阻止得了他？依我看，就不应该让这种人进入到隐刺的队伍中，他这种人也只有你才会要。"

云飞扬冷冷地看着蒋礼，道："说完了？"

"董艺在无人机上安装炸弹，解救了你和朱喜，这也是立功，在我看来，受罚的应该只有你和常寿。"

云飞扬盯视着蒋礼，大声道："我是隐刺的队长，所有人要遵守我的命令，如果你有异议，可以向上级投诉或是申请离开，不过在你离开隐刺之前，就要听从我的命令。蒋礼藐视长官，关两天禁闭。"

"你……我要向上级投诉你。"蒋礼很愤怒。

“那是你的自由。把他关进禁闭室里。”

常寿和周正同时站出来，两人对视一眼，虽然彼此看不上，可还是一起上前，将蒋礼带往禁闭室。

蒋礼挣扎着喊道：“云飞扬，你这是公报私仇，我一定会举报你的！”

云飞扬看了眼众人，道：“所有人收拾行装，返回军区重新训练。”云飞扬感觉到众人磨合的时间太短，这次的情绪爆发让大家心中都出现芥蒂，要是不将芥蒂消除，大家无法默契地战斗。在战场上只要一点点失误，就可能丢掉性命，所以云飞扬带着大家回基地，主要练习扛原木等锻炼团队协作精神的训练，让大家重新拧成一股绳。

董艺回房间收拾的时候，路过指挥中心看到唐欣怡吃着棒棒糖，敲击着键盘，看起来十分轻松。董艺走进去，看着一排排滚动的代码，完全看不懂，问道：“你不收拾东西回军区吗？”

“你们这些傻大兵回去受训，我回去干什么？”唐欣怡转过身，满脸的幸灾乐祸。

“你也太没有同情心了吧！”董艺满脸苦涩。

“反正你们在哪儿都是训练，加油吧！少年。”

“队长发怒，我们回去都是加训一倍，要知道平时的训练就要了半条命，两倍的训练量会要了我的命。”

“队长平时也不发怒呀！今天你们怎么惹到队长，让他发怒的，跟我说说呗！”唐欣怡只知道云飞扬等人回军区训练，却不知道训练量加大这么多，更不知道云飞扬发怒的事情。

“这个……”董艺有些不好意思说，难道说因为自己碎嘴，导致在训练场上发生言语冲突，最后云飞扬发怒，在作战室开会的时候做出两倍训练的惩罚。但是虽然起因是自己，主要惹恼队长的却是蒋礼，对，就是他。

“说说，我还不知道呢！”唐欣怡的脸上写满了好奇。

“……”

“你要是不说，可要想好后果。”唐欣怡露出恶魔的小尖牙。

“刚才在作战室里……”董艺去掉训练场的一段，只说作战室中的情况。

“你对这件事怎么看？”唐欣怡想知道董艺的想法。

“我没什么看法，只要不影响到我的艺术作品就行。”

“难道你一点看法都没有？我不信。”

“怎么惩罚倒是无所谓，就怕队长会将常寿的事情上报，那样常寿之后想要提干就难了！”

“你认为队长会让常寿背锅？”

“谁知道呢！据说队长之前就……”

“就怎么？”

“那都是捕风捉影的事情，不说了！”

“告诉我嘛！我也有个准备，免得之后莫名其妙地背锅。”唐欣怡轻声软语地哀求。

“蒋礼说队长为了上位，开枪打死了亲弟弟，还害得之前带的队伍都牺牲了！”

“你相信吗？”

“无风不起浪，而且队长也没有辩解。”董艺话里话外的意思就是相信。

唐欣怡笑道：“那你们以后要苦了，别说我没同情心啊，那个棒棒糖送你了！”唐欣怡抬下巴对桌上棒棒糖的方向示意。

董艺小心地看着唐欣怡的表情，试探地问道：“这个棒棒糖不会有问题吧？”

唐欣怡撇嘴道：“你把我当什么人了？那是我准备一会儿吃的，不吃拉倒。”唐欣怡生气地转过身。

“我怎么会不相信你。”董艺拿起棒棒糖，打开包装纸，他不会全信唐欣怡，等一会儿得好好闻闻，再小心尝尝，绝不会像上次那样中招。

董艺将包装纸打开，棒棒糖竟然整个炸开，一股烟雾蔓延开来。董艺第一时间闭气，可他的速度还是慢了一点，关键是闭气也没用，胡椒粉飘进鼻腔，呼吸不呼吸都一样刺激。

阿嚏！阿嚏！

董艺连续打喷嚏，眼睛也感觉火辣辣的，他想不到唐欣怡这次不是在棒棒糖里加料，而是棒棒糖根本就是假的，还打开就炸。

唐欣怡此时已经躲得老远，捂着口鼻，生怕呼吸到胡椒粉。

董艺一脸委屈地看着唐欣怡，道：“你不是让我相信你吗？”

唐欣怡理直气壮地道：“我没骗你呀！”

“没骗我，这是……”董艺抖了抖身上的胡椒粉，再次打了个喷嚏。

唐欣怡捂着鼻子来到桌旁，打开抽屉，里面放着数十个棒棒糖，随手拿出一个，打开包装放在口中，道：“看，哪有问题！”

董艺想哭：你一抬下巴，示意那个方向，谁知道你说的是抽屉里，再说了，你要是不想整蛊我，至于刚才假装生气转头，故意不看我，却在包装打开的第一时间，踹了下桌子，让椅子滑出老远，完全避开胡椒粉吗？这根本就是个套好不好！可惜，董艺就算明知道有问题，也不能追究，毕竟表面上抓不到任何把柄。

唐欣怡看着一脸胡椒粉的董艺，好心地道：“水盆里有水，你洗洗脸。”

董艺的双手摇得像是风车，连忙道：“不用，不用，我一会儿回去洗就行。”他逃也似的离开。

唐欣怡等董艺离开，脸色沉了下来，在键盘上敲击一下，屏幕上显示出一张照片，照片上是名拿着步枪的男子，一脸爽朗的笑容，看起来就有种亲近感。

“哥，我想你了！”唐欣怡想起哥哥小时候带着自己玩，每次有人欺负自己，哥哥都会替自己出头，还把他舍不得吃的东西都给自己，眼泪不知不觉就流了下来。

云飞扬推开指挥中心的门，唐欣怡连忙摁下键盘，照片隐去，她悄悄擦掉脸上的泪。

“我带人回军区训练，蒋礼被我关在禁闭室了！两天后的这个时候放他出来，让他与我们会合。”

“知道了！”

“有霸主的消息立刻通知我。”云飞扬将事情交代好，带众人回军区。

回去的路上，没有人说话，就连红烧肉都蜷缩着身体，不发出哼哼声。云飞扬初来乍到，虽然战斗能力令所有人佩服，指挥也没发现问题，但大家对他的品性不了解，每个人都担心云飞扬会将这次的事情推给常寿，让他成为替罪羊，虽然这次的事情不会让常寿直接退役，却很可能影响提干。就算这件事不会对其他人造成影响，不过他们都在云飞扬手下，要是云飞扬这么做了，谁敢保证下一个背锅的不是自己，众人的心情多少有些压抑。

汽车回到基地门口的时候，蒋国成带着几名大校站在门口迎接。周正将车子停下，几人走下车，站成一排，集体敬礼。

蒋国成回礼后笑道：“怎么都没精神，你们队长向我汇报过你们的行动，对你们提出高度表扬，还请求自我处分。在我看来，你们虽然没抓住霸主，但你们的战斗打出了我军的风采，让霸主这些毒贩胆寒，认识到我国军人的厉害，还是卓有成效的。我期待你们早日抓捕到霸主，到时我给你们请功。”

“谢谢首长。”云飞扬回道。

蒋国成又勉励了众人几句，拍了拍云飞扬的肩膀，带人离开。

众人互相看了看：蒋国成既然这么说，看来云飞扬并没有在暗中对上面说什么。常寿只喜欢战斗，虽然对背锅不太在乎，但云飞扬没有推卸责任，还将责任揽到自己身上，绝对是个好上级，值得他跟随。

其他人也松了口气，哪怕董艺是为了艺术，朱喜是为了津贴，有个好上级也会让他们轻松许多，最起码不用除了战斗之外，还要思考其他没用的东西。

云飞扬没给他们自满的机会，大声道："不要认为得到首长夸奖就可以松口气，所有人放下行李，半个小时后进行训练。"

蒋礼被关禁闭，心中全是对云飞扬的不满。突然看到铁门上递送食物的小窗口被打开，一瓶矿泉水被递了进来。蒋礼问道："谁？"

"是我。"唐欣怡回答，站在门口看向蒋礼。

"其他人呢？"

"都回军区了！"

"你来干什么，看我的笑话？"蒋礼和唐欣怡没交情，不认为唐欣怡会好心看自己，就算要整蛊自己，自己也没有心情。

"我来找你打听点事，听说队长亲手杀死自己的亲弟弟，还害死了队友，我想知道具体的情况。"

"这和你有什么关系？"

"我想知道队长是什么人，才知道以后用什么态度对他。"

"他就是个沽名钓誉之徒，表面功夫做得很好，看起来是好人，可实际上阴险腹黑，害人不眨眼。要不是他贪功冒进，不及时撤退，小队成员能全部牺牲吗？当时那个小队是军区最好的战士，全都是兵王，可就是因为他，所有人都牺牲了！只有他一个人活着回来，要是没有问题，怎么就他一个人回来？"

"你有证据吗？"

"证据？有证据的话早就将他告上军事法庭了！他那么阴险，怎么会留下证据。"

"没有证据，你说的一切都是猜测，没有丝毫作用。"唐欣怡知道蒋礼对云飞扬有不满，他的话得大打折扣。

“要想得到证据，只能希望云飞扬说梦话了！”蒋礼也不想多说，说什么都没用。他曾经找过蒋国成要行动记录，不过蒋国成没有给他。他又向其他上级举报，同样毫无结果。

“你喝点水吧！没有加料。队长让我两天后放你出来。”唐欣怡离开禁闭室。

蒋礼暗自咬牙道：“云飞扬，我一定会找到你害死其他战友的证据。”

第七章

毒榴莲

云飞扬带领隐刺众人在半个月内密集训练，每天进行扛圆木、用圆木做仰卧起坐等各种团队协作的训练，将每个人都磨到筋疲力尽，众人一结束训练就躺下，都没有思考的时间，所有人在这种训练下，终于心无芥蒂，再次形成一个紧密的团体。

隐刺的人聚集在指挥中心，云飞扬拿着一摞档案走进来，道："情报中心通过空中信息得到线索，一批两吨重的五号海洛因会从西双版纳的口岸入境。"

董艺惊呼道："50 克海洛因就够枪毙了，他们竟然敢一次就运两吨进国内，简直是不知道'死'字怎么写。"

"毒品是暴利行业，这批五号海洛因一旦运到国内，就会被添加咖啡因、巴比妥、安定、安钠咖、果糖、乳糖、烟碱、麻黄碱等辅料，稀释纯度。一般每公斤纯度 99.99% 的五号海洛因添加辅料后，会变成十公斤一号海洛因，利润巨大，当然不会缺少铤而走险的人。"

"那些毒品得多少钱呀！"

“从金三角拿货也要十个亿左右。”

“一单就做这么大，胆子真大。”

“霸主的胆子能小吗！”云飞扬的话语中带着嘲讽和恨意。

“这批货是霸主的？”董艺很惊讶，不敢相信霸主差点被我方打死，没多久还敢贩大量毒品来中国。

“上次我们监听了泰猜的电话，听到吴刚和霸主交易的就是两吨五号，我们撤离村庄后，缅甸方面并没有在现场发现毒品，说明毒品已经被霸主拿走。霸主在没有受伤躲起来之前，曾经往我国运送过一吨多的海洛因，正是因为那次海关破获的案件，霸主才浮出水面，并且坚定了我们拿下他的决心。根据历来破获的毒品案件来看，金三角的毒贩中只有他敢一次性大批量运送海洛因。”

“我们只要抓住这批运送毒品的家伙，就可以顺藤摸瓜，将霸主抓捕归案。”周正握紧拳头，充满必胜的信心。

董艺疑惑地问道：“信息说毒贩在哪个口岸过境、通过何种方式了吗？”

“由于是空中情报，我们并不清楚毒贩会走打洛口岸、磨憨口岸、勐龙口岸、景洪港等具体哪个口岸，也不清楚运送方式和时间，可以说除了知道有这次交易和走西双版纳外，其他的都不清楚。”

“这么多口岸，还不知道时间和方式，很难抓住他们啊！”兴奋的周正瞬间被泼了一盆冷水，感觉到找出毒品的难度。

“困难是有的，但办法总比困难多，所以大家要开动脑筋，想想这次毒贩会从哪里过境。我这里有霸主的资料，你们每个人都看看，分析下他的行为模式。”云飞扬将打印好的资料分发给大家。

常寿翻看资料，道：“从资料上看，霸主上次被缴获的一吨多毒品是广州海关查获，而几百斤的毒品有在大连海关查获的，也有上海海关查获的，云南的也不少，说明他不会拘泥于地点和运送方式，很难判断出他这次的行动轨迹。”

“从破获的案件来看，霸主每次运送的毒品都隐藏得很好，表面无法看出破绽，缉毒犬也不能嗅探出毒品的味道，这给我们找到这批毒品更是增加了难度。”周正发现缉毒犬对霸主的运毒方式无效。

“霸主常用皮包公司来进口东西，我们可以重点关注平时没有相关交易的公司运送的货车。”蒋礼提出观点。

董艺分析道：“霸主将毒品藏在其他物品中，比如大理石、原木、肉、水果、汽车零配件等，缅甸前一阵出台原木出口禁令，导致原木价格升高，进口减少，并且大量原木都是从腾冲入境，要是有原木从西双版纳的口岸进入，会引起边防支队的怀疑，所以我认为可以排除原木。而肉类进口，景洪港是指定口岸，并且肉类抽检比较频繁，这么大量毒品很难通过肉类运输。至于大理石，主要进口国是美国、印度、土耳其等国，并且走厦门的口岸，虽然现在国内也进口缅甸大理石，但数量同样不大。我认为只有水果的可能性最大。”

朱喜见众人都发表了看法，挠挠后脑勺，憨笑道：“我不知道他会怎么做，但要是我的话，我会选择最忙的口岸。”

云飞扬朝唐欣怡点了下头，唐欣怡在大屏幕上显示出西双版纳所有口岸的列表，有每个口岸主要进口的货物和繁忙程度、抽检比率等信息。云飞扬道：“从这张表上可以看出，勐腊县进口的水果最多，我们人手少，没办法分散去找，所以我们重点盯住勐腊县的口岸，将其他口岸交给边防支队。”

“是。”

“大家要配合边防支队，他们的搜查经验更丰富，你们重点关注能够藏毒品的隔板等方式，毒贩经常会在货厢内部贴着箱体码一排毒品，然后重新在外边安装一层隔板，焊上再喷漆，这样从货厢里根本看不出任何痕迹。毒贩们各种运毒手段层出不穷，一会儿我会让唐欣怡给你们一份所有毒贩运毒手段的列表，你们多分析，多思考。”

“是。”

云飞扬道：“一个小时后前往勐腊县，解散。”

勐腊县有国家通往老挝的国家级陆路口岸——磨憨口岸，也有一江连六国的澜沧江—湄公河入境的关累码头，还有新闵、曼庄、岔河、勐润、朱石河五条非口岸通道，进入路径非常多。这么大批量毒品入境，很难偷运，只能选择正规渠道：磨憨口岸或是关累口岸。

磨憨口岸非常忙碌，每天有大量进出口的商品，主要进口货物是天然橡胶、木材、水果、花卉、粮食、矿产品等，由于是陆路，毒贩的机动性更强，选择的可能性很高。关累口岸则是推出了鲜货优先、特事特办绿色通道等 29 项通关便利性举措，走这里检查严密度可能比磨憨差一些。

磨憨口岸距离关累口岸 127 公里，车程在三个小时左右，隐刺兵分两路，蒋礼、朱喜、周正去关累口岸，云飞扬带着董艺、常寿在磨憨口岸，一旦有所发现，另一队可以立刻赶过去，而且口岸有边防支队配合。

一辆货车停在待检区，边防警察示意司机提交报关单，司机带着个人物品下车入关后，边防警察会对汽车进行检查。口岸每天都有大量的货物入境，想要每辆车都检查根本不可能，云飞扬尽量不干扰边防警察正常检查，他先看报关单，从中挑出可疑的货物，再重点检查。

五天后，三辆运送榴莲的货车引起了云飞扬的注意，报关的单位是云南果香水果公司，云飞扬调出这个公司以往的报关单，虽然进口过水果，但每次的数量都不大，而且时间间隔很长。云飞扬调出果香公司的报税记录，可以看出榴莲每天批发大概有十吨的量，相差不大，而 100 吨的数量却够卖十天，要知道榴莲不能久放，加上运输的时间，果香公司很可能会有一半的榴莲储藏过久而变质，没有人开公司想赔钱，既然这批货赚钱的可能性不大，那就说明有问题了！

“常寿，董艺，重点查一下果香公司的货。”

“是。”两人带着一队边防警察过去检查。

云飞扬又看了下其他公司的报关单，没有发现可疑，也赶过去检查。

三辆货车停在候检区，司机已经去通关等待。董艺和常寿在车体上敲敲打打，听听是否有哪里的声音不对。边防警察将榴莲搬下车进行检查，缉毒犬在车边闻来闻去，寻找毒品的味道。

云飞扬看到现场不断有榴莲被送入 X 光机，问道：“有发现吗？”

董艺摇头道：“没有发现。”

现场被检查过的榴莲已经有上百箱，相对于总量来说，却是九牛一毛。云飞扬命令道：“再多调点人过来，将货全部卸下，挨个检查。”

100 吨榴莲，总数有一万多个，要是每个都检查，工作量是惊人的，但现场没有人抱怨，为了不让这两吨五号海洛因流入中国，每个人都愿意尽自己最大的努力。

第一辆车的货物全都被搬下，过了 X 光机，却毫无发现，就算大家任劳任怨，还是不可避免地有些泄气。边防警察将货车所有能藏毒的地方都查看一遍，甚至轮胎都卸掉，检查后又装回去。

第二辆车的货物也在渐渐减少，很快就要被检查完，还是没有好消息传来。云飞扬看大家有点消沉，大吼道：“打起精神，毒品很可能就在最后面，没有彻底检查完，谁也不能松懈！”

大家再次打起精神，就连经过了 X 光机的榴莲都再次人工抽检，确保不会有任何问题。

突然，一名警察举起一箱榴莲大喊道：“有发现！”

瞬间，所有人都看向这名警察，这名警察并不是负责 X 光机检查，而是负责搬运，只见他手中捧着一箱榴莲，脸上满是兴奋，云飞扬连忙问道：“有什么发现？”

“报告，这箱榴莲比其他的重。”警察不断地搬运榴莲，每箱榴莲的大小并不相同，但他搬了很多箱，已经可以通过看箱里的榴莲大小而知道大体重量，但这箱榴莲的重量与体积并不相符，更重一些。

“过X光。”

在云飞扬的命令下，这箱榴莲被送入X光机，人们站在屏幕后，紧张地看着屏幕，当看到屏幕中显示着榴莲的后半部有一块块阴影时，所有人都兴奋地握拳。

董艺等在传送带口，将榴莲箱抱到一边，打开包装，里面放着六个榴莲，董艺随手拿出一个，用刀子将榴莲撬开。榴莲打开，只见每块榴莲的两端都有榴莲肉，而中间的榴莲肉被取出，放置了一个个包装严密的白色粉末状物体。董艺将粉末递给云飞扬，云飞扬看了下，交给边防警察，道：“拿去化验。”

云飞扬拍拍手，道：“继续找，把所有的都找出来。”

所有人都兴奋地忙碌起来，一箱箱榴莲被送上X光机，有问题的放到一边，没问题的在另一边。很快就找出上百箱有问题的榴莲，大部分都在第三辆车的车厢后部。

负责化验的边防警察快步走回来，兴奋地道：“报告，化验证明是海洛因。”

“好，将所有毒品都取出来。”

边防警察打开榴莲，将一个个毒品取出来，汇聚在一起，称重时发现这里只有一吨的海洛因。

董艺来到毒品堆前，道：“这里只有一半毒品，不知道霸主是采用了其他运输方式，还是分批运送。”

云飞扬想了下，一旦将这批毒品查获，很可能会打草惊蛇，另外一吨毒品可能会通过更隐蔽的方式运送进来。云飞扬道：“把毒品都放回去，榴莲原样装好，将货车放行。”

董艺理解云飞扬的想法，但还是劝道：“队长，这么做的风险太大了！要是一旦出了问题就麻烦了！”

“只要小心一点，不会出问题的。”云飞扬要放长线钓大鱼，他相信这些司机不是毒贩，但一定有毒贩的人护送这批毒品，时刻关注着毒品的情况。

“那也不用将海洛因放回去吧！我们可以直接放行。”董艺提出建议。

云飞扬考虑了下，摇头道：“霸主很狡猾，只有真的才能骗过他。”

在云飞扬的坚持下，大家又开始将毒品放回榴莲中，然后通过胶水将榴莲粘好，恢复原样，放进货车中。云飞扬趁着这段时间，换了身便装来到通关大厅中，走到几名司机的身边，偷偷观察着他们。

几名司机正在闲聊，谈着将货送到后，要在中国买些东西带给家人。他们的表情自然放松，从表面上看没有长期吸毒的特征，也没有凶戾的气质。

其中一名司机去上卫生间，云飞扬跟了过去，洗手的时候，云飞扬将一个定位器贴在他的衣服上。

上百人忙碌了三个多小时，才将榴莲全部复原，恢复完好。云飞扬让人通知司机通关放行。

司机将车取出来后，从地秤上驶过，司机看到重量没有变化，也不着急离开，先把车子停好，然后找了个饭店吃饭。他们去吃饭，云飞扬几人却不能离开，只能关注着停车场，以免有人将货车开走，或是把车牌更换了！等了半个小时，简单吃了口饭的司机走出饭店，开车离开。

蒋礼、朱喜和周正已经归队，六人分乘三辆车跟踪，云飞扬和常寿乘坐轿车，蒋礼和周正驾驶 SUV，朱喜和董艺开了辆运猪车，笼子里装着红烧肉和另外两头猪。军区还在小勐养服务区、普洱通关服务区、玉溪刺桐关服务区布置支援车队，全员便装，携带武器，乘坐普通牌照汽车，不但方便隐刺换车跟踪，如果有需要也可以参与抓捕。

朱喜的车子没等车队，提前开到昆磨高速入口等待。蒋礼则是跟着车队出发，沿着东盟大道缓慢行驶。副驾驶的周正手中拿着个平板电脑，连接了沿路的摄像头，直接监控车队的行驶情况。云飞扬和常寿等最后再出发，常寿负责开车，云飞扬通过追踪器监控着定位器的位置。

唐欣怡在后方支持，几个屏幕上显示车队道路前后的摄像头图像，还有一个显示定位器的位置。唐欣怡操作电脑，分析着车队周围的车辆，看看暗中保护毒品的毒贩会坐在哪辆车中。

车队快要驶上高速，周正汇报道：“客人还有一分钟到。”

董艺透过后视镜看着后方，笑道：“已准备好待客。”

朱喜发动汽车，开上高速公路入口，取卡进入高速。车队在朱喜进入高速后也出现在高速口，很快就上了高速，用 80 公里时速行驶。朱喜从后视镜中看到车队时，渐渐提速到 80 公里，压着车队行驶。

车队没急着超车，跟在朱喜车子后面。蒋礼的车子上了高速后就飞快行驶，超过车队，奔向前面的休息区。常寿开车跟在车队后面，有 500 米的距离。

云飞扬发现前方有两辆车在高速公路中间的车道行驶，速度不快，一直跟在车队的后面。

唐欣怡通过软件分析出结果，道：“队长，注意你前方的黑色别克英朗和白色宝马 325i，这两辆车的行驶轨迹和货车完全重合。”

“我看到他们了！”云飞扬和电脑的判断一样，基本确定两辆车是毒贩的护送车。

“抓捕吗？”常寿总想尽快将人拿下。

“这些人只是小喽啰，不管他们。”云飞扬当然不想这么快收网，这点小鱼小虾还不够入他的眼。

车队经过第一个服务区时，蒋礼的车子从服务区开出来，继续跟在货车的后面。常寿加大油门，车速缓缓提升，超过货车和跟踪的车辆，直奔下一个服务站。超车时，云飞扬的手机举着，对着外边录像，透过手机屏幕，他看到两辆车中都坐着四名男子。

“每辆车有四名男子，暂时没发现长枪。小唐，我把录像发给你，你截取图像进行比对。”

“好的，这需要点时间。”唐欣怡通过数据库查找对方的身份。

一路上云飞扬几人不断换车跟踪，毒贩一直没有发现。云飞扬本以为车队会前往昆明，没想到车队在玉溪就下了高速，停在一个偏远的仓库门口。

三名司机将车子停在仓库前，看到这里只有五六个不像是好人的家伙在仓库门口抽烟，既没有其他货车，也看不到别的水果箱子，非常冷清。这些司机看到这架势，就知道车里带的货有问题，不过他们都知道毒贩不好惹，而且这批货的运费比平时高很多，他们才不会多嘴，反正什么都不知道当“骡子”，被抓住也不会有事。

几人见货车停下，扔掉烟头，也不管司机，打开货车的车厢门，用叉车开始卸货，他们将箱子上有记号的挑出来，送进仓库，然后把其他的又放回车内。

司机知道得越少越安全，所以在他们卸货的时候，司机自觉地走到仓库外边抽烟，背对着仓库，连眼神都不带往里面瞄的。

宝马和英朗停在仓库门口，几个押货的人走下车，看到司机很老实，带头的黄伟强很满意，让手下去帮忙卸货。黄伟强来到司机面前，拿出一万块递过去，道：“等会儿去送货，管好自己的嘴。”

“我们懂规矩。”三个司机点头哈腰，收钱后站在一边。

黄伟强看了眼周围，没发现状况，这才走进仓库内。

一名小弟搬着箱子，兴奋地道：“黄哥，看样子这次来的货不少呀！”

黄伟强的脸色一沉，喝道：“闭嘴，这事不是你该知道的。”

小弟将箱子放下，笑着拍打着自己的嘴。“是我嘴欠。”

黄伟强拍拍手，大声道：“大家加把劲，这批货交易完成，少不了你们的好处。”

一众小弟都兴奋起来，搬得更加欢快，不一会儿就将所有装着海洛因的榴莲箱子挑出来，确认数目没错后，黄伟强让司机将车开走，正式将剩下的榴莲送到果香水果公司。

司机听到让他们走，高兴地上车走人，他们才不愿意在这里待着呢！谁知道这帮毒贩会不会突然将他们灭口。

隐刺和几十名身穿便装的士兵将仓库包围，士兵们随时准备冲进去将毒贩抓捕。

云飞扬拿着望远镜观察着仓库里面的情况，周正用远程声音采集器对着毒贩，进行监听。

黄伟强等司机离开，命令手下将装有毒品的榴莲装上一辆小货车，一群人再次离开，这次他们没有一起行动，而是分为三批，出门后就各自分开。

云飞扬放下望远镜，命令支援的士兵继续跟踪三辆货车，他带隐刺跟踪装毒品的小货车，至于其他两批人，也有增援士兵跟踪，但宁可跟丢，也不能暴露，以免毒贩警觉。

毒贩开着小货车，黄伟强坐在副驾驶，脚搭在前面，抽着烟，眼睛看着后视镜，货车在街上随意行驶，看不出明确目的地。董艺开车跟踪，云飞扬手中拿着平板电脑，通过地图分析着对方可能去的位置。

唐欣怡的屏幕上显示着所有跟踪车辆的位置，她发现所有跟踪车辆正朝着一个交会点前进，如果行驶方向不发生改变，三辆毒贩的车会在一分钟后在路口交会。

“队长，毒贩的车辆会在一分钟后在前方第二个十字路口交会。”

云飞扬查看地图，笑道：“看来毒贩很狡猾，通知另外两队人放弃跟踪。”

两辆支援车队的车辆收到命令，在第一个十字路口拐弯，放弃跟踪。

毒贩的车辆在十字路口交会，三辆汽车里的毒贩都举起手机拍摄，把每一辆交错而过的汽车拍摄进来。云飞扬被拍摄到的时候低下头，装作玩手机。

云飞扬等车子经过路口，道：“暴君，你来接手。”

“收到。”常寿从岔路开过来，在下一个十字路口完成交替工作。董艺将车子停在路边，换了辆支援车队的汽车，由云飞扬开车，董艺监控。

黄伟强在街上开了三个多小时，毒贩数次交错车辆，进行录像分析，再三确认没有跟踪车辆后，才在临近午夜的时候将货车开到一个别墅区。

他的手下先一步赶到这里，打开别墅的院门，让车辆开进来，然后看了看外边，没发现有人跟踪后才关上大门。

云飞扬远远地注视着别墅，道：“小唐，对这栋别墅附近所有电话进行监控。”

“是。”唐欣怡迅速执行命令。

支援部队赶到，排长带着士兵跳下车，快步来到云飞扬面前敬礼：“首长，警卫连第一排奉命前来报到。”

云飞扬回礼，命令道：“包围别墅，小心不要被发现。”

排长将士兵安排下去，确保别墅周围连一只蚊子都飞不出去。

别墅内，十几名毒贩用小推车将一箱箱榴莲搬进去，送到地下室。别墅的大厅内坐着四名用冰壶在溜冰的吸毒者，几个人吸得飘飘欲仙，大声说话。

云飞扬盯着这些吸毒的人，面容冷峻，从这些人熟练的动作和剂量来看，都是长期吸毒的人。吸食冰毒对人的伤害很大，会对大脑造成伤害，长期频繁吸毒还会造成思维迟钝和精神病症，会让人变得偏执，并且从不认为自己有问题，认为有问题的都是其他人。吸食冰毒的人很少有戒毒意愿，这点和吸食海洛因的人不同，吸食海洛因会有强烈的身体依赖，停吸会发生激烈的反应，并且随着时间的推移而越来越严重，比如有骨骼疼痛、肌肉酸疼、涕泪皆流等症状，让成瘾者痛不欲生，为了减轻痛苦只能复吸。但吸食海洛因的人通常知道自己的身体状况，不吸毒时知道吸毒是错的，有戒毒的意愿，只是强烈的戒断反应让人无法承受。在很多戒毒所看来，冰毒比海洛因更可怕。

大厅里的四人吞云吐雾，像上了天堂，在幻觉中要什么有什么，无所不能。

云飞扬不耐烦地看了眼手表，时间已经过了半个小时，十几名将榴莲送进地下室的毒贩还没有上来，这么多人拆毒品应该也拆完了。云飞扬再次看了看手表，感觉每秒都像是一个小时那么长。

吸毒的四人依旧很精神，吸食冰毒的人白天困，晚上精神，看他们这状态，一宿不睡觉都不会有什么事。再看周围的士兵，有人已经打上小哈欠，虽然还尽力地盯着别墅，但精神状态明显没有那么专注。

时间一分一秒地过去，云飞扬看表的次数越来越勤，面容也渐渐严肃。

董艺拿着望远镜观看，也感觉不对，低声道："那些家伙怎么还不上来，难道地下室的面积大，他们在下面休息？"

云飞扬皱起眉头，一边担心出状况，另一边又担心贸然行动会打草惊蛇，内心在不断挣扎。

常寿放下望远镜，道："队长，情况不对啊！十几个人难道都不喝水、不上厕所？下命令冲进去进行抓捕吧！"

"再等等。"云飞扬拿起望远镜，仔细观察着里面的情况。

周正在监听里面的声音，四名吸毒者的对话毫无价值，低俗又色情。

云飞扬拿起辅助耳机，听着毒贩的对话。

"阿山怎么还没上来，他平时要是看到我们溜冰，自己不过来吸一口都干不动活。"

"谁知道呢！一会儿就上来吧！"

云飞扬听到这儿，脸色大变，用力挥手道："冲进去，抓人。"

蒋礼拉动枪栓，将子弹上膛，瞄准里面的吸毒者，其他人在云飞扬的带领下猫腰快速突进，接近围墙时一翻而入。士兵们也从四周围上来，翻墙进入别墅。

吸毒的四人还沉浸在自己的世界，没发现云飞扬等人已经在门口和窗户下。云飞扬侧耳倾听里面的声音，地下室那里没有传来任何动静。董艺将炸药贴在门上，退到一边，云飞扬的手指从三开始倒数，握拳的时候，常寿和周正将两枚震爆弹丢进开着窗户的大厅里，蒋礼也同时启动炸弹，将大门炸开。

巨大的声音响起，伴随着刺目的白光，吸毒者一时间什么都听不到也看不到。朱喜踹开破损的大门，常寿从旁边冲进去，周正迅速跟上。

吸毒者手里没有枪，他们受到袭击的第一时间不是摸枪，而是捂着眼睛，痛苦地惨叫，还以为自己瞎了！常寿和周正过去，抡起枪托砸在吸毒者的身上，将四名吸毒者都砸倒在地。

士兵们跟在云飞扬的身后冲进去，控制住失去反抗能力的吸毒者。

董艺打开地下室的门，扔进去一枚震爆弹，爆炸后，云飞扬第一个冲进去。地下室内空无一人，只剩下满地的榴莲皮和果肉，至于人和毒品都消失不见。

云飞扬脸色一变，知道这次的行动还是出现了问题。他打量四周，发现很多脚印通往侧面的一个向下的楼梯。云飞扬从楼梯走到下一层，面前出现了一扇关闭的大铁门。

云飞扬在铁门前深吸一口气，没有贸然去推门，对董艺道："看看有没有诡雷。"

董艺在门边仔细查看，没有发现异常后才轻轻地将门推开一条小缝，然后继续查看，这次他在门缝中发现一条近乎透明的鱼线，董艺拿出小剪子，将线剪断，又仔细寻找一番，确定没有任何遗漏后，才轻轻地推开铁门，推门的时候他屏住呼吸，仔细倾听着四周的动静，只要听到一点金属或机械的声音，就会立刻往上面跑。

铁门被无声推开，董艺把门后面把手上的手雷拿下来，小心地将保险销上的鱼线剪断，收了起来。铁门的后面是一条地道，幽深而不知通往何处。

众人走进地道，带着榴莲痕迹的脚印杂乱地通向前方，云飞扬和众人迅速追了下去。地道有 300 米长，出口是另一栋别墅，脚印到别墅的院子就消失了，只留下车轮的印记。

“小唐，毒品被转移了，马上查看别墅区的监控录像，我要知道一个小时内所有离开别墅的汽车型号、牌照和行动轨迹。”

“我马上调查。”唐欣怡迅速调出别墅出口的监控录像，开始查找离开的汽车。

“董艺带人去保安室查看监控录像，周正去物业查两栋别墅的业主身份，蒋礼、朱喜去审问那几个吸毒的家伙，常寿留下和我一起。”云飞扬要留下寻找线索。

云飞扬走进别墅，这栋别墅内摆放着一些家具，从家具上面一层薄薄的灰可以看出很久都没有人住了。常寿也四处查看，脸色非常难看：一吨重的五号海洛因竟然在眼皮子底下被运走，狠狠地打了几人的脸，要是找不出毒品，以后还有什么资格去抓霸主！

常寿在几间屋内找不到任何线索，失望地道：“这里没什么线索，我回那个别墅查查看。”

“去吧！小心点，不要乱碰，等专业的人来采集指纹，进行现场勘查。”叮嘱完常寿，云飞扬跪在地上，用手电照着床底下。在云飞扬看来，那栋别墅虽然有人在，却没有这栋别墅的价值高，因为毒贩早就猜到那栋别墅会被重点搜查，肯定会将所有线索都抹除，反而是这栋别墅长期不用，毒贩可能大体看一遍就忽略了某些线索。

床底下有很多灰，还有一些东西，云飞扬找了根小棍，将下面的东西都划拉出来：一个用过的避孕套，两个用过的针管，还有一张收费单据，付款单位是“周一乐”，收款单位是“蓓蕾”，日期是2017年7月2日，收款事由是“六月份伙食费”，上面的章印着“玉溪市红塔区蓓蕾幼儿园。”

房间内除了这张收费单据、避孕套和针头可以拿回去采集DNA之外，没有其他有用的线索。云飞扬回到最初的别墅中，看到常寿在审问吸毒者，走过去问道："找到线索了吗？"

常寿摇摇头。

"招了吗？"

朱喜道："招了，但他们什么都不知道。"

"那个阿山呢？"

"这些家伙除了知道阿山的名字，其他一概不知，他们认识只有一星期，这些家伙我看就是毒贩找来吸引我们注意力的。"

"继续深挖，我不信他们什么都不知道，就算是一点点的线索也不要放过。"云飞扬不能放弃一点线索，必须用最快的速度找到毒品，否则毒品一旦扩散，对社会的危害很大。

"问个屁呀！没完没了的，赶紧放了我，否则以后弄死你。"一名吸毒者大声威胁常寿，将所有人的目光都吸引了过去。

常寿的脸瞬间变黑，盯着吸毒者，问道："你说什么？再说一遍。"

"我记住你了，要是不放了我，等我出来杀你全家。"吸毒者感觉自己天下无敌，什么话都敢说，除了吸毒的副作用外，还因为朱喜等人没有动用武力审讯，让吸毒者的脑子清醒一点。

常寿的脸已经满是冰霜，一脚踹在吸毒者的身上，将他踢飞出去，咬牙道："杀我全家？"

吸毒者发出声惨叫，感觉肠子都搅在了一起，毒品都没有压下身体的疼痛。

"威胁我，继续威胁呀！"常寿将吸毒者拽起来，对着他的肚子连打三拳，吸毒者被打得跪在地上，不住地干呕。云飞扬迅速冲过去，一把将常寿推开，大吼道："你发什么疯？"

常寿松开吸毒者的脖领子，吸毒者瘫软在地上，恐惧地看着常寿。

"说，其他人都去哪儿了？"常寿指着吸毒者大吼，一副随时会上去继续打的样子。

吸毒者吓得蜷缩在一起，很怕常寿再过去打他一顿。

云飞扬拦在常寿前面，严肃地道："够了！你出去冷静一下。"

常寿从云飞扬的身侧走过，又踢了一脚吸毒者，才走出房间。

"朱喜，你们继续审，威胁常寿的事情不要忘了写上。"云飞扬虽然不让常寿动手打犯人，但敢于威胁常寿的家人，必须要受到法律的制裁。

云飞扬走到一边，和唐欣怡通话："发现可疑车辆了吗？"

"我确定了四辆车，它们在你们将别墅包围后20分钟离开了别墅区，驶上红龙路，由于其中一段路没有摄像头，之后几辆车失去踪影，我怀疑毒贩换了汽车。经过电脑分析后，有一辆货车很可疑，车牌是伪造的，开向龙马山后失去踪迹。我已经联络了玉溪禁毒支队，他们的人正在前往的路上。"

"继续追查，以免毒贩乘其他车离开。"

"好的。"

"你再查一下玉溪市红塔区蓓蕾幼儿园，其中有名叫作周一乐的小朋友，我要查清楚他的家庭情况。"

唐欣怡敲打几下键盘，道："这家幼儿园是私立幼儿园，服务器没有联网，只有到幼儿园看他们的电脑才能看到具体资料。我在公安的系统里查了下，红塔区没有年龄在3—6岁、叫周一乐的小孩，扩大查询后发现玉溪市也没有，全国查询后倒是有，但人数太多，很难短时间排查完。"

"先不用管周一乐的事情，等会儿我亲自去幼儿园。"

"我会继续监控空中信息和网络动态，一旦有发现我会及时汇报。"唐欣怡切断通信，继续排查汽车。

董艺在监控室查看录像，重点关注之前都有哪辆车停在别墅门前。他和唐欣怡联络，确认这几辆车，并把小区摄像头拍下的司机照片发给唐欣怡，用来进行面部识别，确认身份。

周正在物业处把别墅业主的资料调出来，两栋别墅都在一个人名下，这人已经去了国外，好几年都没有回国，房子交给中介出租，但租房子的人用的是假身份证，除了头像有用外，其他的信息全无用处，就连电话号码都是假的，只能将假身份证的头像交给唐欣怡，让她查找这人的真实身份。目前调查的线索除了“周一乐”这个可能是小孩的名字外，其他的都进展缓慢。

禁毒支队接到唐欣怡的通报，赶到红龙路，找到四辆被丢弃的轿车。另一队人赶往龙马山，也发现了在半路上丢弃的货车，由于龙马山没有摄像头，毒贩到此失去踪迹。

一个个坏消息传过来，让云飞扬的脸色变得十分难看。毒贩十分狡猾，我方不但没找到另外一吨毒品，现在连毒品带毒贩都消失，让所有人都憋着一股火，他们想要战斗，可连敌人都找不到，空有一身战斗本领却无法发挥。

云南省公安厅、玉溪市公安局派来最优秀的刑侦专家配合，将两个别墅里里外外翻个底朝天，除了采集到一些指纹和头发外，还是一无所获。玉溪市进入紧急状态，所有通往其他城市的道路设卡，搜查过往车辆，阻止毒品外流，经过大半夜的搜查，还是没有找到那些毒贩。

天亮后，云飞扬带着隐刺的人和两名市局警察来到蓓蕾幼儿园，幼儿园的园长已经接到通知等在门口。

“你好，我们是市局的人，想要了解一些情况。”警察上前表明身份。

“没问题，我一定配合，不知道你们想了解什么？”园长只是接到公安局打的电话，让她提前到幼儿园，并没有被告知到底是什么原因。

警察让开位置，云飞扬问道：“幼儿园有没有叫作周一乐的小朋友？”

“有，是小一班的。”园长对幼儿园的学生比较了解。

“你了解他的家庭情况吗？”云飞扬很兴奋，有周一乐这名小朋友，说明调查的方向没有错。

园长想了下，道：“我知道他是单亲家庭，目前还没有户口。”

“没有户口，为什么？”云飞扬了解了为什么唐欣怡从公安系统查不出周一乐的身份信息：因为根本就没户口，没有录入。

“周一乐的母亲未婚生子，上户口需要父亲开证明。”园长的话没有说透。

“周一乐的母亲是做什么工作？”

“这个我就不清楚了，小一班的主班老师肯定知道。”

“那你知道他母亲有固定工作吗？”

“好像没有固定工作吧！”园长也不是很确定。

“我需要周一乐登记的资料，你通知下小一班的老师，让她们立刻过来，我还有些情况要了解。”

“没问题。”园长从档案室将小一班的档案找出来，然后给老师打电话，让她们提前到学校。

云飞扬翻看周一乐的登记表，非常简单，只有体检报告、疫苗登记和母亲的姓名、电话、家庭住址，至于父亲的那一栏是空白的，职业更是没有。这家幼儿园是私立的，而且不是那种人满为患、人人争抢着要去的幼儿园，所以不需要登记父母职业等信息，给钱就能上。云飞扬将信息传给唐欣怡，和其他人耐心地等待着小一班主班老师的到来。

半个小时后，小一班的主班老师来到学校，敲门进入园长办公室，发现里面竟然有穿着警服的警察，于是问道：“园长，你找我。”

“琪琪老师，这几位是市局的同志，他们有些事要找你了解。”

琪琪老师就是个幼师，没做犯法的事情，见警察找来有些发蒙，惊讶地问道：“请问有什么事？”

云飞扬看着圆脸的琪琪老师，安慰道：“你不用紧张，我们只是想了解下周一乐的母亲。”

琪琪老师组织了一下语言，道：“周一乐母亲性格有些暴躁，溺爱孩子。”

“你为什么说周一乐的母亲暴躁？”

琪琪老师回忆道：“有次周一乐被别的小朋友打了，他母亲大喊大叫，不依不饶，打了那个小朋友，还叫嚷着让孩子父亲杀了他们全家。”

“你见过周一乐的父亲吗？”

“见过两次，都是来交钱，交完钱就走，平时也不接送孩子。”琪琪老师了解的情况明显比园长多很多，毕竟天天和周一乐在一起，园长却要管很多班级。

“周一乐父亲和母亲的关系怎么样？”

“他们有两次是一起来的，看起来关系挺好。”

云飞扬拿出一摞照片，都是趁毒贩在仓库搬运时偷拍的，递给琪琪老师，问道：“你能认出谁是周一乐的爸爸吗？”

琪琪老师接过去查看，没等将一摞照片翻遍，就拿出一张递给云飞扬：“他就是一乐的爸爸。”

“你能确定？不用再看看？”

“不用，就是他。”琪琪老师很肯定，她能认出班级里所有孩子的父母。

“你知道周一乐的父亲叫什么吗？”

“不知道，一乐父亲没有登记过资料，也没有说过自己的名字。”

“一乐每天是谁送他来上学？”

“是他母亲。”

“他母亲有工作吗？”

“应该是没有工作吧！我和她的沟通不多，主要都是说一乐的事情。”

“你有周一乐母亲的照片吗？”

“我的微信里有周一乐母亲，里面有她的照片。”琪琪老师拿出手机，调出周一乐母亲的朋友圈。

云飞扬看到照片中周一乐被母亲搂在怀中，他母亲穿着红色衣服，眉毛细长，脸颊的肉不丰满，给人一种刻薄的印象。云飞扬翻看照片，发现里面都是周一乐和母亲的合照，没有任何男人的照片。云飞扬将手机递给董艺，道："琪琪老师，等会儿周一乐来了，你提示下我们。"

"好。"琪琪老师答应下来。

云飞扬进行布置，朱喜、周正和两名警察在幼儿园外边，董艺和蒋礼在幼儿园的大厅里，云飞扬和常寿在小一班班级里，避免被周一乐母亲看到穿着制服的警察，也可以达到悄悄抓捕的目的。

小一班的副班老师、生活老师将每一名送来的孩子带去洗手，然后送到餐桌旁，一起带孩子。琪琪老师负责在班级门口接学生，她总偷眼看云飞扬和常寿。当一名虎头虎脑的小孩子在少妇的带领下走进来时，琪琪老师笑着走上前，大声道："一乐，你来了！和老师去洗手，准备吃饭。"

少妇朝琪琪老师点头，将周一乐交给琪琪老师，道："在幼儿园里要是有人欺负你，晚上别忘了告诉妈妈。"

琪琪老师笑笑，牵住周一乐的手，道："和妈妈说再见。"

"妈妈再见。"周一乐说完，在琪琪老师的带领下走进洗漱间。

少妇看到教室内的云飞扬和常寿，感觉两人不像是家长，就多看了一眼。她发现两人朝着自己走过来，目光也盯着自己。她很警惕，转身就走出教室，刚走出没多远，大厅里的董艺和蒋礼已经堵住她的去路。少妇回头，发现云飞扬和常寿已经站在自己的后面。

云飞扬问道："你是周一乐的妈妈王珊是吧，麻烦你和我们走一趟。"

"我不认识你们，快让我离开，否则我喊人了！"王珊的脸上略带恐惧。

"你认识他吗？"云飞扬将周一乐父亲的照片放在她的眼前。

"我不认识。"王珊矢口否认。

云飞扬见王珊看到照片时的瞳孔有一瞬间放大，知道她说了谎话。

"跟我们走吧！"云飞扬知道这种人在熟悉的环境下很难开口，需要将她带到陌生的地方，施加一定的压力才行。

“我不走。来人啊，绑架了！”王珊大喊，希望制造混乱，方便自己逃走。

“如果你想看到我们穿着制服，当着周一乐的面抓你，你就继续喊。”云飞扬没让警察出来，已经给她留了面子，谁知道王珊还大喊大叫。

云飞扬的话让王珊迟疑了一下，随后她继续大喊大叫，很多送孩子的家长都看了过来，还有热心的家长主动上前，试图阻止云飞扬等人。

王珊想要冲出包围圈，却被蒋礼拦住，反剪胳膊摁在墙上。

“打人了！救命呀！救命啊！”王珊大喊。

云飞扬沉着脸，一股怒气涌上心头。“闭嘴，我们只是让你协助调查，如果你没问题，会放你离开。”

“救命啊！非礼啊！”王珊还是在喊。

家长在走廊里挤满，人多势众，阻止云飞扬等人离开，还大声质问：“你们在干什么？放开她。”

蒋礼控制着王珊，大声道：“都让开，警察办案。”

“他们不是警察，快救救我！”王珊拼命挣扎，大喊大叫。

有两名男子上前去拉蒋礼，想要解救王珊，还有女家长拿手机录像。云飞扬和董艺上前，将两人推开，挡在家长的面前，严肃地道：“我们是警察，不要影响警察办案。”

“不许录，所有人都删掉视频。”云飞扬深深地看了眼拿手机录像的人，将她们的面貌都记下来。

园长见情况越来越严重，很多小孩子都从教室跑出来，虽然老师堵着门，将孩子又一个个带回去，但这么下去不是办法。

“大家不要激动，他们是警察，找周一乐的家长了解情况，你们不要误会，先把孩子送进教室。”

园长出声，大部分的家长还是相信的，而且云飞扬几人看起来都不像是坏人，家长们将孩子送去教室，可还有一名男子不相信，逼问道：“把你们的警察证拿出来。”

“等一下给你看证件。”云飞扬打算让幼儿园外的市局警察进来。

“谁不知道警察办案需要出示证件，你们连证件都不敢出示，还说是警察。”男子大喊着，回头看其他人，争取同盟，那些将孩子送进教室的家长又回来围观。

云飞扬深吸一口气，道：“证件马上就给你看，现在我们不会离开，不要大声叫嚷，阻挠办案。”

男子嗤笑道：“阻挠办案，假装警察连制服都没有，还敢威胁了！说我阻挠办案，将证件拿出来啊！”

云飞扬摁下对讲机的按钮，道：“朱喜，让市局的同志进来。”

两名警察和周正、朱喜走进来，看到面前围了一群人，警察大声道：“警察办案，别围着，都散开。”

“警官，他们假冒警察。”男子的声音从人群中传来。

警察看了眼男子，道：“他们是我的同事，你嚷嚷什么？”

男子因为云飞扬没有拿出证件，有些怀疑来的也不是警察，虽然气质和说话的口吻很像，他还是坚持道：“把你们的证件给我看看。”

市局警察将证件拿出来，给男子看，不耐烦地道：“看完了吗？要是不能确认就和我们走一趟，到局里好好确认。”

男子见警察证件不像是假的，有些害怕，但他还是鼓起勇气拨打了110，确认警察编号的真假。警察对他的做法又好气又好笑，不过这也是普通市民的权利，警察没有阻止，只是驱散着四周的围观家长。

云飞扬看到有名女子要离开，立刻大声道：“等等，所有人都暂时不许走。”

女子没听云飞扬的话还想要离开，云飞扬的脸色一沉，道：“朱喜，拦住她。”

朱喜和周正两人拦住女人的去路，同时严肃地道：“请回去，稍后就让你们离开。”

“你们要干什么，为什么不让我离开？”女子有些不满。

云飞扬走到女子身边，道：“这次是秘密任务，不允许任何人录像和录音，请你将视频删除，就可以离开。”

女子不敢多说，当着云飞扬的面删除，云飞扬又来到其他人面前，一个个让人将视频删除，录像的人都已经将录像删除，云飞扬不知道是否还有偷录的，于是说道：“如果还有人录了刚才的情况，请你们删除，视频要是流传出去，发布视频的人要承担法律责任。”云飞扬扫视众人一圈，没发现谁的神色有异常，道：“你们可以离开了！”

云飞扬对市局警察道：“谢谢你们的配合，我先将人带走，你们留下安抚一下幼儿园老师和家长的情绪。”

“没问题，交给我们。”警察留下，做善后工作。

王珊被朱喜和蒋礼带上车，不论她怎么撒泼打滚都没用，还是被摁在车里。

“我先带王珊回去，董艺、周正，你们将园区内刚才的视频拷贝一份，然后将这段时间的视频删除。”云飞扬不想让隐刺众人的相貌被拍摄下来，毒贩都是丧心病狂的人，要是他们查到隐刺众人的身份，很可能会报复，甚至对众人的家人进行报复，这种情况一定要避免，所以不论怎么小心都不为过。

云飞扬将两人留下，带着王珊回临时指挥部。临时指挥部由省厅、市局、军区三方协同办公，一切以找到毒品、抓捕毒贩为最主要的任务。

车上，朱喜和蒋礼左右夹着王珊，常寿开车，坐在副驾驶的云飞扬扭头问道：“王珊，我们既然抓你，就已经掌握了充分的证据，希望你能配合我们的工作，这对你来说才是正确的决定。”

“我什么也没做，什么也不知道，晚上还要接孩子放学，你们赶紧放我走。”王珊的嘴很硬。

云飞扬看出她是在保护老公，明显知道些什么，否则不会宁愿不管儿子也要在幼儿园大闹。

蒋礼冷笑道："你还想接孩子？通知你的家人接吧！你出不去。"

"别以为我不懂法，你只能询问我 8 小时，就算案情复杂也只能 24 小时，哪怕有县级以上公安机关批准也就是 48 小时，要是敢不放我出去，我一定告你们。"王珊特意了解过法律，毕竟她老公做违法的事情，要是什么都不懂怎么行。

蒋礼严肃地道："你说的那些我都不知道，不过你之前有一句说对了，我们不是警察，所以我们不用遵守法律。"

"你们是什么人？"王珊这次真慌了，她不怕警察，因为警察讲理，不能违法，但如果对方是毒贩，那就没什么顾忌了，估计弄死自己和杀只鸡差不多。

云飞扬道："我们是南部战区的军人，昨晚有一吨五号海洛因被运进玉溪市，还有一吨五号海洛因去向不明，而你老公正是负责运送海洛因的人，我给你看的照片就是昨天他搬运毒品的照片。这么大数量的毒品已经惊动国家，现在全省封锁，军警联动。如果你配合让你老公做污点证人，赵一乐还有爸爸；要是继续顽抗下去，赵一乐就真没有爸爸了！"

云飞扬的话让王珊很害怕，她老公吸毒，害得家里没有钱，最后没办法去做了"骡子"，也就是给毒贩运毒，每次都能赚些钱，用来吸毒，偶尔还给王珊钱贴补生活。所以王珊对警察非常排斥，一旦老公被抓，家里的经济来源就断了。但这次的事情太大了，两吨五号海洛因呀！这别说是当"骡子"了，只要挨着点边就是死刑。

"五号海洛因会被稀释，两吨五号很可能就变成 10 吨、20 吨海洛因，你应该知道我国定刑不是依靠海洛因的纯度，只依靠数量，如果时间拖久了，当海洛因变成 10 吨、20 吨，到时候就更难为他想办法了！你难道想看着这么多毒品流入市场，让更多人吸毒，让周一乐背上毒贩儿子的身份吗？"

王珊的内心在激烈挣扎，一方面想要帮儿子，另一方面又担心老公的安危。

常寿见王珊还没有说话，不耐烦地道："队长，她要是不想说就别问了，一针自白剂下去，什么都招了！"

"自白剂对大脑损害太大，很可能会变成白痴，她毕竟还有小一乐要照顾，暂时先不要用。"

王珊刚才是纠结，现在脸都吓白了！变成白痴呀，那活着还有什么意思，不如死了呢！云飞扬根本不会给她用自白剂，但她害怕呀！两吨海洛因，很可能变成10吨、20吨，这么大的数量，别说自白剂，就是用更狠的东西她也信。

"我知道他偶尔带毒，但我真不知道他运送两吨海洛因的事情，求求你们相信我。"王珊泼辣的外壳被打碎，只剩下柔弱，她担心云飞扬等人不信，还是给自己来一针。

"说说你老公：叫什么，多大，平时都和谁接触，能不能联系上他？"

"我老公叫周东杰，平时和阿山、小高、阿雄在一起，他运毒的时候都将手机关机，我联系不上他。"

"给他打电话，说周一乐生病了！"云飞扬将王珊的手机还给她。

王珊的手颤抖着拨号。

"打开免提。"

"对不起，您拨打的电话已关机。"

王珊委屈地看向云飞扬，云飞扬将手机拿过来，挂断。

汽车停在临时指挥中心，穿着军装和警服的人进进出出，王珊彻底没有怀疑，这么大的阵仗不可能为了骗她。王珊被带进审讯室后，面对专业审讯专家，更是竹筒倒豆子，什么都交代了！

审讯专家将口供交给云飞扬，认为王珊没有再隐瞒，云飞扬看到口供和在车上了解的情况差不多，走进审讯室。

王珊看到云飞扬后，激动地道："领导，可以放我走吗？我肯定配合政府，让我老公自首，转做污点证人。"

"你可以离开，但有一些要求。"

"领导你说，我一定配合。"

"第一，你出去后会有女警24小时跟随。第二，如果周东杰等人给你打电话，你不要提自首，而是说周一乐生病高烧，以免毒贩中有人偷听周东杰电话，直接劝他自首会给他带来危险。"

王珊又不傻，知道这些安排都是为了防备她，警察更担心周东杰听说要自首后反对，所以先骗出来再说，她担心地问道："我答应所有条件，但东杰要是来看孩子，还算是自首吗？"

"你放心，我们的目的不是抓他，而是后面隐藏着的大毒枭，只要他愿意配合我们，戴罪立功，还是算他自首。"

"我一定劝他自首。"王珊终于将心放下。

黄伟强和十几名手下带着毒品躲在当地一个私人会所，会所已经暂停营业，并将最上面一层交给他们居住，黄伟强让所有人在会所里吃住，不许出入。

一群人在会所里吸毒、喝酒、唱歌、赌博。黄伟强的心情没那么好，和几名心腹在最大的房间内喝酒，毒品就放在旁边。他看着旁边的毒品，并不因为毒品的价值高而兴奋，反而一口接一口地喝啤酒。这批货再值钱都和他没关系，他只是个小头目，但风险却比以前大太多了，哪怕抓到都是死，货物的数量和警察的抓捕力度是直接挂钩的。

周东杰、阿山、小高、阿雄是个小团体，住在一个房间，几人嗑药后不久，桌子上放满了酒瓶子，小高拿过瓶啤酒，倒了下，发现是空的，又拿起其他酒瓶，发现全都是空的，小高起身道："我再去拿几瓶酒。"

阿山挥挥手："去吧！去吧！"

周东杰半躺在沙发上，拿出根烟点燃，吐出个烟圈，随手拿起遥控器，打开电视。

电视上正播放新闻，阿雄不喜欢看新闻，不耐烦地道："换台换台，看看有什么外国台。"

周东杰将遥控器扔给阿雄："自己找。"

阿雄接过遥控器，正要换台，新闻播报中出现警察严打和设卡的消息，屏幕中不只有警察，还有荷枪实弹的武警，阿雄正准备换台的手僵住，周东杰叼着的烟也忘了抽，大家都在看着电视，消化着这个惊人的消息。小高很快就将酒拿回来，他找到两瓶马爹利 XO，正准备好好品尝下，兴奋地推开门，就看到大家都在傻傻地看着电视，他也将视线投了过去，电视中出现了十几个悬赏通缉，黄伟强和周东杰等人的画像都在上面，从照片上看，大部分人都是在仓库搬运榴莲箱时被拍的，也有在别墅时被拍的，有的人连正面照都没有，但熟悉的人还是一眼就可以认出。其中悬赏金额最高的是黄伟强，50 万元人民币，周东杰等人是十万元。他们第一次看到全省通缉这么多人。

小高的 XO 掉落在地上，地上铺着厚厚的地毯所以酒瓶没有破碎，不过"砰"的一声还是惊醒了周东杰等人。

"我们被通缉了！"小高的声音颤抖。

周东杰虽然运过很多次毒品，但平时数量不多，最多的一次也就是五公斤海洛因，虽然抓到也是死，但警察不会这么严格地搜查，全省严打呀！平时五公斤只要过关和几个关卡，基本上就没什么风险了，被抓的概率很小，但现在这么大批货，警方明显是不抓到人不罢休的架势，被抓的概率很大。

"是啊，被通缉了！"周东杰沮丧地走过去，将 XO 捡起来，给自己倒了一杯，一口喝下去。这个时候，他已经没有品尝 XO 味道的心情了！

"周哥、山哥，我们怎么办？"小高六神无主，他年纪小，运毒的次数也少。

“我去找老大。”周东杰说完，匆匆离开，去找黄伟强。

黄伟强和亲信在房间内喝酒，见周东杰冲进来，一脸的慌张，问道：“怎么了，慌慌张张的？”

“老大，我们被通缉了！”

“通缉？怎么回事？”黄伟强将酒杯放下，逼视着周东杰。

“刚才我和阿山他们一起看电视，看到新闻中不但通缉我们，还有今天在仓库中搬运榴莲和在别墅的照片，警察早就发现我们了。”

“警察发现我们，为什么不抓我们？”黄伟强想不明白这一点。

“我也不知道。”周东杰也一头雾水。

“打开电视，快点打开电视。”黄伟强在电视上看到通缉令，脸色一片灰败。

周东杰问道：“老大，我们怎么办？”

黄伟强一脚踹在周东杰身上，怒骂道：“怎么办？我他妈也不知道怎么办！”

周东杰被踹倒，却感觉不到身上的疼，而是有些绝望：老大都慌了，大家都没希望逃走了！

黄伟强看周东杰惨白的脸色，感觉很丧气，骂道：“滚回你的房间！”丝毫不知道自己的脸色和周东杰差不多。

周东杰站起身，刚要离开，黄伟强道：“等等。”

“老大。”周东杰的眼中带着一抹希冀，以为黄伟强想到办法了。

“记得，这个消息不要告诉别人，要是让我知道别人听说了这个消息，我会杀了你。”

周东杰连忙道：“老大，我不会告诉别人，不过这条新闻阿山、阿雄、小高是和我一起看到的。”

“你去通知他们，不要乱说话，出去吧！”

周东杰回到房间，其他人满脸希冀地问道：“老大怎么说？”

“老大让我们不要将消息传出去，否则会杀了我们。”周东杰的话有气无力，他抓起一杯酒大口喝下去，想要用酒精来麻痹自己。

小高问道：“老大是什么意思？”

“老大的意思就是老实躲着，没有别的办法。”阿山的话中充满了绝望。

周东杰等人根本想不出来办法。他们只是毒贩，还是最底层的“骡子”，怎么和国家对抗？既然老大都绝望了，他们也只能寄希望于警察找不到这里。

“要不我们跑吧！”小高提议道。

“跑？”周东杰嗤笑道，“被警察抓，只是一个人死；要是跑了，那些人会杀了我们全家，你怎么选？”

小高哭丧个脸，道：“我还不想死。”

“谁他妈的想死？”周东杰暴躁地将杯子摔出去。

绝望，几个人都陷入到深深的绝望之中，这个时候抽烟、喝酒都缓解不了这种心情，只能吸毒，几个人拿出冰壶，开始溜冰，这期间再喝两口酒。

很快大家就都晕晕乎乎，开始陷入到飘飘然的感觉中，他们感觉自己就是超人，什么警察，什么毒枭，都是个屁，仿佛他们动动手就可以消灭。几人吹嘘着，嬉笑着。

黄伟强怕消息传出去，人心浮动，安排两名心腹在会所门口警戒，他们虽然负责警戒，但也都拿着酒瓶子喝酒，只是不敢喝太多罢了。黄伟强挨个房间看，确认手下是不是都在，大家的情绪怎么样，结果他发现这些人不是在High，就是在睡，他推开周东杰的房间，发现四个人躺在地上，都已经睡着了。黄伟强关上门，走了出去。

两个小时后，周东杰从地上爬起来，看到三人都在睡觉，轻声叫道：“小高、阿山、阿雄。”

三人没什么反应，周东杰走到门口，将门反锁，从鞋垫下拿出一部手机。这部手机是周东杰从网上买的，和信用卡大小一样，不到300块。手机是他专门用来偷偷给王珊打电话的，从他运毒开始，就知道自己的下场：不是被毒枭杀了，就是被警察抓了，然后判死刑，不管怎么样都是死。他很担心某天突然就死了，所以一直准备着这部手机，在关键时刻可以联络王珊和孩子，最起码死之前可以听听儿子的声音。现在他就感觉不妙，警方给他带来铺天盖地的压力，所以他想和儿子说话。

王珊的电话响起，她没有立刻接，而是看向在客厅里的两名女警，女警拿起监听器，示意她接听。

“喂。”王珊的话语中带着试探和紧张。

周东杰比王珊更紧张，没有听出她声音的异常：“老婆，你那边有什么异常吗？”

王珊看了眼女警：“没有。”

“儿子呢！让我和他说话。”

王珊看向女警，女警指了指额头。

“一乐发烧了，正在睡觉。”

周东杰紧张地问道：“严重吗？”

“高烧40摄氏度。”王珊按照之前定好的方案说。

“40摄氏度，你送没送医院？”周东杰急了，他这边随时可能会被抓，儿子再出事，他家就绝后了！

“还没送医院，我刚给他喝了美林[1]。”

“马上送医院，快点，一乐要是出事我杀了你。”周东杰很愤怒，高烧40摄氏度可不是小事，随时可能将脑子烧坏，或是造成其他后遗症。

“可我没钱了！”王珊不怎么工作，靠着周东杰贩毒的钱过活，平时没钱的时候四处去借、去骗，搞得身边的人再也不借她钱，亲朋好友都离

[1] 美林：一种退烧药。

她远远的。

“你……你先送一乐去医院，我马上过去给你送钱。”周东杰现在恨死这个卡片机了，虽然能打电话，但屏幕就跟计算器屏幕似的，只能显示号码。周东杰为了儿子，决定冒险出去一趟，反正他也看到悬赏的通缉令了，自己的是侧脸，并且不太清楚，不熟悉的人根本认不出，只要自己小心点，不会被发现。

“我知道了，去哪个医院？”

“当然是离家最近的‘妇婴’了，你傻了！赶紧去。”周东杰挂断电话，转身就看到小高站在他的身后。

“啊！”周东杰吓一跳，手机差点没丢出去。

小高问道：“周哥，你要出去吗？”

“嗯！一乐高烧，我家里那老娘们儿没有钱，我得出去给她送钱。兄弟，你千万不要告诉别人。”周东杰很怕小高将他要出去的事情告诉别人，要是黄伟强知道，恐怕会立刻杀了自己。

“行，但你手机能让我用一下吗，我想给我妈打个电话。”

“手机留给你了！等会儿我回来时给你打电话，你配合下放我进来。”周东杰很幸运，幸好提前醒来的是小高，年纪轻，还在讲义气的阶段，要是其他人，他就麻烦了！

周东杰来到楼下，看到黄伟强的两名心腹在喝酒，他们看到周东杰，问道：“你下来干什么？”

“刚才小高拿的 XO 不错，马爹利的，听说要一两千呢！我合计再拿几瓶上去喝，以后可喝不到这么贵的酒了！”

“你们刚才喝了 XO？小高在哪儿拿的，给我送来两瓶呀！”

“这儿没有吗？”

“有个屁，你见过大堂有酒的吗？酒在二楼的酒吧。”

“那我去二楼拿酒了，你们去不？”

“强哥让我们守门，你给我们送来两瓶。”

“那好，等会儿我让小高给你们拿来。”周东杰上了电梯，当门关上的那一刻，他松了口气，他没想到下面竟然有人把守，出都出不去。

小高正躲在卫生间打电话，听到门响，连忙把电话挂断，紧张地走出来，看到周东杰，问道：“周哥，你怎么回来了？”

“曾明辉和麦诚在楼下守着，我出不去。”

“那怎么办？”

“小高，你的酒在二楼拿的吗？”

“对。”

“还有吗？”

“应该还有吧！我之前看有不少XO呢！其他人应该不会拿那么快。”

“你再去拿两瓶给他们，想办法将他们吸引走片刻，我就能溜出去。”

小高哭丧个脸。“我怎么将他们引走呀！”

两人都陷入到沉思之中，这事必须要做得小心，一旦被发现，会有生命危险。

周东杰一时间想不出，还着急孩子的情况，道：“我们先下去拿酒。”

两人在酒吧，周东杰发现很多酒摞在一起，有些摇摇欲坠，道：“有了！等会儿你给他们送酒的时候将几瓶放在电梯口的位置，摞起来放，酒瓶掉下来时发出动静，他们肯定会去看，我就可以借机离开。

“那我怎么和他们解释呀？”小高一脸为难。

“这简单，你就说拿着累，先放门口，等会儿自己拿楼上喝，他们不会怀疑的。”

“行吗？”

“放心吧！没问题的。”

“可怎么让酒瓶按时倒，它要是不倒怎么办？”

“你尽量摆，要是不行我就将它推倒，然后再跑。”

两人商量好，周东杰找了个小纸壳箱，里面放了四瓶XO，然后在上面又放了一瓶，小高双手各拿一瓶，两人走下楼。

来到一楼，周东杰躲在走廊通往大堂的另一条道上，小高将一瓶酒摆在那四瓶酒上，不断摆弄，一点点地试验，终于找到个平衡点，他小心地拿起另外两瓶酒，后退几步，发现酒瓶没有立刻掉落，才快步走进大堂。

曾明辉看到小高手中的酒，笑道：“给我们送的酒？”

“周哥说你们要，我给你们送两瓶。”

“他人呢？”

“先拿酒上去了！”

“他也不说亲自给我们送来，还让你跑，”曾明辉接过酒，打开后喝了一口，“这玩意儿也没感觉好喝呀！”

麦诚拿过另一瓶，也喝了口。“确实不如白酒好喝。”

他们虽然认为酒不好喝，但价格在那儿放着，决定还是再喝几口，感受一下。

小高站在两人身边，没有立刻走，曾明辉好奇地问道：“一起喝点儿？”

“不了，不了！”小高回头看向电梯的方向，心中很着急：酒瓶怎么还不掉下来呢！

曾明辉见小高回头好几次，问道：“怎么了？”

“没事，我回去了！”小高走得很慢，希望瓶子赶紧掉下来。

周东杰着急了，小高要是回去了，酒瓶再掉下来也不好解释，好像是小高故意弄掉的似的。周东杰努力朝着酒瓶子吹风，可距离太远了，根本吹不到。正当他打算过去将瓶子摔在地上，再跑回来的时候，电梯动了！有人在楼上摁了电梯，运行的电梯产生的风从电梯门的缝隙中吹出，酒瓶被风一吹，滑向地上。

咣当！

酒瓶掉落在地上，将曾明辉和麦诚惊动。“谁？”

没人回答，走廊里静悄悄的。

两人对视一眼，抽出手枪，小心地走过去，小高也跟在两人身后。

他们来到电梯门口，看到这里放着一箱酒，地上还有一瓶。

小高挠挠头皮，笑道：“我放这儿的酒掉了！”

“你放这儿的？”曾明辉伸出食指对着他点了点，“你这个鬼东西！是怕我们把你们的酒都抢走吗？还藏起来。”

“没有，没有，我是嫌拿着累。”小高连忙否认。

“周东杰都拿酒上去了，你还拿这么多，这是要包圆呀！不行，这些都给我们了！”

“别呀！给我留两瓶，酒吧里的好酒也不多，要是被其他人都拿走怎么办？我得多预备点，谁知道要在这里多久。”

曾明辉本来是开玩笑，感觉小高的话有理，道：“你说得也对，都归我们，你再上楼找吧！”

小高还想反对，曾明辉摁了电梯向上键，等电梯来了后，将小高推进去，道：“你别把好酒都拿走，给我们留点。”

曾明辉抱着纸壳箱，麦诚拿着一瓶酒走回大堂，却没注意到还在微微晃动的大门。

周东杰跑出会所，拦了辆出租车，立刻前往妇婴医院。

云飞扬收到消息，周东杰会去妇婴医院看周一乐，立刻安排人手出发，去妇婴医院埋伏，同时联络唐欣怡，开始接手妇婴医院和附近道路的监控。

这次为了确保万无一失，云飞扬调用了武警支队配合，禁毒支队的人留守，没有被派出去。他们长期在禁毒一线，很多毒贩都认识他们的脸，要是到了现场，万一被周东杰认出，很容易将他吓跑。

武警一支队的人便装在医院外围布控，董艺打扮成保安，云飞扬和常寿在急诊室冒充大夫，朱喜的体型太吓人，周正的气势太正，两人在保安室准备支援，蒋礼在旁边的楼顶架起狙击枪。

周东杰戴着墨镜和帽子出现在妇婴医院门口，不断地看着周围情况，发现没危险后，才快步走进医院。他来过医院两次，知道每次孩子看病都是在急诊室，如果需要输液就在一楼尽头输液室。他经过急诊室，看了眼里面，发现王珊正抱着一乐，一乐此时正在玩手机，没看出生病的模样。周东杰也没想其他，叫了声："一乐。"

"爸爸！"一乐看到周东杰很高兴。

周东杰快步走进来，不知道排在王珊后面、手中拿着挂号单的女人其实是女警假扮的。周东杰来到云飞扬面前，大声道："赶紧给我儿子看病，我这就去交钱。"

"东杰。"王珊叫了声，等于向云飞扬确认他的身份。

云飞扬拿起本病历，道："你先看看病历。"

周东杰低头的瞬间，常寿闪到他身后，一把摁住他的脖子，将他压在桌子上，云飞扬抓住他的胳膊向后一拧，常寿也抓住他的另一只胳膊，彻底控制住他。周东杰瞬间知道自己中计了！他拼命挣扎，却撼不动常寿的大手。

"你们放了我爸爸！"周一乐稚嫩的声音响起。

"别叫，别叫。"王珊赶忙阻止。

"你个臭婊子，竟然骗我，等我出来一定弄死你。"周东杰大吼着，满是对王珊的愤怒。

常寿不耐烦地道："给我闭嘴。"

王珊解释道："东杰，你知道这次你们运了多少海洛因吗？现在全城都在抓你们，我骗你来是为了不让周一乐没了爸爸。"

“王珊女士配合我们，条件是算你自首，只要你配合我们做污点证人，将毒品找到，你会被减刑，出来后还可以好好做人，为你儿子做个好榜样。”

周东杰以为被抓就必死，听说还有活的希望，心里一动，停止了叫骂。

云飞扬示意女警将王珊和一乐带走，问道：“毒品藏在哪儿？”

周东杰虽然想活，但还没有想明白，心中还有些担心，比如：之后是不是一定不判死刑，要不是死刑的话判多久，我出卖了黄伟强后，后面的人会不会伤害我的家人，我这么做对得起小高的义气吗？各种复杂的情绪在脑海中翻腾。

“我说了能不能不坐牢？”周东杰试图谈判，如果放了自己，他就带家人躲到北方去。

“这个我说了不算，要看法官怎么判，如果你立功表现突出的话，这种可能性也是有的。”

“必须得警察局局长答应我，我才开口。”周东杰放弃其他没用的想法，一心为自己的利益考虑。

“你是偷着出来的吧，如果你们的人发现你逃走，就会立刻转移，也会给你家人带来危险。你的时间不多，一旦毒品被转移，你就不存在戴罪立功的表现。毒品在哪儿？”云飞扬给他施加了强大的压力。

周东杰有些动摇，不过他很快就继续道：“我要警察局局长的保证，没有他的保证，我什么都不会说。”

“没有人会保证你一定不被判刑，这需要法庭的审判，警察局局长的话也没用。而且一旦毒贩知道你偷跑出来，不但你的家人有危险，你也会因为被捕，独自承担运毒一吨的责任。”

“我……”

“好好想想，时间不等人，晚一秒都可能让你自己失去转为污点证人的价值。”

“毒品在荣耀私人会所。”周东杰说完，身体里的那股劲泄了，彻底放弃抵抗。

云飞扬拿起对讲机，道：“毒品在荣耀会所，马上突击抓捕。”

禁毒支队和武警二支队的人早就做好准备，都在车里待命，确定地点后，车队立刻出发，直奔荣耀会所。

第八章 

死　尸

云飞扬等人在周东杰的带领下赶到荣耀会所时，这里已经被团团包围，整个会所漆黑一片，全副武装的武警准备进攻，正在进行最后的准备。云飞扬来到负责人身边问道：“里面有动静吗？”

“没有。”负责人已经监控了十几分钟，里面漆黑一片，没有任何声音传来，如果不是在睡觉，就说明里面没有任何人。

“强攻吧！我的人打头阵。”云飞扬担心毒贩又会安装诡雷，给武警造成不必要的伤亡。

“好。”负责人让武警在隐刺的后面，配合隐刺行动。

隐刺将装备检查完，朱喜举着防爆盾走在最前面，云飞扬等人在朱喜的身后，形成一排走到会所楼下，董艺在门上贴好炸弹，闪身到一边，点头示意。云飞扬将微光夜视仪戴好，看到其他人也戴上，对董艺点下头，董艺摁下起爆键，随着炸药发出的巨响，大门被炸开，朱喜率先顶着盾牌冲进去，云飞扬等人迅速跟进，枪口瞄准着大厅里可疑的地方。

大厅没人，武警迅速跟进，如潮水般分散，检查其他房间。一楼不断传来“安全”的信息，禁毒支队的人也进入，开始逐层搜索。当搜索到最顶层的时候，武警传来“有发现”的信息。

云飞扬来到顶层，武警带着他走进右边第三个房间，刚走到门口就传来刺鼻的血腥味。云飞扬走进去，发现一名年轻男子背朝天倒在地上，右手边有个手机，后脑有个枪眼，前额处露出个大洞，旁边满是血和脑浆，这名男子明显是被行刑式枪击，跪着的时候被人从后方开枪杀死。云飞扬摸了下死者的皮肤，没有僵硬，温度虽然下降，但比室温高，说明死亡时间不久，如果时间超过一两个小时的话会出现尸僵和尸斑，再过几个小时就会尸冷，和室温一样。

“毒品找到了吗？”云飞扬问身边的禁毒支队队长于大卫。

“没有找到，还在寻找。”于大卫手下的禁毒干警全力搜索毒品，还有警犬加入，除了找到不少溜冰的冰壶、吸食海洛因后的锡纸和针管外，没有发现大量毒品。

“监控室控制了吗？”

“控制了，但视频都被删除，设备也被毁坏，正准备将硬盘带回去让计算机专家进行恢复。”于大卫和云飞扬想的一样，想知道毒贩什么时候离开，一共有多少人，是否有毒品，开的什么车等信息，可对方明显早有准备，做得非常干净，而且从容不迫。

云飞扬捡起死者的手机，开机，摁下拨出键，显示出两条拨出记录，一条是 40 分钟之前拨打的陌生号码，另一条是一个小时之前的，电话号码是王珊的，证明刚才周东杰就是用这部电话打出，通话记录只有这两条。云飞扬正准备用电话拨打第一个陌生的号码时，有电话打了进来，云飞扬和于大卫对视一眼，将手机放在桌子上，摁下免提。

“喂，是小博吗？”电话中苍老的声音满是担忧。

“你是哪位？”云飞扬的声音低沉。

“我是小博的母亲，麻烦你让他接电话。”对方的声音带着一丝祈求。

“你儿子全名叫什么？”

“高博。小博怎么了？你让小博接电话。”对方明显感觉到什么，变得急切。

于大卫接到云飞扬的示意，接着开口：“我是玉溪市禁毒支队队长于大卫，这部电话在一具年轻男性尸体旁被发现，如果你有时间，请过来配合认尸。”

电话那边变得静悄悄，随后传来哭泣的声音，云飞扬不忍心听着痛彻心扉的哭声，走出房间。毒品害人不浅呀！不只是吸食的人受害，就连贩毒的人也不会有好下场，令无数人妻离子散、家破人亡。云飞扬走到一边，联络唐欣怡，道：“贩毒分子带着毒品离开荣耀会所，你那边的监控有发现吗？附近的天网系统能不能看到贩毒分子的离去路线？”

“荣耀会所太偏僻，附近没有天网系统的探头，只能从最近拥有天网系统的道路开始排查，数量很大，短时间内恐怕无法出结果。”

“你查一下这个号码1398847××××”

“机主姓名曾庆国，住在云南省楚雄彝族自治州南华县。”

“你查下她的儿子，把照片发给我。”

“她儿子叫高博，初中毕业……”

云飞扬收到高博的照片，虽然证件照和前额露出大洞的尸体有些不一样，但通过面部的几个主要特征可以看出就是同一个人，死者确认为高博。高博为什么会被杀还不清楚，从死者身边的手机可以认为周东杰的逃离和他有关，至少他是知情的，毒贩杀他很可能是为了惩罚。

目前的情况让云飞扬很憋屈，毒贩总能提前一步离开，到底是巧合，还是有人泄密呢？

“欣怡，你排查这两天所有人的通信，看看有没有可疑。”

“你怀疑有人泄密？”

“我们不能放过任何可能性。”

“是。要查多大范围？”

“所有参与行动的人员，警察、武警、边防、缉私，还有我们自己，只要参与到案子中的人，一个都不能漏掉。”

“好的，有消息我再汇报。”唐欣怡去排查车辆，任务非常繁重。

在会所里查找线索的周正等人纷纷归来，对着云飞扬摇摇头，现场确实有很多指纹、唾液、毛发等，但都需要分析和比对，就算具体信息出来，对找人的用处也不大。

“来的时候，我发现会所外不远处有超市和饭店，你们去看看那些地方有没有监控，如果有的话将他们这段时间的监控拷贝下来，再问问有没有看到过往的货车或是可疑的人。”

几人点点头，出去找超市和饭店的监控录像。

云飞扬看着地图，将于大卫叫过来，问道：“通往会所的这几条路都有设卡吗？”

“会所出城的路早就设卡，而下命令来这里抓捕后，就已经在市内通往这里的三条路设置了关卡，警力都是附近派出所的人，随后武警支援，关卡建立最快的只用了三分钟，最慢的也是五分钟，在他们的后方也有市内检查的关卡。”

“毒贩在这里喝了很多酒，其中有不少人还吸了毒，带着一吨重的毒品，他们不可能通过关卡，肯定还在这个包围圈里。”

负责人眼前一亮：虽然这个圈并不小，但和整个玉溪市比还是小了很多，并且有个方向总比没有任何线索要强。“我申请人手，全面排查。”

“我也是这个意思，绝不能让这批毒品流出去。”

大量警察和军人被调过来，进行大规模排查。这些人只要在区域内，肯定能找出来，毕竟一群醉醺醺，很可能还疯疯癫癫的人容易被人记住，除非他们上下车时都没有别人看到。

人工排查和摄像头排查相结合，不到三个小时就传来数起“看到一群醉鬼”的报告，附近的警察找目击者甄别，同时配合沿途摄像头，轻松排除大部分从酒店出来的醉鬼，只有两伙没有摄像头跟踪轨迹的人还有嫌疑，虽然已经有警察前往甄别，但云飞扬还是决定提前赶过去，避免毒贩再次转移，或是狗急跳墙，伤害到无辜群众。

两伙人都只有一组摄像头拍下他们的画面，说明不是小心躲避摄像头，就是在附近工作或居住，两伙人走路都是摇摇晃晃的，但一伙人很随意，另一伙却从不抬头，刻意避免被摄像头拍摄。

云飞扬立刻带人前往躲避摄像头那伙人的位置，确保毒贩不会再次潜逃。隐刺赶过去的途中，警方人员已经排查完另一伙人，他们是居住在周围的人，都是邻居，聚在一起喝酒。而躲避摄像头的那伙人还没有找到具体的落脚位置，无法分辨身份。

无法辨别身份，还找不到落脚位置——都证明这些人有意避开摄像头和走夜路的人，才会找不到踪迹。

警方为了找到对方的位置，安排大量警力赶去，哪怕挨家敲门进行排查，也要将这些人给找出来。

云飞扬赶到现场时，于大卫已经到达，正在查看地图，看到云飞扬过来，招呼道：“这里。”

“怎么样，知道位置了吗？”

“目前有三处可疑地点，一处是停工的住宅楼，一处是废弃工厂，还有一处是停业的酒楼。”

“还需要多久能排查完毕？”

“已经有最优秀的侦查员过去，一会儿就能有结果。”

云飞扬点点头，也看向地图。停工住宅楼因为开发商资金链断裂而停工，位置还不错，周围都是住宅楼。废弃工厂的位置相对偏僻，那里早就计划要动迁，所以除了对面还有几栋民宅，附近没有其他的建筑。停业的酒楼附近人口相对密集，属于三个地点中最繁华的地方。

三个位置都不理想，还会成为警方重点排查地点，云飞扬担心毒贩不会躲在这三个地方。

十几分钟后，前方侦查员传来消息，三处地点都没有找到毒贩的下落。于大卫感觉事情变得棘手：没有找到毒贩的下落，毒贩如果不是离开这个区域，就是挟持了无辜群众，躲进了他们的家里。毒贩刚刚杀了一个人，已经被逼上绝路，很可能再次伤人，必须尽快找到他们。

虽然警方早就下定决心，哪怕是挨家敲门也要将人给找出来，不过直到实行的时候还是有些犹豫。现在可是大半夜，挨家挨户地敲门找人，如果找到还好，要是没找到，等天亮的时候肯定会有无数的投诉电话和网络上漫天的骂声。

于大卫看向警察局局长周达，周达沉默片刻，脸上露出果决的神色，道："挨家搜查，决不能让这一吨毒品流进市场，我相信大家能够理解，就算因此承担责任我也认了！"

周达为了人民群众的安全，决定进行全面排查。

"等等，周局长，你看是不是先将其他位置排查一番，再决定是否要进行挨家搜查。"云飞扬站出来制止。

"如果可能的话我也不想扰民，你有什么好建议吗？"周达知道云飞扬的身份，很重视他的意见。

"毒贩人数众多，他们如果躲在住宅内，个人家储存的食物是个问题，而且住宅的空间狭小，既不利于战斗也不利于逃走，我认为他们很可能选择食物充足、地形复杂、利于逃走的地方。"

“你有怀疑的地方吗？”

云飞扬在地图上的几个点指了指，道：“我对这里的情况不是很了解，目前就这几个地点，我认为那些自己做饭的小公司也有可能。”云飞扬没有选择饭店、工厂的食堂这些地方，因为虽然获取食物容易，但很容易暴露。

周达找来当地的所长，询问当地的情况，最终确定出所有可疑的地点，再次派出侦查员去侦查。

侦查员用自己丰富的经验和从消防队借来的生命探测仪配合，只要是可疑的地点，就用生命探测仪查看，到时就能准确知道里面有多少人，一旦人数多，很可能就是毒贩藏的位置。

大量人手撒下去，很快就有结果传回，在一个小贸易公司找到了疑似毒贩的踪迹。这家公司刚开不久，员工才六七个人，可房间内有 11 个人，而且房间漆黑一片，没有任何声音。

云飞扬带着其他人来到小公司，朱喜扛着防爆盾顶在门前，董艺跟在后面，拿出小型线控摄像头从盾牌下面的门缝里伸进去。屏幕上很快出现图像，门口的位置有两名男子，靠着墙在睡觉，至于里面的情况，通过线控的摄像头就看不到了。董艺将摄像头取出来，在朱喜的掩护下回到队伍中。

“门口有两个人，都睡着了！再里面的情况看不到，大门从里面反锁，无法放无人机侦查。”董艺汇报情况。

云飞扬将录制的视频看了一遍，道：“传给临时指挥中心，让周东杰辨认。”

图像被传回去，周东杰看到在门口睡觉的两名男子，兴奋地指出两人是黄伟强的心腹。

云飞扬收到确定的消息，脸上终于露出轻松的笑容：只要人找到，战斗是小问题。他命令道：“董艺炸开大门，配合我和朱喜进攻，周正、常寿从二楼破窗进入，蒋礼寻找狙击位，负责支援。”

几人检查装备，准备进攻。

周达知道云飞扬等人是特种兵，非常厉害，但他们人数太少，里面的毒贩却有 11 人，除去负责支援的蒋礼，冲进去战斗的只有五个人，平均一人要对付两个人，这样会冒很大的风险。周达问道："云飞扬同志，你们的人数太少，还是让特警上吧！"

"不用，我们可以。"云飞扬拒绝。特警的战斗力是不弱，但云飞扬更相信自己。

周达犹豫片刻，道："你们主攻我不反对，但我希望你能让特警作为辅攻，毕竟里面的毒贩人数众多，穷凶极恶。"

云飞扬想了下，点点头，道："可以，但我希望都听我的命令，不要擅自行动。"

"没问题。"周达痛快答应下来，他也知道一个队伍要是有两个指挥，很容易出问题。而且云飞扬是军方的特种兵，战斗素养和经验都比特警更丰富。

周达调来一队特警听从云飞扬的指挥，云飞扬命令他们跟在隐刺的后面，作为支援。

十分钟后，所有人都做好准备，蒋礼躲在公司旁边的三楼，瞄准着二楼的窗户。蒋礼汇报道："二楼有三名毒贩，已经睡着。"

这次进攻的难度不会太大，毒贩因为之前在会所里过于放松，喝了很多酒，又经过紧张的逃跑后，全都坚持不住入睡了。

董艺在大门上贴好炸药，退到安全的地方，手中握着引爆器，看向云飞扬。

云飞扬道："所有人准备，三、二、一。"

董艺猛地摁下起爆键，随着爆炸声响起，两扇门向里倒了下去。云飞扬拿出一枚震爆弹，拔掉保险栓扔进去。震爆弹发出巨大的声响和刺目的白光，在这个漆黑的夜里显得更加刺眼。朱喜扛着盾牌迅速冲进去，云飞扬跟在后面，董艺和特警紧随其后，与此同时，周正和常寿踹破二楼的玻璃，冲了进去。

"不许动，不许动！"特警大声喊着。

那些毒贩被震爆弹炸得暂时失聪，唯一凭着意志力挺住没睡的黄伟强不但失聪，还被光芒刺激得什么都看不到，特警的喊话没有人能听到。黄伟强又聋又瞎，用手枪对着记忆中门口的方向胡乱开火。

一颗乱飞的子弹射在防弹盾牌上，弹到一边，打入墙中。云飞扬的身体从盾牌后探出，对着黄伟强的手腕打了一枪，黄伟强的手腕中弹，再也握不住手枪，枪掉了下去。

特警见其他人也要去摸枪，快步冲上去，将毒贩全都控制住。二楼的三名毒贩也被周正和常寿控制。行动非常顺利。

周达看到一名名毒贩被押出来，毒品也被运出来，脸上满是笑容，大声道："所有人都干得很好，我会为你们请功。"

黄伟强等人被带回临时指挥中心，云飞扬向蒋国成汇报，黄伟强被关进审讯室，由周正和董艺先审讯。

云飞扬汇报完毕，走进审讯室，黄伟强歪着头看向他，嘴角挂着嘲讽的笑容。

周正让开主位，将审讯记录交给云飞扬，云飞扬翻开看了眼，问道："怎么样了？"

"完全不配合，我都想给他上手段了！"董艺的语气中充满了愤怒。

"黄伟强，你涉嫌谋杀、贩毒，要是还想活命的话就老实和我们合作。"云飞扬上来先威胁，然后又给黄伟强一点希望，想让他尽快招供。

"不是涉嫌，老子杀人了，而且不止一个；一吨毒品被你们当场抓住，同样用不着说涉嫌。你也别说什么合作，老子这罪行，说不说都是死刑，没什么好说的。"黄伟强一副死猪不怕开水烫的架势，完全没有配合的打算。

"今天这一吨毒品被缴获，但还有一吨毒品不知去向，你应该知道一吨毒品流入中国会毒害多少人。"

“别跟老子说这些，老子自从贩毒那天起，良心就喂了狗，别说是毒害人，就是全世界的人都死在老子面前都休想老子有一丝动容。”黄伟强软硬不吃，摆明了拒不合作。

云飞扬掏出手机，摁下拨号键，将免提打开放在桌子上，道：“跟你老婆和女儿聊聊，也许你能想明白。”

“喂，是伟强吗？”电话中传来黄伟强万分熟悉的声音。

黄伟强不回应，扭头看向一边。

“伟强，我知道你被抓了，你一定要配合警察，不要再做坏事了！”

“你个老娘们儿懂个屁，赶紧挂了电话，不要跟老子叽叽歪歪。”

“妈妈，妈妈，让我和爸爸说话，”电话中传来女孩稚嫩的声音，随后女孩抢下电话，道，“爸爸！老师说每个人都有配合警察的义务，你要配合警察叔叔工作，才是好爸爸。”

“把电话给你妈。”

“伟强，你……”

“给我闭嘴，老子的事情不用你管，等老子死了就带着女儿改嫁，别来看老子，赶紧挂了。”

黄伟强的老婆长期受他欺负，也不敢多嘴，将电话挂断。黄伟强露出胜利的笑容，挑衅地看着云飞扬，一副“你能拿我怎样”的滚刀肉模样。

“你是不是认为已经把钱都留给家里，所以你死了她们也可以快乐地过完这辈子，是不是感觉自己是英雄，为这个家做出了伟大的牺牲？”

“老子的家事不用你多嘴，有什么能耐就使出来，看老子受不受得住。”黄伟强面带挑衅，对自己的承受力很有信心。

“现在不允许刑讯逼供，不过我会让你的牺牲变得毫无价值。”云飞扬没法用军队的逼供手段，只能想办法击碎他的一切希望。

黄伟强的目光中充满了阴狠，瞪着云飞扬，看他怎么说。

“你老婆长年不上班，可你家却住着大房，生活很优渥，你认为你家人能继续花你贩毒赚来的黑心钱吗？”

“她的钱和我没关系，都是她自己赚的。”黄伟强不会承认那些钱是脏钱。

“一个不上班的家庭妇女，怎么赚这么多钱？”云飞扬的脸上挂起嘲讽的笑容。

“她去澳门赢的，出来卖赚的，你管她怎么赚的钱。”黄伟强一时也想不起太好的托词。

“哦，是吗？我会让人去调查的，如果钱不是她赚的，恐怕她就没法花了！”

黄伟强怒吼道：“你有什么资格不让她花，凭什么，你是土匪吗？”

“我当然不抢，可那些钱都是你贩毒赚的钱，属于应该被罚没资产，并且你杀了人，需要赔偿死者家属。不要忘了，你和妻子没有离婚，她在法律上有义务替你赔偿。”

“她的钱和我没关系，都是她赚的，而且我们早就有离婚协议。”黄伟强的声音很大，又带着一丝得意，他多年前的布局在今天终于显现出用处。

“我也希望是你老婆赚的钱，可这样又有问题。根据我查到的记录来看，你老婆从没有缴过个人所得税，她的钱不论是何种手段赚到，都需要缴税。我来之前特意了解了一下法律，逃避缴纳税款数额较大并且占应纳税额10%以上的，处三年以下有期徒刑或者拘役，并处罚金；数额巨大并且占应纳税额30%以上的，处三年以上七年以下有期徒刑，并处罚金。你家买了房，买了车，银行账户上还躺着200多万元，这么多钱绝对算得上数额巨大，并且百分百没缴税！三年到七年，再加上罚金，你猜猜你家还会有多少钱？如果你老婆坐牢，你女儿怎么办？”

“你个王八蛋。”黄伟强愤怒地想要打云飞扬，可手铐将他牢牢地铐在椅子上，怎么努力都无法离开。

“你为了你的小家，为了个人的私利，让国家和无数人受到伤害，有多少人恨不得杀了你这个毒贩。你什么都不交代，被抓了还逞英雄，我看你怎么在一群让人唾骂的毒贩中当英雄。”

黄伟强大声威胁道：“我要杀了你，杀了你！”

云飞扬嗤笑道：“你能出来再说杀我的事。”他拿起手机，摁下一组号码，打开免提，将电话放在桌子上，电话中传来女人公式化的声音：“您好，云南税务局纳税服务系统为您服务，国税请摁 1，地税请摁 2。”

云飞扬刚要操作，就听黄伟强喊道：“我招。”

云飞扬将电话挂断，问道：“你的上线是谁？”

“我说了你是不是就不会查我老婆了？”

“我们的目的是抓毒枭，不是你老婆。”

“我的上线是缅甸的苗伦。”

“在哪里可以找到他？”

“他就在小勐拉的曼宝镇。”

“好，带我们去找他。”

“你确定不会为难我老婆，不没收她的钱。”黄伟强知道自己没有资格抵抗，为了保住家里的钱，让老婆生活得好一些，他没有别的选择。否则他不但要死，家里的钱都被罚没，等于他的贩毒毫无意义。

“我们的目标不是你老婆，更不是你家那点钱，而是你背后的大毒枭，只要你好好配合，这算是戴罪立功，如果表现好，法官对你也会轻判。”

“我帮你们。”

云飞扬走出审讯室，向蒋国成汇报情况，申请跨境抓捕苗伦。隐刺是军方的特种部队，秘密行动的话没有问题，但明面上没有缅甸官方邀请，无法去抓捕苗伦。而且这次缴获的毒品太多，全球都会关注，隐刺要是秘密地去抓苗伦，全世界人都会猜到是中国做的，反倒不如让缅甸官方来行动。蒋国成让云飞扬带领隐刺回基地休整，不用管其他的事。

金三角密林中的一处寨子，霸主躺在椅子上，两名美貌的女子揉着他的右腿，霸主的脸上没有享受的表情，而是阴沉地看着外边同样阴沉的天空。

冷柔走进房间，轻声道："苗伦被供出来，缅甸准备对他进行抓捕，用不用通知他马上离开？"

霸主收回远处的目光，冷冷地道："不用，他辛苦那么久，也该歇歇了！"

"他一旦被抓，很可能会供出我们，要不我去……"冷柔做了个抹脖子的手势。

"没必要，这吨海洛因就是我送给中国的礼物，他们肯定能猜出毒品是我的，苗伦是否会供出我根本不重要。"

冷柔不再言语，既然霸主已经做出决定，她就不会再多嘴，只恭敬地站在霸主身后。

霸主捶了捶每次阴天下雨就会疼的右腿，自言自语道："风雨就快来了！"

因为毒品丢失一事，蒋国成承受着很大的压力，有人想要让云飞扬先离开指挥岗位，不要执行任务，但蒋国成力排众议，继续让云飞扬负责隐刺，也没有对任何人诉说压力，只是默默承受。这次毒品被收缴，毒贩被抓获，又深挖了上线苗伦，审讯黄伟强后，黄伟强也承认没有人透露消息给他，让蒋国成松了口气。

隐刺回到基地，大家都瘫倒在床上。虽然战斗并不危险，但长时间寻找毒贩和毒品，巨大的精神压力让人很疲惫。蒋礼回到基地后没有休息，扔下行李后找到个没人的地方打电话，找上儿时玩伴魏平。"老魏，你帮我个忙。"

"行啊，什么事？"魏平和蒋礼的关系很好，帮忙是小意思。

"你帮我查一下云飞扬、朱喜、董艺、常寿、周正这几个人所有银行的银行卡和资金情况。”

“我说老蒋，你可别害我，查别人就算了，你还查扬哥，不行，肯定不行。”魏平连想都不想地拒绝。

“你就不好奇他的银行存款有多少？再说我这次还有任务。”

“你在调查扬哥是不是？扬哥什么人你还不知道吗？不用查，肯定没事。”

“魏平，你丫还是不是我兄弟了！怎么我让你查一下银行账户都那么费劲？你把他当朋友，是不是不把我当朋友？”

“你看看你，怎么还急眼了！”魏平想了下，道，“我可以帮你查，不过要是扬哥发火，你自己顶着，我可不帮扛雷。”

“看你那胆小的样儿，放心，到时候不会将你供出来。”

“好，我看看扬哥的存款，哈哈！”魏平将云飞扬的身份证号码输入进去，调查他名下所有银行的存款记录。

云飞扬的名下只有两个账户，都是工商银行，其中一个是云飞扬存工资的，没有任何问题，但另一个账号里有 100 万元，是两天前打过来的，当时正好是刚刚查到毒品后不久，然后云飞扬就做出了放长线钓大鱼的命令。

两人在电话中都沉默了！魏平虽然不知道这钱是怎么回事，但云飞扬的工资是有数的，想要攒下 100 万得需要很久，根本不是短期能达到的，而且蒋礼要调查，不正好说明这笔钱有问题吗？但他不愿意相信云飞扬会收黑钱，这里面也许有别的原因。

蒋礼长出一口气，让魏平继续查其他人的钱，其他人的账户一切正常，没有异常往来的钱款。

“老蒋，扬哥的这个账户好几年不用，可能是有人汇错款了，等过几天有人发现，就会撤回了。”

“行了，你不用多说，把记录发给我一份。”

“你干什么，可别害扬哥。”魏平有些紧张。

“我的工作能害人吗？放心吧！如果他是清白的，不会有问题的。”

“我知道你们从小到大的矛盾。很多事情都不是你想的那样子，现在可不是使性子的时候，否则到时候你后悔都没有办法。”

“啰唆，赶紧发给我，我挂了！”蒋礼收线，很快就收到魏平的截图。

蒋礼找个地方将截图打印出来，兴奋地来到蒋国成办公室门口，敲门后大声道：“报告。”

“进来。”

蒋礼走进来，大声道：“首长，我怀疑隐刺特战队队长云飞扬被霸主收买，出卖军队机密信息。”

蒋国成挥挥手，不耐烦地道：“我知道了，你出去吧！”

“首长，我有证据，就在他查出一吨毒品，并做出放长线钓大鱼的决定后，他的银行账户里突然多了 100 万。”

“扯淡，他不是那样的人，你给我出去。”

“首长，你不能因为云飞扬是你儿子就偏袒他，如果是这样的话，我会向更上一级举报您的。”

“去举报，快去举报吧！滚，立刻给我滚出去！”蒋国成气得差点将茶杯扔出去。

蒋礼将打印出来的纸放在桌上，立正敬礼，转身离开，丝毫没有将首长给气到了的觉悟。

蒋国成把茶杯放回桌上，拿起纸，看了眼上面的内容。这个账户开户是在几年前，从来没有用过，这次突然进来一笔钱，就说云飞扬收受贿赂，完全不可信。云飞扬是久经训练的特种战士，中途退役后还当了很久的无国界医生，智商非常高，收钱会用自己的账户？虽然没有去问云飞扬，但云飞扬在外国的那几年除了让自己用他的账户定期往孤儿院捐款外，根本就没有用过钱，要说他在国外没有账户，蒋国成打死都不信。何况云飞扬有很多无国界医生好友，用别人的账户收钱非常安全，就算用比特币也比直接用自己账户收款安全，云飞扬宁愿不赚钱去当无国界医生，回来后就傻到用自己账户收钱，这完全不合理。

蒋国成将纸揉成一团，本想扔进废纸篓里，想了想，又将纸铺平，拿起桌上的电话。

缅甸警方收到中国传来的消息，决定对苗伦进行抓捕。苗伦在缅甸也算是个大毒枭，手下有数百人，身旁总有二十几名持枪的手下保护，全都是退役的士兵，战斗力强悍。缅甸早就有抓捕苗伦的打算，但苗伦行踪隐秘，身边的保护还很严密，一旦抓捕，就会发生大规模枪战，非常容易造成混乱，给平民带来极大的伤亡，这也是缅甸迟迟没动手的原因。

苗伦这次运送一吨的毒品，让缅甸下定决心，哪怕付出一定代价，也要将人抓住。

缅甸方面没有选择硬来，而是找上一名被苗伦收买，以前多次给他通风报信的警局高官，让他将人给骗来。警局高官当然不答应，不承认自己和苗伦这个大毒枭有勾结，但在证据面前，他没法反驳，最终在坐牢和将苗伦骗出来之间，他选择了将苗伦骗出来。

苗伦在房间里收拾东西，他已经知道黄伟强被抓，自己被供出来是早晚的事，所以决定跑路，回到金三角的密林中，到了那里才是最安全的。他慌乱地将保险柜中的一摞摞美元放进袋子中，突然，手机响了起来，将他吓了一跳。

苗伦看着不断发出铃声的手机，想着这个时候是谁来电话，他疑惑着拿起手机，看到来电号码是自己收买的警局高官，接听道：“吴威，今天怎么给我打电话了？”

“中国方面已经发来协查通报，让我们配合中方缉毒警对你进行抓捕，人已经在路上，你马上跑。”

“什么，已经有人来抓我，你怎么不早告诉我？”苗伦很愤怒，他平时没少给吴威送钱，此刻心中暗恨，要是自己被抓了，吴威也别想好。

“我也是刚刚收到消息，就立刻给你打电话。别废话了，赶紧跑，在通知我们抓捕之前，军方就已经布置包围圈了！再晚点你就跑不出去了！”

苗伦听说军方已经布置包围圈，立马将保险箱中的东西都搂进袋子中，也没工夫仔细分了，拎起袋子就走，同时急切地道：“军方布置包围圈，已经布置完毕了吗？你必须帮我逃出去，否则我被抓了，你也好不了。”

吴威的脸色一变，暗自庆幸上面找了自己，让自己戴罪立功，可以借机摆脱苗伦，否则早晚得被苗伦害死。他装作急躁地说道：“这次你跑出去后，我们就两清，以后别再找我。”

“好。”苗伦也知道刚才的话会让两人的关系破裂，不过这个时候他也顾不上其他，只要能逃走，关系什么的以后可以再用钱结交。

“往小勐拉那边跑，军方在那边的包围圈没那么快建立。”

苗伦的眼睛一亮，那边和政府军不对付，就算是要抓自己，交涉也没那么快。苗伦将袋子丢上车，对手下命令道：“去小勐拉。”

十几名手下分别乘上汽车，护送着苗伦离开，四辆车组成的车队快速朝着小勐拉开去。

吴威指点着苗伦，告诉他要走哪条路。在吴威的指点下，果然一路上都没有看到任何关卡，车队畅通无阻地离开城市，开上通往小勐拉的道路。

车队行驶在一片开阔地上，最前面的司机看到前方停着一排军车，车上全是荷枪实弹的军人，呈一个扇形将车队的去路堵住。车队看着前面的军车，马上倒车，车子刚退出几十米，后方又开上来一支车队，打头的是两辆坦克车，后面是十几辆军车。

司机将情况汇报给苗伦，苗伦感觉到情况不对，明显是掉进了包围圈，没等他让司机转弯，司机就惊呼两侧也有军车开过来。这时候他要是还不知道自己被吴威出卖、掉入陷阱的话，就是傻子了。他愤怒地大骂道："吴威，你个王八蛋，竟然敢出卖我！"

"苗伦，投降吧！"吴威说完，挂断电话，在后面车队里探出头，用扩音器喊道，"苗伦，你已经无路可走了！"

苗伦的车队停下来，十几名手下躲在车内，没有出来，也没有反抗。

军方车队慢慢收拢包围圈，坦克的炮塔对准第二辆汽车，机枪也瞄了过去，随时都能够开火，其他方向的军人跳下车，躲在军车后，枪口对着苗伦的手下。

面对这么多军人，还有坦克等重火力，十多个手下根本不是对手，他们只要开一枪，迎接的他们是瞬间被打成马蜂窝。他们很紧张地看向车外，枪口都不知道该不该抬起来，内心充满焦虑和恐惧，等待着苗伦的命令，但苗伦却没有传来任何命令。

车上的人面面相觑，他们想要投降，又怕苗伦会报复他们的家人。

"所有人下车，否则就开枪了！"吴威大喊着，让苗伦的人投降。

吴威等了片刻，发现还是没有人下车，命令道："警告射击。"

坦克上的机枪对着车队旁边的土地喷吐出一条火舌，重机枪子弹打在地上，击起的碎石将车玻璃击碎，划伤了里面的人。

"我最后说一遍，立刻放下武器投降，否则就不是警告射击了！"

伴随着吴威的喊声，坦克的机枪缓缓抬起，对准了车队的汽车，包围的军人也将子弹上膛，只等一声令下，万枪齐发。

"别开枪，我们投降。"汽车的车门打开，一支支步枪扔了出来，然后苗伦的手下们双手举高走下汽车。

缅甸军人迅速上前，将他们控制住。吴威这才从车内走出来，得意地走过去，他要亲眼看看苗伦被抓的模样。吴威走到被抓手下的近前，挨个看过去，却没有看到苗伦的影子，吴威的脸色瞬间变得苍白，他抓住一名手下的脖领子，大声问道：“苗伦呢？”

“首领在半路下车了。”

“半路下车，他人在哪儿？”吴威气得要发疯了，自己想算计苗伦，竟然被苗伦摆了一道。

“我不知道。”

吴威拿起手枪，顶在那个手下的头上，大吼道：“不说的话我杀了你！”

“我真不知道。”那个手下不想死，但他真不知道苗伦去哪里了。

吴威的眼睛通红，手指慢慢用力，准备打死一个，然后再审问。要是抓不住苗伦，上面不会放过自己，还得怀疑自己给苗伦通风报信。至于苗伦，也会用尽一切力量报复自己，所以他必须要抓住苗伦，否则两面不讨好。

“等等，我想起来了！”那个手下在吴威开枪之前大喊道，“首领应该在我们车队的后面，我们的人刚才还在和他说话。”

吴威将那个手下推倒在地，手一挥，道：“出发，跟我去抓苗伦。”

冷柔拿着手机，匆匆来到霸主的身边。霸主给自己倒了杯茶，喝了一口，才慢悠悠地问道：“谁的电话？”

“苗伦的电话。”冷柔捂着手机话筒，将手机递过去。

霸主伸出手，接过电话。

“霸主，我需要你的帮助，我被吴威那个王八蛋出卖，现在缅甸到处都在悬赏通缉我，你得帮我去金三角。”苗伦的语气急迫。

“不用担心，一切有我，我立刻让人去接你。你要注意，不要和其他人联系，找个地方躲起来，我的人到了会联系你的。”霸主的语气不徐不疾，充满自信。

“谢谢，我就等你的人来接我了！”苗伦挂断电话，带着身边仅剩的几名保镖躲入一户人家。

悬赏通缉令一出，苗伦不知道哪个王八蛋会为了赏金出卖自己，他最信任的手下都已经被缅甸军方给抓了，又不敢联系其他人，只能向霸主求救。还好，霸主没有让他失望，多年的交情让霸主毫不犹豫地派人来救他。

霸主将电话交还给冷柔，道："你带人去帮帮他。"

"是将他带回来，还是……"

霸主拿起茶杯，轻声道："他辛苦这么久，也该好好休息休息了！"他将茶水倒在地上。

"我知道了！"冷柔转身离开。

苗伦躲在民宅里，吸食完毒品，强拉着这户人家的女主人进入卧室。

一夜过去，外边传来嘈杂的声音，警察在挨家挨户敲门，询问是否看到陌生人，很快就会来到这里。苗伦有些急躁，不断地看手表，问道："霸主的人还没有来电话吗？"

心腹手下丹拓回道："没来电话。"

苗伦低声怒骂："妈的，他手下是去吃屎了吗？这么慢！"

门外传来一阵敲门声，警察在外边喊道："警察，开门。"

苗伦拿起手枪，顶在这户人家孩子的头上，对女主人威胁道："出去打发了警察，要是让警察知道我们在这里，你和孩子都得死。"

女主人的衣服被苗伦撕破，眼睛也因为长时间哭泣而红肿，她稍微整理下衣服，出去打开房门。

苗伦和几名手下的枪口对准外边，紧张地看女主人的表现，要是稍有不对，他们就会冲出去。

警察发现女主人的眼睛红肿，问道："你这两天有没有看到陌生人？"

"没有看到。"女主人的眼神有些闪躲。

警察感觉她有些异样，继续问道："你怎么了？"

"我被丈夫打的。"女主人都不敢看警察。

警察往屋里看了下，没看出什么异常，道："要是有什么异常发现就通知我们。"

"好的。"女主人看着警察离开，关上大门，既松了口气，又万分失落：她既想让警察发现异常，解救她们，又担心苗伦会因此伤害到自己的孩子。

女主人失魂落魄地往屋内走，快到门口的时候，丹拓冲出来，一把将她拽进屋内，推到小孩旁边。女主人抱着自己的孩子，缩在角落里，瑟瑟发抖，恐惧地看着苗伦等人。

丹拓的手机响起，苗伦立刻看了过去，丹拓接起电话，听对方说了句后，将电话交给苗伦，低声道："霸主的人。"

苗伦接过电话，道："我是苗伦。"

冷柔的声音从话筒中传来："你在哪里？我带人去接你。"

苗伦立刻将地点说出来，同时把警察在附近的事情说了出来。

冷柔挂断电话，手下立刻发动汽车，朝着苗伦躲藏的地方开去，赶到地方时，警察已经离开这里。手下拉开车门，冷柔走下车，打量了下周围，来到门前，按照约定的方式敲门。

丹拓听到敲门声，快步来到门口，透过缝隙看到冷柔站在门口，立刻打开门，道："你来了！"

冷柔点点头，朝里面走去，手下则留在门外，警惕地看着周围。

苗伦迎出来，道："你能来太好了，我们什么时候离开？"

"立刻走。"

苗伦点点头，道："将她们绑起来。"

丹拓走向屋内，指挥其他人将女主人和孩子绑起来。

冷柔问道："里面有人？我去杀了他们。"冷柔掏出手枪，将消声器拧上。

苗伦道："不用冷小姐动手，让我的人来。"苗伦走入屋内，对手下道："都杀了！"

女主人大惊，哀求道："求求你们，放过我们吧！我们什么都不知道，什么也不会说！"

丹拓等人举起枪，刚要开火，冷柔道："不要用枪。"丹拓将女主人的孩子抢过来，掐住小孩的脖子。苗伦的另一名手下勒住女主人的脖子。

苗伦看着挣扎的女主人和小孩，脸上没有任何不忍的表情。冷柔突然抬起手枪，对着丹拓开火，子弹准确击中眉心，丹拓瞪大不敢置信的眼睛，倒了下去，冷柔不等其他人反应过来，继续开火，将苗伦的手下统统杀死。苗伦连忙摸枪，枪还没有抬起来，冷柔的枪口已经顶在他的脑袋上。

"冷小姐，你这是要干什么？"苗伦心中有所猜测。

冷柔没有回答，直接扣动扳机，苗伦的尸体倒了下去，女主人搂着孩子恐惧地看着冷柔，虽然眼前的女人救了自己，但她杀人不眨眼的做法还是将女主人吓到了。冷柔看了眼两人，转身走出房间，女主人松了口气时，突然看到一个手雷滚进屋子，她紧紧地搂着孩子，发出绝望的喊声。冷柔在手雷爆炸声中走出大门，乘车离开。

第九章

抓　捕

苗伦被灭口，另一吨海洛因始终没有下落。云飞扬带人继续艰苦训练，等待情报部门传来好消息。

半个月后，隐刺磨合得更加默契，情报部门终于传来好消息：在缅甸大其力镇，有十几名毒贩相约聚会，商谈有关霸主的事情。

隐刺全员返回前进基地，唐欣怡和情报部门密切合作，继续深挖，给予隐刺最准确的情报支持。

指挥中心内，所有人都聚在一起，云飞扬问道："情报部门能够确定霸主的位置吗？"

唐欣怡道："不能，我们的人无法接触霸主，每次只要靠近，就没了消息。想要成为霸主的手下就必须要杀人投诚，我们的人没法过这一关。"

"那其他的毒贩身边呢？能不能知道聚会目的和内容？"

"这次的聚会都是那些毒贩自己联系的，能够跟去的都是心腹，我们还无法得知具体信息。"

“霸主狡猾又凶残，不会长时间在一个地方，机会稍纵即逝，我们得去大其力镇看看。”

“没有准确情报支撑，一旦出问题，在国外得不到支援，太危险了！”唐欣怡担心再次发生之前的问题。

“我们先去侦察，没有确切的情报是不会行动的，你继续调查，随时给我提供情报支援。”

“好的，你们千万要小心。”

大其力镇属于金三角，曾经制造湄公河惨案的糯康长期在大其力镇盘踞，大其力镇和对面的泰国美塞镇曾经是金三角毒品交易中心，这些年各国打击金三角毒品，大其力镇开始往旅游方面转型，但仍有不少毒品贩子躲在大其力镇。

云飞扬带领隐刺成员来到大其力镇，周正、朱喜在镇外等候，随时支援。云飞扬和董艺、常寿、蒋礼进入镇内查探消息，四人刚进入镇子，一群突突车司机围过来，手中拿着印有景点照片的宣传纸，大声用半生不熟的英语问道：“要不要去景点？四个景点 300 泰铢。”

“200 泰铢。”云飞扬随意讲价。

“好，上车。”司机打开突突车的车门。让云飞扬四人上车。

大其力镇的景点大部分都是庙，街上偶尔会出现穿着袈裟的小和尚。几人无心游览，很快就到了最后的景点大金塔。云飞扬等人进去的时候，让突突车司机离开，告诉对方会在附近逛逛，不再用车。大其力镇的大金塔没有仰光的那么出名，更没有仰光的大。戴着墨镜的云飞扬没兴趣看，观察着周围的人群。董艺自认为是艺术家，对建筑很有兴趣，专心研究，看看需要多少炸药，从什么地方炸才是最好的。常寿对建筑同样没有兴趣，随意地看着四周。蒋礼则是习惯性地观察最好的狙击地点。

四人等司机离开，发现没人注意他们，分散着走到街上。云飞扬发现一名戴着墨镜的男子十分眼熟，迅速拿出手机照了张相，传给唐欣怡，然后跟在男子的身后。

男子走进附近的一家餐厅，云飞扬发现他和几名男子见面，立刻敲了三下对讲机，发出集合的信号。

常寿、董艺、蒋礼不引人注意地走过来，云飞扬低声道："我刚才看到个人好像是霍军。"

董艺看着云飞扬拍下的照片，里面是男子的侧脸，不确定地道："我认不出，看起来有点像。"

常寿看了眼照片，就急着道："没错，就是这个家伙，我去把他抓了？"常寿性子急，认出霍军的身份，也不等其他人确认，就要冲过去。

云飞扬摁住常寿的胳膊："不行，我们在国外没有执法权。"

"他不但运毒，还害死我们好几名战友，难道就眼睁睁看着他离开？"常寿的声音中带着不满。

"这里到处都是边防军，我们在大庭广众之下动手肯定会被抓。要想在大其力镇抓人，必须申请，由缅甸警方动手。"云飞扬可不认为他们几个可以对抗边防军，将毒贩带出去。

"那等他离开餐厅，到僻静的地方，我们再将他抓捕。"

"别忘了我们来这里的目的，不要轻易打草惊蛇，他暂时不能抓。"云飞扬压下常寿动手的念头，他知道首要任务是什么：相对于霸主来说，霍军是次要的。

几人等了一会儿，霍军和几名男子走出来，霍军双手合十对中间的人行礼，转身离开。云飞扬又给这几人拍照，道："董艺和我跟踪霍军，蒋礼、常寿去跟踪另一个人，看看他们到底要做什么。"

云飞扬和董艺都是游客的装扮，快步跟上，分开行走。云飞扬跟在霍军的后面，董艺跟在云飞扬的后面，以备云飞扬被发现后及时替补。

霍军的警惕性很高，没有因为这里是缅甸而松懈，走路的时候不时回头察看是否有人跟踪。云飞扬迅速停下脚步，随手拿起旁边小摊上的一个东西，问道："这个帽子多少钱？"

"300 铢。"

"墨镜呢？"

"500 铢。"

"两个一起，700 铢可以吗？"云飞扬掏钱。

"可以。"小贩爽快答应。

云飞扬买东西的时候根本不看霍军，就连眼角余光都没往那边扫一下。霍军看到云飞扬讨价还价，明显是个游客，便不再注意云飞扬。

董艺超过云飞扬，跟在霍军身后，买完东西的云飞扬则是跟在董艺身后，两人经常交替，避免被发现。

霍军感觉很不好，好像有人在监视自己，他倒是不担心中国警方来这里抓他，而是怕上家找到自己，他上次丢了那么大一批货，被抓到后就死定了！霍军几次停下都没有发现可疑之处，但他没有放心，走着走着突然转身往回走，董艺来不及躲避，只能继续走，霍军的眉头皱了下，死死地盯着董艺，可董艺根本连看都没看他，直接超过霍军。霍军松了口气，跟踪的人根本不会超过自己，他终于认为自己是太过紧张。

董艺在前面买了身衣服和墨镜，才重新跟在云飞扬的后面，继续跟踪。

霍军走了五分钟，站在一家旅馆门前，左右看了看，没见什么可疑的人，才迈步进入。这家旅馆是居民楼改建的，六层高，门面不大。董艺快步经过旅馆，绕向后面，寻找旅馆的后门。云飞扬则是进入旅馆，假装打量着旅馆环境，眼角余光看到电梯停在三楼，才来到前台，问道："你好，请问还有客房吗？"

"有，我们这里有单人房和双人房。"

"开一间双人房。"

“502，请您拿好钥匙。”

“我的幸运楼层是三楼，可以换一下吗？”

“稍等。”服务员将房间改成303。

云飞扬看到服务员拿钥匙的位置，那一排还有四把钥匙，说明有三间房住了人。根据空格的顺序和位置，可以确定住人的房间分别是302、306、307。

“帮我再开两间房，306和308。”

“不好意思，306已经有人入住，换一间可以吗？”

“那两个都是吉利数字，306竟然没有了，那就305吧！”

服务员将钥匙交给云飞扬，微笑道：“给您钥匙，祝您入住愉快。”

云飞扬接过钥匙，没有立刻离开，而是和服务员聊天，了解当地的景点和美食，用这段时间来确定霍军没有虚晃一枪，再从正门离开。

董艺躲在暗处，观察着后厨小门，没看到霍军离开，用对讲机道：“他没有离开。”

云飞扬笑着和服务员告别，低声道：“继续注意。”云飞扬来到三楼，趁着找房间的时候，在楼道里走了一圈，仔细听哪个房间传来声音：只有306房间传来电视的声音，其他房间都很安静。这里房间的布局是单数一排，双数一排，挨着306的房间是308。云飞扬进入308，拿出听墙器贴在墙上，仔细倾听306的声音。

306的房间中传来两个女人聊天的声音，从聊天的内容可以得知，她们也是旅游的人，这个房间里住的人明显不是霍军。

302和307的房间没有传来任何声音，云飞扬手中的听墙器是最新科技产品，哪怕旁边屋内有轻微的呼吸声也能听清，可以确定这两间屋子都没有人。云飞扬皱起眉头，电梯停在三楼，而对方却没有住在三楼，说明霍军很谨慎，他可能通过楼梯去了其他的楼层，或是用别人不知道的手段离开旅馆。如果在国内或是发达国家，还可以用旅馆内的监控找到人，可这个旅馆连个摄像头都没有，无法通过监控了解人去了哪里。云飞扬联系董艺，问道："看到他了吗？"

"没看到。"

"这家伙很狡猾，没在三楼，你有没有其他发现？"

"我刚到旅馆后面的时候，发现二楼第三间窗户的窗帘拉上了！"

"你等一下，"云飞扬站在窗口挥了挥手，问道，"看到我了吧，你说的那个窗户在我的哪个方向？"

"左下的窗户就是。"

"了解，我在303，左边是305，左下就是205，你去前台开房间，要203或是207。"

云飞扬在楼梯间等待，不一会儿，董艺拿着钥匙上来，两人进入203房间，再次将听墙器贴上，旁边的房间传来广告的声音和男人低沉的话语声。云飞扬和董艺相视一笑：找到了！虽然他们不确定说话声是霍军的，但他说的话暴露了他的身份，因为普通人不会管别人要枪支，哪怕这里属于金三角，也不可能这么凑巧。

唐欣怡那边经过面部识别，确认了霍军的身份，另一人的身份也找了出来，是泰国著名毒贩提拉德，只是暂时不知道他和霍军见面到底是为什么。

因为提拉德有手下接应，直接乘车离开缅甸大其力镇去了泰国美塞镇，常寿和蒋礼考虑通关后也来不及追上汽车，只能无奈放弃，找云飞扬会合。两人来到旅馆，住进事先开好的房间。

四人聚集到一起，常寿听说霍军的身份确定，心急地道："我现在抓他，不会有人发现，还能知道他为什么去见提拉德。"

"霍军只是小角色，他来这里的目的很可能就是参加毒贩的集会。现在不知道霍军和霸主之间是否有什么联系，我打算看看通过他能否找到霸主。"

"如果他和霸主没关系，是不是我们就可以抓他了？"

“不管最后能不能通过他抓到霸主，都要抓他，没有人在中国作恶后还可以逍遥法外。”云飞扬绝不会放过杀害战友的人，只不过放长线钓大鱼罢了。

四人监视霍军就非常轻松了，轮流监听他的房间，确定他的一举一动。

下午四点，蒋礼在楼下守着，耳机中传来云飞扬的命令：“霍军从房间走出来了。安个窃听器。”

霍军看着电梯到达一楼，电梯门刚打开，一个男人就冒冒失失地闯进去，差点撞上霍军。霍军一皱眉，不满地道：“小心点！”

“对不起，对不起。”蒋礼连忙道歉，摁着电梯开门键，等待霍军离开。

霍军见蒋礼认错的态度还不错，不想多生是非，走出旅馆，左右看了看，确定没人跟踪后，钻进一辆出租车内。

电梯门关上，蒋礼的嘴角上翘，汇报道：“已安好跟踪器。”他在和霍军擦身而过的时候将一个最先进的跟踪器贴在霍军的衣服上。

“收到。”云飞扬打开军用便携电脑，看着跟踪器的信号在移动。

云飞扬几人离开旅馆，不慌不忙地叫了辆突突车，跟在霍军的后面。

霍军的车子停在当地最大的餐厅门口，几名面容凶狠的男子打量着霍军，霍军没在意他们，走进餐厅。

云飞扬在门口观察了一下，发现这几人只是保持警戒，并不禁止任何人进入餐厅，当然，前提是你得有胆量，毕竟门口这几个人怎么看都不像好人，没点勇气的人绝不会进去。在几名男子的注视下，不断有看起来就不像好人的家伙带着手下进入餐厅。当上午刚和霍军见过面的提拉德带人进入餐厅后，门口的几人放松下来，松散地站在四周，不再紧盯着进入的人了。

蒋礼用隐藏式的录像机将进入餐馆的人都拍摄进去，并把图像传给唐欣怡。

唐欣怡通过面部识别，很快将这些人的身份调查出来，发给云飞扬几人。

威猜：泰国人，长期活跃在金三角的毒贩，有100多名手下，曾被泰国警方抓捕，后被手下营救，目前被通缉。

巴颂：泰国人，毒贩，手下数目不详，毒品掮客。

太一：日本人，黑社会，残忍好色，活跃于日本。

奈温：缅甸人，毒贩，多起谋杀案嫌疑人。

……

目前识别出身份的就没有好人，他们和霍军坐在角落，周围有一群保镖，隔开与他们桌子靠近的人。这些人也不点吃的，懒散地坐着，互相打量，眼神中全是不屑和挑衅。

云飞扬换了身衣服，戴上墨镜和帽子，才优哉游哉地进入餐厅，无视门口保镖的视线，找个角落坐下，隐蔽地打开摄像机，对准霍军那边的角落。

提拉德看到聚集的人都齐了，笑着站起来，拱手道："感谢大家给我面子，来这里会面。霸主重新出现，召集我们见面，肯定是讨论这次大家出货的顺序和数量，我打算先和大家商量各自出货的数量和分配方式，只要我们抱成一团，就能争取到更多的份额。"

大部分人出声支持，只有两人没有赞成，一个是日本人太一，另一个是威猜。太一是日本新崛起的黑社会，刚刚打通金三角的关系，对霸主并不了解。他不满地道："我买毒品还需要别人同意吗，难道霸主还敢阻止我买货？"

众人嗤笑地看着太一，看出这是个小菜鸟，连威猜都面带不屑，他可以不跟这些人联合，但绝对不敢反抗霸主。

提拉德找来一群毒品掮客和买家，是希望配额拿到后，立刻就卖给他们，尽快回笼资金好购买武器，增强实力，于是只能耐心地向太一这个菜鸟解释："霸主是金三角的无冕之王，每年会对货物出售进行配额和价格管理。前几年听说霸主被中国军队消灭，他也没有出现，金三角重新变得混乱，大家各自出货，但霸主重新出现，大家就需要按照他的规矩来。"

"无冕之王？金三角这地方三个国家都管不了，霸主就能管？你们不是合伙骗我吧！”太一满脸不相信。

奈温满脸嘲笑，语带挑衅地道：“你可以试试。”

提拉德不想大家出现摩擦，解释道：“霸主刚来金三角的时候，很多人都不服他，但所有不服的人都死了！”提拉德眼中闪过一丝恐惧。

太一注意着其他人的表情，发现提到霸主的凶残时，他们眼神都带着恐惧。他虽然有些莽撞，匪气十足，但也不是傻子，立刻知道霸主恐怕真是个厉害的人物，当即闭嘴不言。

提拉德见太一不再说话，将目光移向威猜，只要他同意，这次的联合就成了！

威猜冷冷地看着提拉德，没有发表意见，他是这里除了提拉德之外最强的势力，对于联合可有可无，反正就算是自己一个人，也可以争取到前面出货的位置，如果和他们联合不能得到更多的利益，那等于白白为他人作嫁衣，还帮助提拉德增加了威望。

提拉德也知道这里最难搞定的就是威猜，而且要是没有威猜，他们这些人就算聚集在一起，也不够声势，拿不到太多的利益。提拉德道：“霸主已经几年没有出现，之前大家散乱一团，各自出货。霸主回归，再次整合金三角出货的秩序。我听说萨里联合了一大批人，想要占据今年全部的出货份额，要是我们不联合，恐怕今年会没有出货份额。”

威猜听说萨里联合了一批人，脸色非常不好。萨里和他一直有摩擦，偶尔还会火并，只是实力差不多，谁也无法消灭谁，不过对方要是联合别人，自己就算想要加入也不可能，只能和提拉德等人联合，才有机会分配到一些出货额度。要是一年不出货，就没法购买武器、招募更多的手下，到时此消彼长，很可能不再是萨里的对手。威猜无奈地道：“我同意联合，不过要先定下分配方案。”

“当然，这需要大家协商。”提拉德根本没打算多占份额，只要和威猜一样多就满足了，否则引起大家的不满，他这个召集人随时会被扔到一边。

一群人达成联盟，开始商讨出货量，争取达到每个人都满意的地步。

云飞扬坐在角落，吃着饭，静静地监控着毒贩的一举一动。

提拉德的保镖扫视着餐厅内的食客，目光几次从云飞扬身上扫过，因为云飞扬独自吃饭，速度还不快，心里起了疑心。毕竟来旅游的很少是一个人，就算真是一个人散心，看到餐厅内的情况，恐怕也无法平静慢慢吃，云飞扬的平静让他感觉有些不对。

云飞扬发现自己被注意，马上拿出手机发了个信息。

保镖将手放在腰间，走向云飞扬，其他保镖看到同伴的动作，也将目光投过来，纷纷将手放入怀里或是腰间，握住枪柄，随时准备拔枪出来。当保镖靠近云飞扬的时候，云飞扬的手机发出视频聊天的申请声音，云飞扬笑着接起，屏幕上显示出唐欣怡的俏脸。

"亲爱的，你忙完了？"

"是呀！"唐欣怡伸了个懒腰，"你们在饭店吃饭吗？好羡慕呀！我的工作还没有做完，连饭都没吃上。"

"你赶紧订饭呀！别饿着。这次你加班没过来，我可无聊了！那帮家伙都是一对一对的，只有我自己形单影只，自己吃饭。"

"他们呢，怎么给你抛下了？"

"还在购物呢！我走累了，就先来吃饭，在这里等他们。"

毒贩大部分都懂汉语，保镖听到云飞扬和唐欣怡的聊天，知道云飞扬吃饭慢是因为等人，紧绷的神经终于放松，转身走回，其他人也放松下来。

云飞扬又和唐欣怡聊了两句，催促她马上去订饭，就切断了视频聊天，继续吃饭，偷眼打量着毒贩。

这些人话语中提到霸主，还有不久后召开的毒贩聚会，让云飞扬的眼睛一亮：看来霸主要有大动作。

唐欣怡挂断电话，快步回到电脑前，继续监控云飞扬偷拍的视频。云飞扬又待了片刻，现在他已经引起毒贩保镖的注意，又不能让董艺等人进来，只能快速吃完饭，离开餐厅。

保镖对云飞扬离开有些奇怪，但没有多想，看到云飞扬走远，也就不再关注。

常寿在饭店外继续监视，董艺则是跟在云飞扬的后面，来到人烟稀少的地方，董艺快步走上前，拿出根烟，道："兄弟，借个火。"

云飞扬掏出打火机，帮他点上，低声道："已经确定这些人要去找霸主，想办法在这个人的车上安装带自毁的跟踪器。"

董艺点点头，转身离开，拿出手机时，上面已经有了目标的照片，是毒贩巴颂，他回忆巴颂来时乘坐的汽车，重新走回饭店门口。

毒贩乘坐的汽车大部分都没人管，只有提拉德和威猜的车子各留下一名司机，防止有人安装炸弹。两名司机虽然只负责他们老板的车子，但要是有人在别的车子上动手脚，就算他们不阻止、不提醒，事后也会让其他人知道，很容易暴露，所以为了安全起见，必须不引起对方注意。

常寿收到董艺的示意，在路边摊买了个玉吊坠，一边走一边看，脸上满是兴奋。

两名司机鄙视地看着常寿，这种游客他们见多了，总以为从这里买的玉器好，好像占了多大便宜，其实这些根本不是好玉，都是不值钱的东西，只有无知的游客才会把它们当成宝贝。

常寿太过专注看玉吊坠，一不小心脚下被石头绊了下，摔倒在地，玉吊坠脱手而飞，正好飞进提拉德的车底。常寿连忙爬起来，走向提拉德车边。

提拉德的司机拦住常寿，道："不许靠近。"

"我捡下东西。"常寿赔笑着。

"滚蛋。"司机推了常寿一把，面容凶狠。

“你这人怎么这样，我的东西掉下面，还不让捡？要不你帮我捡。”常寿本身就不是好脾气的，当场就怒了。

“破玩意儿还让我捡，马上滚蛋。”司机再次推了下常寿。

常寿愤怒地抓住司机的衣领，威猜的司机上前一步，将上衣掀起，露出腰间的手枪。常寿吓得松开提拉德司机，提拉德司机非常愤怒，抬脚将常寿踹倒，还要冲上前去暴打常寿。威猜司机将他拦住，道：“别惹事。”

提拉德司机强忍着暴打常寿的冲动，骂道：“立刻滚！”

常寿看了眼已经安好跟踪器离开的董艺，从地上爬起来，一溜烟地逃走。

“算这个胆小鬼好运，要不是怕弄出动静影响老大，我他妈的就弄死他！”

“影响到老大们开会才是大事，下次遇到再弄死他。”

两名司机不知道有辆车被安装了跟踪器，继续闲聊，等待老大们开完会。

天色彻底黑下来的时候，毒贩们终于从饭店出来，各自乘上汽车离开。

云飞扬通知周正准备汽车，随时出发接应，他继续跟踪巴颂。

巴颂在两名手下的保护下乘上汽车，直接出关，开向泰国的美塞镇。正常这个时间是不允许通关的，但巴颂的车子畅通无阻，直接开进美塞镇。云飞扬想要过去的时候，却被缅甸士兵拦住，不让通关，想要去泰国美塞镇旅游，需要明天白天才能通行。

唐欣怡监控着巴颂的汽车，对方没有离开美塞镇，只将车子停在当地最大的酒店，估计是在这里休息。

云飞扬等人带着红烧肉偷偷穿越边境，来到美塞镇的酒店停车场，监控着巴颂的车子。我方人员送来两辆越野车，汽车的后备箱里放着两个黑色大袋子，云飞扬拉开袋子，将里面的掌上电脑递给董艺，自己掏出支手枪，别在后腰。

快到中午的时候，巴颂的房间里走出两名女孩，朝着房内飞吻后，才摆动着腰肢离开。随后巴颂才走出房间，伸了个懒腰，脸上带着满意的笑容，带着两名保镖上车离开。

常寿驾驶第一辆车，迅速跟了上去。巴颂的车子很快就从大路上开到密林中，前后左右根本没有汽车，为了避免被巴颂发现，云飞扬命令停止直接跟踪，改用定位器跟踪。

董艺用掌上电脑监控定位器的信号，指示常寿开车。两辆越野车在密林中驶过，满地的落叶被车轮卷起。最后一辆车里，红烧肉不满车子的颠簸，趴在后座上哼了哼。

常寿性格急躁，开车也完全体现出来，吉普车开得像是赛车，速度飞快，董艺和云飞扬不时被颠起。董艺的脑袋撞在车顶，不满地道："常寿，你能不能慢一点，这是森林，你会把车子撞大树上。"

"放心吧！我的车技绝对没问题，要是慢慢开，什么时候才能追到巴颂。"常寿再次用力踩下油门，汽车咆哮着冲出去。

董艺吓得紧紧抓住扶手，懊悔地道："早知道就应该我来开车。"

常寿大笑："晚了！"

董艺在颠簸的车上看电脑，眼睛都要花了。当看到定位器信号停下，不再动时，董艺兴奋地道："巴颂的车停了！"

常寿问道："我们距离还有多远？"

"三公里。"

云飞扬看了看地图，道："巴颂停留的地方是毒贩萨里的地盘，不知道是不是萨里的老巢，我们不要再靠近，去那座小山。"

车队开到附近小山的半山腰上，云飞扬通过望远镜看了过去，见前方有个大寨子，里面有上百所房子，汽车也有数十辆，看起来应该是萨里的老巢，巴颂的车子就停在寨中。寨子周围没有设置关卡，可以随意进出。云飞扬感觉有些不对，调出萨里的资料。萨里：金三角大毒枭，性格残忍狡猾，喜好女色，手下有五六百人，在历次泰国政府军的围剿下都生存下来。这种能够在政府军围剿中活下来的毒枭，都不会简单，要是寨子四周不设卡，万一政府军或是其他毒枭突然袭击，被包围的萨里跑都无处跑，这不符合毒枭的作风。根据云飞扬多年当无国界医生所得到的情报，毒枭对自己的安危最重视，恨不得在远远的地方就设置警戒圈，确保自己的安全。

云飞扬感觉不对劲，道："释放无人机。"

董艺将无人机投掷升空，周正操控无人机升上高空，清晰的图像很快传了过来。

无人机在空中，镜头下的范围非常宽广，图像上一排宛如蚂蚁般大小的黑点引起了云飞扬的注意。云飞扬放大图像，发现那排黑点竟然是车队，越野车上面焊着机枪，士兵们嘴里叼着烟卷，个个瘦小枯干，衣服杂乱，明显不是政府军。

"周正，让无人机环绕飞行，我要知道周围的情况。"云飞扬的脸色很难看。

"好。"周正操控无人机改变方向，在山的四周盘旋。

云飞扬等人一起看着监控器，无人机传来各个方向的图像，每个人的脸色都非常难看，因为几条通往小山的路上都看得到车队，所有车队行进的方向都是这座小山。

"我们被包围了！"周正很惊讶，这么多车队朝着小山围过来，唐欣怡负责监控这个区域的无线电通信，竟然没有发现。

云飞扬皱起眉头，这些车队之前没有出现，他们来到小山就出现，并且呈现包围的态势，这绝对不是巧合，否则刚刚跟踪巴颂的时候，不至于看不到这些车队。

"我们撤退。"云飞扬当机立断，选择离开，总不能连霸主的准确消息还没有得到，就先和毒贩火并吧！那样没有丝毫用处，在金三角这里，人们很穷，只要有钱，很多人会去给毒贩当士兵，所以消灭一些毒贩士兵没有任何意义。

"这些车队有没有可能是包围萨里的？"董艺心中有一丝侥幸。

“要是包围寨子，他们往这边开干什么？明显是冲着我们来的。”常寿的话打消了董艺的侥幸。

所有人的脸色都不好看，他们被包围，肯定是有内鬼泄露消息导致的。

车队已经快到山脚下，开始分散围堵，云飞扬看着图像，计算着突围的好方向。云飞扬看到车队在变换队形，于是双击屏幕，想要放大看看，具体了解车队的武器和人员数量，可屏幕虽然放大，图像却变成锯齿状，难以看清。云飞扬以为无人机和控制器连接的速度有卡顿，再次双击，可图像还是没有清晰，云飞扬调整镜头，图像却没有变化。

“队长，无人机失去控制。”周正的话让云飞扬明白为什么无法调整图像了。

“无人机出故障了吗，能够修复吗？”

“无法连接，好像有电子干扰。”周正怎么做都不能继续操控无人机，无人机只是按照之前设定的巡航方案在天空中飞行。

云飞扬拿起掌上电脑，想要联系唐欣怡，却没有信号。云飞扬的脸色再变，用对讲机问道：“能不能听到我说话？”

常寿和云飞扬在一辆车上，对讲机中都听不到云飞扬的话，董艺也摇头道：“对讲机没有反应。”

“敌人用了无线电干扰器。”常寿的面容阴沉，拿出步枪，将子弹上膛。如果上次还能解释为不小心钻进敌人的陷阱是倒霉的话，这次则说明敌人早有准备——大功率无线电干扰器可不是常用设备。

云飞扬将身子探出汽车，对着后面的车子打了几个手势。

朱喜看到手势，立刻道：“队长说对讲机故障，准备迎战，跟紧他们。”

蒋礼问道：“对讲机发生了什么故障？”

朱喜虽然听到了他的话，却不是从对讲机中听到的。“我在对讲机中听不到你的话。”

“糟糕，敌人有无线电干扰。”蒋礼第一时间就想到原因，否则不可能刚才对讲机还好用，这会儿在无人调整频率的情况下就全体不好用。

常寿恨不得将汽车开成飞机，用最快的速度逃离包围圈，可没等车子开到山脚下，就看到毒贩的车队已经在山脚下排成数列，最前面的三辆汽车上架着轻机枪，很多士兵依托汽车或是树木，枪口对准山顶方向，只要敢下山，就会面临着弹雨的洗礼。常寿一个甩尾，将车子原地调转180度，朝着山顶狂奔。蒋礼的车子差点撞到常寿，没等他开骂，就看到山脚下那些士兵，于是掉头跟着就跑。

士兵们看到汽车，立刻扣动扳机，机枪喷吐着长长的火舌，打向两辆汽车。

红烧肉坐在最后面，蒋礼掉头时差点将红烧肉给甩出去，幸好它系了安全带，不过就算是那样，红烧肉被安全带兜住后，又重重地砸在座椅上，疼得直哼哼。无数子弹击碎玻璃，擦着几人的身边飞过，朱喜低下头，将红烧肉也摁倒在座位上，不敢让它探出一点。蒋礼低着头，将车开得左摇右摆。

朱喜拿起脚边的M249轻机枪，从后车窗往外扫射。

蒋礼将车开得左摇右晃，尽量避免被敌人瞄准，朱喜的枪口随着汽车摇晃，子弹四处飞舞。炙热的弹壳飞溅，大部分都落在红烧肉的身上，红烧肉被烫得直哼哼，有一个弹壳飞入蒋礼的衣服中。烫得蒋礼不断扭动身体，车子更是晃个不停。

车子开回半山腰，山脚下的敌人没有追上来。云飞扬等人已经下车，依托附近的石头和大树做掩体警戒。蒋礼将车子停下，汽车全是弹眼，快被打烂。朱喜和蒋礼在后面承担了绝大部分火力，云飞扬担心地问道：“你们受伤了吗？”

“没事。”蒋礼拿出狙击枪，找了个草丛埋伏过去。

朱喜将红烧肉抱下来，查看它的身体，发现没什么大伤后，才说道：“我被咬了一口，没大事。”

云飞扬看到朱喜的后背有血迹，让朱喜脱下衣服，发现有颗子弹镶在身上，云飞扬直接将弹头拽下来，消毒上药，道："幸好子弹打穿车体和座椅后，已经没有多大的威力，否则这枪就能让你盖国旗。"

朱喜憨厚地笑道："我命大。"

"所有人穿好装备，这次我们要打下山。"云飞扬相信山下的敌人绝不会只围堵，肯定会上山围剿。隐刺在异国他乡，不可能有支援，他们必须撕开包围圈闯出去，否则就得埋骨在此。

云飞扬带领隐刺来跟踪，没准备战斗，怕穿上迷彩服和防弹衣被人看到后怀疑再去报信，谁知道敌人竟然有准备，反而打了他们一个措手不及。所有人换上迷彩服，穿上防弹衣，戴好头盔，身上挂满弹药。常寿背着把开山刀，端着步枪躲在大石头后面。朱喜缠好绷带后，把 M249 架在石头上，脚下放着弹箱，防止山下的敌人攻上来。周正去更高的地方，查看山另一边的情况，试图找出对方防守薄弱的地方，方便突围。

董艺监视着萨里的寨子，突然看到大量人员涌了出来，一部分人乘上汽车，大部分人则是朝这边跑。

"队长，萨里的寨子又派了 200 多人，看来他们是铁了心要留下我们。"

常寿扭了扭脖子，恶狠狠地道："既然不想让我们好，我们就留在山上，让他们尝尝我们的厉害。"

隐刺的人数虽然少，但精通山林作战，只要在山上，哪怕敌人有两三百人，也可以一点点地消灭，光是陷阱就会让敌人损失惨重，心生恐惧。

"不行，我们要想办法突围。"云飞扬想得更多：消灭了这几百人没有任何意义，这里是金三角，什么都缺，就是不缺贩毒的人，这个陷阱绝不是普通毒贩能设下的，而且普通毒贩也没有必要和中国这个泱泱大国作对，这肯定是霸主的手段，凭借霸主在金三角的威望，要是留在山上，敌人会有源源不断的增援，哪怕他们浑身是铁才能打几根钉，何况弹药无法补给，人也不可能长期战斗，最终只能是弹尽粮绝，全军覆没。

云飞扬用地图看这座山的地形，命令道："所有人寻找无线电干扰器的位置，让蒋礼消灭它。"在敌人距离他们两公里的时候无线电就被屏蔽，说明对方的无线电干扰器的体积不会太小，只要找出无线电干扰器，一枪打坏，就可以解除无线电干扰，有了天上无人机的支持和后方唐欣怡的支持，突围的希望会很大。

蒋礼慢慢移动，在隐蔽处观察着下方。常寿背起步枪，也找了个安全地方用望远镜看。

"没有发现。"常寿的前方都是架着机枪的皮卡，没有疑似干扰器的设备。

"表面上看不到，有两辆吉普，不知道车内是否有。"蒋礼也无法确定。

董艺盯着远处的基地，道："有没有可能在基地里？"

"不能，距离太远，继续找。"云飞扬继续看着地图。

云飞扬发现这座山还有另一条路，就是绕过山顶，直奔萨里寨子的方向。目前萨里寨子的人正朝着这边赶来，那个方向的人多，正是因为靠近萨里的寨子，云飞扬相信那个方向的路口守着的人会少一些。

"全体准备突围，我们从东边下山。"

常寿驾驶第一辆车，负责打头阵。董艺把一枚枚炸弹拿出来，放在手边。云飞扬坐在后排座，计划着下山后的撤退路线。蒋礼驾驶第二辆车，朱喜和红烧肉坐在后面，轻机枪架在车门上，脚底放了两个弹箱。两辆车用最快的速度翻越山顶，看到周正的时候稍微减速，周正跳上常寿的汽车，车队带着一往无前的气势朝山下扑去。

周正刚才观察了东边的道路，汇报道："山下有五辆车，20多名持有AK步枪的士兵，汽车上有重机枪，这些人的情绪很放松。"

守在山脚下的士兵根本不知道云飞扬等人已经朝这边扑过来，无线电干扰的代价是他们也无法及时得到消息，就算山脚下另一边的人发现后想要通知，时间上也不会比云飞扬更快。

当汽车出现在敌人面前时，没多少警惕之心的士兵们先是一愣，仿佛不敢相信被包围的人竟然朝着萨里寨子的方向逃跑，正是这愣神的工夫，云飞扬等人齐齐开火。

常寿和蒋礼的车开得很稳，两辆车并驾齐驱，他们单手开车，另一手端着步枪朝外射击。一瞬间，子弹像是暴风雨般打了过去，朱喜的子弹更是打得士兵抬不起头。

皮卡车上控制机枪的士兵慌忙抬起机枪，拉动枪栓，正要开火的时候，云飞扬连续三个点射，将两名机枪手消灭。董艺也朝着一辆皮卡车开火，子弹叮叮当当打在机枪的护板上，将士兵吓得一缩脖，没敢迎着弹雨开火。周正精准地点射消灭了另外两名机枪手，将对方的重火力全部打哑。

毒贩手下的士兵平时根本就没什么操练，欺负农民还行，对上专业的特种部队，差距非常大。他们瞬间被击毙七八个人，剩下的人看到四处都是血迹和尸体，吓得不敢抬头，生怕被不长眼的子弹打中。

两辆车疾驰，由并驾齐驱变成一前一后，山脚下的路被汽车挡住，常寿还在猛踩油门，不断加速，面不改色地朝着拦在路上的汽车撞去。常寿喊道："做好冲击准备！"

云飞扬、周正、董艺缩回身体，紧紧抓住扶手。咣当！汽车撞在两辆车的中间，冲开封锁，继续向前狂奔，几人再次探身出去，对着两侧的敌人开火。云飞扬的步枪子弹打空，车子经过敌人的时候，用手枪开火，再次打倒三人。董艺把两枚炸弹扔在路旁，念叨着："可惜了！这都是艺术品啊！"

蒋礼的车子跟在后面，朱喜不断对着士兵开火。士兵们再次被血洗，没受伤的只有四五个人，这些人见隐刺逃走，有人对着汽车开火，有人跳上被撞开的皮卡车，操纵机枪，打算报复回来。

有名士兵看到董艺扔东西的动作，没有立刻还击，而是好奇地想看看扔了什么，当他看到地上有两个闪烁着倒计时的炸弹时，黝黑的脸竟然变得煞白。

3、2、1，倒计时变为0的时候，两个炸弹发出巨响，变成巨大的火团，将正在开枪的士兵吞噬。冲击波追上蒋礼的汽车，将车尾部都掀起来半米高，红烧肉被高高地颠起，摔下去后双耳紧紧地贴住脑袋。

“唉！”董艺叹了口气，不能亲眼看到自己的艺术品，让他非常遗憾。

云飞扬等人冲下山，但危机并没有过去，他们已经可以看到前方寨子中出来的车队，要是不转弯，他们会一头扎进敌人堆里。云飞扬命令道：“朝南边撤退。”常寿转动方向盘，驾车朝南面撤退。

枪声、爆炸声让守在西面山脚的敌人知道云飞扬等人已经从另一个方向突围，他们纷纷上车，开始追踪。负责的小头目瓦拉里洛是萨里的心腹，围山失败，他还不知道云飞扬逃跑的方向，为了能够知道具体情况和追击方向，他命令关掉无线电干扰器。

唐欣怡一直和隐刺保持联络，可突然间就联络不上，确认设备无误后，唐欣怡担心隐刺遇到了什么突发状况，但她联系不上前方，除了一遍又一遍地呼叫外，没有丝毫办法。正当唐欣怡万分焦急，准备联络上级的时候，通信中传来了云飞扬的声音。

“小唐，听到请回话。”

唐欣怡扑到对讲机前，回应道：“队长，我在。”

“我们之前被敌人包围，敌人使用无线电干扰器，准确地干扰了军用对讲机和无人机的频率，现在尚不知道敌人是关闭了无线电干扰器还是离开了干扰器的范围，我们需要你找出一条安全的道路，避开缅甸的军方。”

“我这就查，你们要小心。”

无线电干扰的消失，对隐刺来说是大好事。无人机再次被控制，图像清晰地传了回来。

十几辆汽车跟在云飞扬等人的后面，每辆车内都坐满黑瘦的士兵，手中拿着 AK47 步枪，一脸凶相。最后面的越野车上，萨里和巴颂坐在一起，指挥着车队追击。

瓦拉里洛关掉无线电干扰器，呼叫道：“谁看到那些人逃走的方向了？”

萨里听到瓦拉里洛的声音，怒吼道：“浑蛋，你怎么把无线电干扰器给关了？”

“将军，我……不知道那些人逃到哪里去了！”瓦拉里洛慌乱地解释。

“他们逃向南边，赶快给我追。再打开无线电干扰器。”

“是。”瓦拉里洛指挥车队追逐，同时将手放在无线电干扰器上，准备再次启动。

“等等。”巴颂抢过对讲机，阻止瓦拉里洛的动作。

萨里看到巴颂还在接电话，没有说什么，只是脸上的表情显露出对巴颂抢自己对讲机的不满。

巴颂将对讲机还给萨里，道：“霸主说了，不要打开干扰器，这样我方通信不畅。”

萨里点点头，拿起对讲机命令道：“不要打开干扰器。”

这种追击行动，打开干扰器虽然能影响到云飞扬等人，但他们自己损失更大，几十辆车在追击，一旦云飞扬改变方向，除了追得最近的车子能看到云飞扬的汽车，其他车辆甚至会不知道转变了方向，就算跟着前车走，也失去了围追堵截的机动性，而且一旦有后车没跟上，就会丢失车队的踪迹，要是追得久一些，恐怕到最后，车都不一定能剩下多少辆。

唐欣怡监控泰国的网络，同时入侵电信系统，设置过滤器，重点关注“军队”两个字，借着民众在 Facebook 上的留言和电话分析泰国军队的动静。当发现军队设卡的时候，立刻通知云飞扬，不能继续向南行驶，而是要改道向西，躲开军方的关卡。

常寿转变方向，周正通过无人机发现后方追击的敌人竟然分出一支车队，方向就是西面。周正愤怒地道："怎么搞的？我们刚刚决定转向，追兵竟然分出一支车队去西面，看样子是想拦截我们。"

常寿怒道："难道有人泄露情报？别让我知道是谁，否则我将他打成残疾。"

云飞扬不满地道："别废话，好好开车。"云飞扬不敢确定是情报被泄露，还是因为无线电沟通被人拦截，但他不能继续和唐欣怡联络，于是道："我要无线电静默，等我离开泰国后再联系。"

"队长，这样太危险了！"唐欣怡还不知道情报泄露的事情。

"队长。"

"……"

唐欣怡连续呼叫几次，云飞扬那边都没有回答，看来是说完就关掉了。

云飞扬命令道："所有人关掉一切无线电设备。"现在想要离开，全靠天上的无人机，幸好军工的无人机续航时间长达 2.5 个小时，完全能够在撤退的过程中提供空中侦察支援。

无线电关闭后，云飞扬让常寿再次改变方向，转向东边。这一折腾，让后面追击的车队靠近，可面对的敌人却少了，最起码分出去的车队一时半会儿回不来。

两辆车一头扎进前方的树林里，不断躲避着毫无规律的大树，速度不可避免地减慢下来。汽车的轰鸣声从后方传来，周正透过后视镜看去，只见后方冒起滚滚烟尘，敌人追上来了！

朱喜将一个新弹箱的弹链安好，扭头盯着后方。董艺将炸弹抛出车外，准备给后面的敌人一个惊喜。

两辆吉普车从烟尘扬起的落叶中冲出，每辆车上都坐满了敌人，手中挥舞着冲锋枪，看到蒋礼的汽车，立刻开始扫射。

无数子弹打在车体上，发出清脆的金属击打声。朱喜低下头，避免被子弹击中。红烧肉紧紧趴在座位上，大耳朵紧贴着脑袋。本来就破破烂烂的汽车变得更加破烂，仿佛随时都能解体。朱喜等对方的火力弱一些，通过仅存的一小块反光镜看向后面，只见越来越多的车子出现在视野中。他将枪口探出，对着后面就是一梭子。后面的汽车向左右分开，躲避打来的子弹，其他车辆则是朝着朱喜的汽车开火。

董艺对周正打了个手势，随后对着车队左边的车辆开火，周正也配合着射击右边的车辆。

后方车辆为了避免两人的射击，除了一部分向两边开去，大部分都往中间避让，而董艺之前扔下的炸弹就在中间，车辆都朝着炸弹的方向驶去。打头的汽车看到炸弹，吓得心脏都要跳出来了，开车的司机不知道炸弹什么时候会爆炸，怕自己会被炸上天。车子从炸弹上开过，炸弹没有爆炸，他的心情像是坐了过山车一样，他加大油门，快速远离炸弹。

董艺和周正继续开火，让车辆被迫聚集在一起，轰隆隆地开向通往地狱的道路。定时炸弹的数字变为0，炸弹瞬间化为一团巨大的火光，冲天的气浪将四辆汽车打翻，一辆车翻滚着砸在后方汽车上，两辆车立刻成为废铁，不断有汽车躲闪不及，撞在前面被炸翻的汽车上。

常寿和蒋礼同时一个甩尾，将汽车横过来，所有人都举起枪，对着敌人的车队开火，稳定下来的隐刺众人枪法精准，子弹仿佛长了眼睛般打向汽车的驾驶员。第一辆车的司机刚刚庆幸没有被炸死，就被子弹打成蜂窝煤，头搭在方向盘上，将车子带偏，一头撞在大树上。

所有人都受够了被毒贩追赶，毫不吝啬子弹，拼命地将子弹打出去，很快又击毙五六辆车的司机，司机一死，失去控制的汽车在茂密的树林中只有一个结果，就是撞车。

不断的撞车让没有系安全带习惯的毒贩士兵吃够了苦头，很多人从车窗飞出去，或是被剧烈的撞击撞晕。有人不顾危险跳车，结果跳下来后撞到大树上，将腰撞断，或者被后面的汽车碾过，一时间损失惨重。

萨里和巴颂坐在最后的汽车内，眼看着前面的汽车不断被击中，失控翻滚，吓得脸色苍白，命令道："停止追击，停止追击！"

就算消灭云飞扬等人是霸主下的命令，他们也不会冒着自己被消灭的危险去追杀。毒贩的士兵被隐刺的人打得胆气皆无，迅速倒车逃离，丝毫不管那些受伤的人，仿佛后面有狗在撵一样。

朱喜将枪里的子弹打空，换上新弹链后，发现除了地上呻吟着的敌人，其他人全都跑光了。

常寿终于扬眉吐气，发动汽车，大声道："还敢追我们！"

云飞扬看常寿的架势要追回去，气得大骂道："你疯了！他们虽然逃了，可会合了另一个车队后随时可能继续追击。赶快离开这里。"

常寿看着远去的汽车带起的尘埃，焦急地道："这么好的追击机会就放弃？他们追了我们那么久，也该让他们知道中国军人的厉害。"

"你还知道自己是中国军人，这里是泰国，你有什么资格在这里动用武器？你有执法权吗？要是泰国军队过来怎么办？而且一旦追击，毒贩随时可能获得增援，到时想要撤退也由不得我们了！"云飞扬非常冷静，何况他心中有一些怀疑，急需去验证。

常寿还是有些不甘心地问道："那不抓霸主了？"

"你认为霸主要是在这里，他们会撤退吗？"云飞扬知道他们再次被霸主耍了，如果说上次是巧合，这次就纯粹是霸主的阴谋了！

蒋国成很愤怒，这次的行动暴露出极大的问题：我们的队伍里竟然有内鬼！如果没有内鬼，隐刺到小山的时候，敌人不会去包围；要是没有内鬼，逃走的时候敌人不会提前朝西面去堵截；要是没有内鬼，敌人更不可能早早就将伏击地点设置在萨里的寨子附近。

查，严查！

蒋国成决定不惜一切代价，也要将被毒贩收买的人给清理出去，接受惩罚。这次隐刺成功逃脱，可幸运不会一直光顾，要是再有一次，也许整个队伍就被歼灭了！

云飞扬等人在军区里等候问话，每个人都要经过调查，确保没有疑点。唐欣怡也不例外，电脑被搬走检查，人更是不准碰电脑，暂时休息。

常寿等候的时候转来转去，像是只困兽，不满地道："我们在前方拼命战斗，差点就回不来，怎么可能是内鬼，开什么玩笑。"

周正冷冷地端坐着，根本不说话。董艺拿着把小刀，在一边雕刻，仿佛不在乎是否要调查。朱喜憨厚地笑着，也没有任何情绪。蒋礼歪着头，盯着云飞扬看。云飞扬则是闭目养神。没有人回应常寿。

唐欣怡从询问室走出来，对朱喜道："轮到你了！"

朱喜整理下衣服，走进询问室。朱喜的面前坐着三名军区保卫部的校官，坐在中间的大校道："坐。"朱喜坐在椅子上，直视三名调查官。

"我是主调查员范文辉，左边的是江兵上校，右边的是唐盛中校，我们会在这里对你进行一些询问，你知道什么就说什么。"

"是。"朱喜坐得笔直。

"你们跨境到萨里的寨子，行动有多少人知道？"

"不清楚。"

"朱喜，你放心说，所有调查内容不会对外公布。"

"我真不清楚，我都是听从队长的命令，其他的不知道。"朱喜露出标志般的憨厚笑容。

"在行动中，你发现谁有什么异常吗？"

"没有。"

"这次泄密事件，你有怀疑的对象吗？"

“没有。”

啪!

江兵上校一拍桌子，大吼道：“朱喜，这不是玩游戏，好好回答问题！”

朱喜无辜地道：“三位首长，我一直配合，但我真不知道。”

范文辉道：“朱喜，如果有人泄露秘密，那就是叛国。你应该知道个人感情和国家利益哪个更重要。”

“首长，我要是知道一定说，但我真不知道。”

范文辉对朱喜也没招，又问了几句，都是一问三不知，他看谁都像是好人，心中就没有怀疑过任何一个人。范文辉只能让他离开，换常寿进来，结果没过多久，又让常寿出来，因为他的回答和朱喜差不多，唯一的区别就是让调查员一有结果就告诉自己，他要把叛徒的腿打断。董艺在常寿后面进去，不但调查没有任何进展，反而被董艺说了一大堆常寿不懂艺术、朱喜为了红烧肉欺负他这个艺术家这类的话，把调查员气得够呛，江兵直接将他撵了出来，甚至都没让别人进来，他们需要平复下心情。

江兵等董艺离开，气呼呼地道：“隐刺里都是什么人呀！有没有正常点的？”

范文辉笑道：“隐刺为了确保战斗力，挑选的是军区最优秀的士兵，这些兵王身上有缺点很正常，否则他们早就晋升上去，不用在一线战斗了！”

“这帮家伙什么都不说，什么都不知道，让我们怎么调查，都没有个方向。”

“也许那个泄密者藏得很好，他们真的什么都不知道。”

“希望接下来的人是正常的，能够有所发现。”江兵真怕再遇到董艺这种选手，现在还满脑子都是董艺装作委屈的样子。

范文辉让人去叫周正，道：“这是标准的战士，你不用担心。”

周正走进询问室，江兵的眼前一亮，周正一举一动都非常标准，他最喜欢调查这种士兵，都非常配合，不会有任何隐瞒。果然，调查进行得很顺利，周正非常配合，但结果却并不喜人，他知道的也不多，同样没有任何嫌疑人。

范文辉让周正出去，把蒋礼叫进来。范文辉按照程序自我介绍一下，问道："蒋礼，你对这次被伏击怎么看？"

"这次侦察任务知道的人不多，但我们却被伏击，从敌人的人数和准备来看，对方早就有所准备，我认为有人泄露了情报。"

江兵第一次听到有人直接指出有人泄密，看来蒋礼很有想法，立刻问道："你有怀疑的对象吗？"

"我怀疑云飞扬就是泄密的人。"

范文辉和江兵对视一眼，他知道蒋礼和云飞扬一直不和，于是道："蒋礼，你在对一位军官进行罪行十分严重的指控，不允许夹带私人恩怨。"

"我有充分的怀疑理由和证据。"

江兵问道："你有什么证据？"

蒋礼把云飞扬的银行记录拿出来，将当初的怀疑说了一遍，又说这次的行动策划和指挥都是云飞扬，最了解情况的只有他一个人，如果不是他泄露，对方不可能精准把握到具体的情报。

江兵又问了几句，就让蒋礼离开了。合上记录的本子，他道："之前的人都是谁都不怀疑，蒋礼倒是好，直接怀疑云飞扬，也不知道两人到底是什么仇，让他一直针对云飞扬。"

"他们的矛盾我听说过一些，那是他们的家事，我们不要管，只要按规矩调查就好。"

"云飞扬刚入伍的时候我就认识他，他可不是那种出卖国家的人。"

范文辉道："我虽然不认识他，也不认为泄密的会是他，我甚至都不怀疑隐刺的任何一个人。他们都在一线战斗，泄密对他们没有任何好处，子弹无眼，很容易变烈士的。"

"那你认为是唐欣怡，还是在泰国的特情？"

“我更担心霸主破解了我国的无线电加密。”

“我们还调查云飞扬吗？”

“既然蒋礼提出怀疑，我们就调查，这样也是保护云飞扬，让所有人都没话说。”

“好，我把云飞扬叫进来。”江兵亲自出去，叫云飞扬进入询问室。

范文辉介绍完几人，将蒋礼给的账单展示给云飞扬看，问道：“你对这笔钱有什么解释？”

“这笔钱是怎么来的我不清楚，账户是几年前给我弟弟詹尼弗开的，自从开户后，我从来没有用过，早就将账户的事情忘记。”

范文辉追问道：“你既然说忘记了账户的事情，为什么知道账户里进钱，还这么快想起来账户是给你弟弟开的？”云飞扬的反应速度不像是不知情，反应太快，让人对他说的话产生怀疑。

“这个账户信息，蒋礼之前交给蒋国成将军，对我进行举报。蒋国成将军把信息交给了几位首长，我曾经亲自向军区的几位首长解释过。”

范文辉又问了几句，也让云飞扬离开了。至于云飞扬说的话是真是假非常容易得知，将调查报告交上去的时候，就可以问几位首长，他相信，云飞扬不可能在这件事上说谎。

第十章

内　奸

军区要检查隐刺的所有装备，除了确定衣服和武器等没有窃听器这类高科技设备外，还重点排查唐欣怡使用的电脑。

唐欣怡很骄傲，父亲是软件公司老板，她从小就喜欢编程，精通电脑的各个方面，系统入侵和网络安全更是拿手好戏，她在中国排名在前十之内，因为电脑方面的能力而被特招入伍，这让她更加自信，不相信有人能够在她的电脑留下后门，而她又不知道。

负责检查电脑的参谋部派出了上尉庄沐。唐欣怡申请配合排查电脑，就是想让庄沐知道：自己的电脑没有任何问题，你这么做是多此一举。

唐欣怡的电脑用的是军用银河麒麟操作系统，虽然不是最高级的服务器版，但安全系数同样很高，外国黑客主要针对的都是 Linux、Unix 和 Windows 操作系统，对国内军用操作系统根本不熟悉。

庄沐先安装专用的防病毒软件，开始进行查杀，同时打开系统日志，仔细查看，20分钟后，软件检测完毕，没有发现任何漏洞、病毒、木马等危险软件。

唐欣怡的脸上露出笑容，道：“我的电脑没人能动手脚，我可是全国黑客排名前十的存在。你在网上叫什么，有排名吗？”

“我没有排名。”庄沐表情冷淡，继续排查。

半个小时后，庄沐不断移动鼠标的手指停下，盯着一段记录仔细查看。

唐欣怡也看着那段记录，原本轻松的脸色渐渐沉了下来。这段日志竟然缺了一分钟，这还不是关键，关键的地方在于缺失的一分钟上面那段30分钟的日志记录，这段记录根本不是麒麟系统的日志，而是Linux系统的日志，虽然乍一看很像，但实际上并不一样。

庄沐问道：“日志内容显示你在那天被人篡改了日志，有人控制了你的电脑。”

唐欣怡对那天的日期非常熟悉，道：“那天是隐刺第一次抓捕霸主，因为队长和事先交易的另一方有接触，我侵入一名毒贩的手机，植入后门软件。后来行动失败，霸主逃脱。难道他逃走的时候还带走了那名毒贩的手机？”

“很明显，对方不但带走了手机，还通过你植入的后门软件反入侵了你的电脑。”

“怎么可能，对方怎么会破解银河麒麟系统？”唐欣怡无法接受对方竟然找到了我国军用系统的漏洞，还悄无声息地入侵了自己的电脑。她没想到世界上还有技术水平比自己高这么多的黑客。

“再好的系统也需要人来操作，真正的高手都不在明面上。”

“你的意思就是我的水平不行，还是井底之蛙喽？你这么能耐，你在中国的排名是多少？”唐欣怡很气愤：就算你的技术比我好，也用不着如此贬低我吧！

“你可能误会了！我是军人，不允许参加那种排名，更不会参与任何破坏网络安全的行为。”

“嘁，还是不行。”

“这么说吧，排名第一的也不够资格进入我们的部门。”

庄沐的话将唐欣怡气得直接离开，她怕继续留在那里会被气死。反正她只是名义上的配合，实际上根本用不到她。

营房中，接受完调查的周正躺在床上看书，常寿将步枪拆开做保养，董艺用匕首刻画着美女雕像，朱喜喂着红烧肉。蒋礼拿着一碗米，用食指第一关节将米粒的数目数清楚，锻炼食指的敏感度。常寿清理完枪膛，上了枪油后将枪组装起来，大声道：“该死的叛徒，害得我们被调查，要是让我找到那个家伙，非得将他打残不可。”

蒋礼冷笑道：“你认为是谁出卖了我们？”

“我怎么知道，我要是知道早就杀过去了！”

“莽夫。”

“你知道？你知道谁是叛徒就去抓呀！”

“我当然知道。”

“是谁？”常寿的眼中露出杀气。

“算了，说了你也不相信。”

“你没说怎么知道别人不相信，你不会是不知道是谁，在这儿胡说吧？”

蒋礼看到所有人都看着自己，道：“叛徒就是云飞扬。”

“队长？你疯了吧！你说自己是叛徒我都信，说是队长我可不信。”常寿根本不信云飞扬是叛徒。

“那是你不了解他，他的账户中突然多了……”蒋礼的话还没有说完，调查员江兵走了进来，道：“这次行动的泄密事件已经有了结果，来通知你们一声，免得大家无法安心训练。”

“谁是叛徒？”众人都很想知道是谁害得自己差点被毒贩给围剿了！

“我们的人当中没有叛徒。当初唐欣怡在泰猜的手机里植入后门程序，因此找到霸主，霸主拿走了泰猜的手机，找了网络高手，通过后门程序找到了唐欣怡用的电脑，并且攻破了电脑防火墙，植入了后门程序，相当于对你们的一举一动都了如指掌。”

“没想到我们的情报竟然是被黑客偷走的，”常寿感叹完，看向蒋礼，道，“蒋礼，你刚才说队长的账户怎么了？”

“没事了！”蒋礼不愿再说，已经有了结果，他再说也没有意义。

江兵离开，蒋礼却没有放下对云飞扬的怀疑，虽然是电脑出了问题，但到底是黑客的原因，还是内部人为的原因，蒋礼还不能肯定。他记得自己有一次看到云飞扬用唐欣怡的电脑，在听到自己的脚步声后，慌乱地将电脑的画面改变，还假装揉了揉眼睛。如果没有鬼，他怎么会那么做？蒋礼要调查，就算谁都不支持自己，也要坚持调查，决不能放过云飞扬。

蒋礼在心中发誓，一定要揭穿云飞扬伪善的面具。

唐欣怡的电脑屏幕上出现了一名穿着军装的帅气男子的照片，唐欣怡的手指摩挲在男子的脸上。“哥，我好想你，再过两天就是你的忌日，如果你有冤屈，你一定要托梦告诉我，我会帮你报仇的。蒋礼说你的牺牲和队长有关，是队长导致你们牺牲，从我和他接触这段时间看来，他不像是那种人，如果他真是蒋礼口中伪善的人，一定会在你的忌日去看你，去忏悔，我会想办法找到证据，将事实的真相还原出来。”

两天后，唐欣怡借口到了哥哥的忌日，要请假回家陪父母，得到批准后，唐欣怡没有回家，而是拿了个笔记本，来到距离边境不远的一个小山包，小山包上是一小块墓地，有围墙包围着，里面只有十座坟墓。唐欣怡来到墓碑上刻着“唐天”的坟墓前，将一个小小的窃听器放在祭品盘下，道：“哥，如果你是被人害死的，请你一定要保佑我查出真相。”

明天就是哥哥牺牲的日子，如果云飞扬来扫墓，也许就能知道事情的真相。

唐欣怡没给哥哥换上新祭品，也没有整理墓碑周围的环境，只是又跟哥哥说了两句话，就迅速下山，躲进一辆不起眼的面包车中。

一夜过去，唐欣怡睁着通红的双眼盯着上山的小路，等待着云飞扬的身影出现。

云飞扬离开基地，开车前往商场，在路上，他发现有辆车多次出现。云飞扬把车停在地下停车场，走近电梯间后，飞快地到旁边的楼梯间躲起来。

一名戴着帽子的男子进入电梯间，看向电梯的楼层数字。云飞扬掏出手枪，悄悄走出楼梯间，枪口对准男子的背部。男子感觉到危险，突然转身，掏出手枪。云飞扬一手抓住对方的枪，同时将枪口顶在男子的胸口。男子停止反抗，云飞扬看清了男子的面容。

云飞扬沉声问道："蒋礼，你跟在我后面干什么？"

"我也来逛街，不让吗？"蒋礼没有说自己跟踪云飞扬是以为他出来和霸主的人见面。

"别跟着我了！"云飞扬警告蒋礼，收起枪。

蒋礼看着云飞扬离开，没有再跟上去，他知道自己被发现了，再跟踪也没有任何意义。

唐欣怡等了几个小时，终于看到云飞扬的身影。云飞扬提着个大口袋，步履沉重地走向墓园。

唐欣怡拿起耳机，开始监听，她要知道云飞扬说过的每一句话。

云飞扬来到墓园，将东西放下，先将十座坟墓周围的杂草清理干净。云飞扬拿出瓶白酒，喝了一大口，道："兄弟们，我来看你们了！"

风吹过树叶，发出哗啦啦的声音，云飞扬侧耳倾听，脸上露出一丝微笑，这是兄弟们给自己的回应。

云飞扬将酒在每个墓碑前倒一些，道：“兄弟们，一起喝。”云飞扬自己又喝了一大口：“你们这帮王八蛋倒好，全都躺下多清闲，知道我有多想你们吗？知道我活得多痛苦吗？”

唐欣怡仔细倾听，并摁下录音键。看来云飞扬很内疚，很快就会说出内情，要是云飞扬真害死了自己的哥哥，一定要用录音将他定罪，为哥哥讨回个公道。

云飞扬的眼睛发红，大声道：“我真想和你们一起走，兄弟们一起在下面再轰轰烈烈地和毒贩战斗，但我不能，我必须替你们活着，我只能一个人孤零零地活在世上，每天都睡不好觉，承受着内心的折磨和愧疚，真希望躺在下面的是我。”

唐欣怡听得出云飞扬话语中的痛苦，但她不认为内疚就可以弥补之前犯下的错误。

云飞扬来到巨人的墓碑前，拿出只大烧鸡放在墓前，道：“巨人，我给你带了你最爱吃的烧鸡。你的家里不用担心，农村的老房子动迁，土地也卖了，补偿给你家一套房子和100多万元。父母的身体都挺好，终于走出了你离开的阴影，还买了个小单反相机，正在全国自驾游，我看了他们的朋友圈，每天都很开心。小红还没有结婚，依旧在等你，她始终不愿意相信你离开的事实，我劝过她几次，但她不听，说实话，我真的怕见她，怕看到她的眼神。你要想让小红嫁人，就托梦给她吧，我自己是劝不动了！小红的事业发展得很顺利，已经是公司企划部经理，我看过她训手下的样子，很有女强人的范儿。”

云飞扬走到幽灵的墓碑前，放下一瓶花雕，将盖子打开，洒在地上。“幽灵，这是你最爱喝的酒，多喝点儿。你大侄子冯忆川已经两岁半了，我上次去的时候，他还管我叫叔叔呢！你爸妈帮着带孩子，天天都带小孩去公园，逢人就说大孙子长得结实，以后肯定像他大伯一样是个棒棒的男子汉。去年的天气冷，叔叔的风湿犯了，不过我已经给叔叔买了药，现在没事了！阿姨的气管有些不好，我认为是长期吸二手烟造成的，我和叔叔说了，让他别抽烟，不但对自己和阿姨不好，还影响小川。阿姨听说影响到小川，强令叔叔戒烟，叔叔只能每天偷偷抽两根，还总被小川发现。

“骡子，在下面找到对象没？要是还嘴笨的话，让不倒翁多教教你，追女孩就得胆大脸皮厚……

“不倒翁，这两年阿姨的尿毒症很严重，不过你现在不用担心了！医院已经安排给阿姨做换肾手术，只要有合适的肾源，立刻就会动手术。钱的事情你不用担心，我把家里的老房子卖了，这几年当志愿者还赚了点钱，手术费不成问题……”

唐欣怡听着云飞扬在坟前和每一名战友说着他们家里的情况，絮絮叨叨的，不知不觉中脸上满是泪水。

云飞扬坐在法师的墓碑前，摆上一个任天堂 Switch 游戏机。“这是最新的游戏机，在下面无聊的时候玩吧！叔叔因为你迷恋游戏才送你来军队磨炼，结果现在倒好，你可以随便玩游戏了！你知道吗？你妹妹唐欣怡也参军了，她的电脑技术很厉害，被军区特招，够你骄傲的了吧！我刚见到她的时候就认出她了，和你以前给我看的照片一样漂亮。小丫头就是有些调皮，爱整蛊人。叔叔这两年公司发展得特别好，已经有十几亿元的资产。阿姨的身体挺好，最近看起来都年轻了很多，她总和我说，让我一定照顾好欣怡，阿姨就希望欣怡快点退役，找个如意郎君，给她生个大外孙子，好让她带孩子。不过这事我没敢和欣怡说，你了解你妹妹，要是她知道我惦记着让她退役然后找对象生孩子，恐怕她以后得天天变着法地整蛊我。”

唐欣怡感觉到云飞扬和战友们的深厚情谊，泪流满面，深深地怀疑，云飞扬怎么可能害死自己的哥哥呢！

云飞扬站起身，举起酒瓶，大声道：“兄弟们，我要走了！霸主又出现了，我得回去训练你们的接班者，这次我肯定能完成我们的理想，将霸主抓获，你们等我的好消息吧！”

唐欣怡看到云飞扬下山，突然间不想调查了，只想亲耳听云飞扬的解释。她拉开车门，跑了过去。

云飞扬看到唐欣怡突然出现，停下脚步，问道：“你来看唐天吗？”

“我昨天已经来了！”唐欣怡看着云飞扬的眼睛，道，“我在哥哥墓前的祭品盘下放了窃听器。”

云飞扬看着唐欣怡，等她继续说下去。

“我想知道我哥到底是怎么死的，为什么蒋礼说你害死了他们？我要听你的解释。”

“蒋礼说得没错，确实是我害死了他们。”云飞扬承认了蒋礼的指控。

唐欣怡的脸色大变，不敢置信地看着他，片刻后，道：“我想知道具体的情况。”

“当时霸主的身边有个亲信叫作詹尼弗，他是我的双胞胎弟弟，我劝他转为线人，提供霸主运毒的情报。我根据情报，带领你哥等人前往埋伏，谁知道霸主事先得知情报泄露，反而雇了很多雇佣兵……最终只有我活了下来。”

唐欣怡想说点什么，却说不出来。哥哥自愿留下为云飞扬断后，他情愿牺牲自己也要让云飞扬活下来，证明了两人深刻的战友情。整个行动不能说云飞扬贪功不撤退，只是霸主太狡猾，没有一次性将人手都投入进来，让云飞扬有抓捕他的希望。所以要怪的话，都是霸主的错。

唐欣怡解开心中的结，终于知道哥哥牺牲的详细情况，她坚定地知道，只有抓住霸主才能告慰哥哥的在天之灵。

金三角，一群毒贩聚集在一起，一个个坐得歪七扭八，毫无形象。

太一嘴里叼着烟，一脚踩在椅子上，歪着头等待着。威猜微闭着双眼，手里拿着串佛珠在抚弄。马丁坐姿端正，品着茶，一副儒商的模样，根本看不出是毒贩。

众人等了许久，脸上都露出不耐烦的神色，一名毒贩不满地叫道："我们人都来齐了，霸主老大还不来，是不是太看不起我们了！"

守在大厅待客的是毒枭白胜，他冷眼看了眼毒贩，鄙视地道："温格，你要是不耐烦，可以滚。"

温格被白胜毫不客气的话气得脸色发青，腾地站了起来，瞪视着白胜。

白胜嘴角挂着冷笑，嘲讽道："怎么，你想动手？"

温格的手摸在腰间，恨不得掏出枪把白胜给毙了，可没等他拔出枪，大厅内白胜的手下已经将枪口对准了他。

白胜鄙视地朝温格笑了笑，脸上带着浓浓的不屑。

温格很想和白胜拼了，自己也是带着十几名手下来的。可他知道，拼不了，也没有用：就算杀死白胜，霸主最后也会将他的组织连根拔起。

白胜看温格想拔枪又不敢的样子，嘲笑道："不敢拔枪就滚。"

温格一甩胳膊，大步离开。

大厅里的毒贩们脸上带着轻松的笑容，谁也没把这个小冲突当回事。

温格离开大厅，手下看到老大出来，立刻迎上去，问道："老大，你怎么出来了？"

"妈的，霸主那个狗日的看不起我们，我们走！"

一名头发乱糟糟、胡子拉碴的手下建议道："老大，要不我们给他们留点纪念？"

这名手下叫毛民举，是温格手下中的狠角色，长期吸毒，非常暴躁和神经质，动不动就杀人。

温格看了眼毛民举，有些沉默。他是刚刚进入金三角不久的毒贩，仗着手底下有些人和枪，就以为自己挺厉害，谁都给他面子。他这几年就没听过霸主的名号，这次霸主突然召集金三角的所有毒贩，他来这里，主要是想看看霸主，毕竟从来没听过、从来没见过的人能邀请这么多人，他也很好奇。但他还没疯，知道什么人能惹，什么人不能惹，就凭这么多毒贩给霸主面子，他要是敢动手，估计活不了多久。温格深深地看了眼大厅，眼中带着浓浓的恨意，道："我们走，以后再报仇。"他将恨意埋在心底，等自己强大的时候再报复回来。

十几人登上四辆汽车，离开霸主的基地，朝着自己的寨子开去。车子在路上疾驰，毛民举随着音乐摇头晃脑，手像是抽风一样舞动。温格看着毛民举的样子，感觉牙疼，要不是这家伙下手狠，能打能杀，他早把毛民举踢出去了！

车子行驶了五分钟，前面的路上有个关卡，站着数十名持枪的士兵，这些士兵都是白胜的手下。这里是白胜地盘的边缘，设置关卡不奇怪，来的时候就经过了这个关卡，可当时关卡只有十几个人，这会儿却是几十个人，而且之前枪口都是朝外，现在枪口却是朝内——架在沙堆上的轻机枪都对准着自己这边！

温格感觉不妙：难道只是和白胜言语冲突，他就要赶尽杀绝？这也太霸道了！温格等人坐在车里，远远地看着关卡上的士兵。他暂时不敢过去，怕被打成蜂窝，而关卡的士兵也没有过来，只在远处看着。

毛民举就算是再疯狂，也感觉到情况不对，他拿出一个小盒，在手背上轻轻点出一些白粉，吸入鼻孔中。

温格看到毛民举吸毒就知道不好，这货每次嗑药后，都会大开杀戒。温格还没确定对方是否要杀人，这回可不敢让毛民举随意动手，否则人家本来没想杀人，因为自己手下动手而起冲突，那才真的没事找事呢！

"你去让他们挪开路障。"温格命令一个聪明的小弟过去。

小弟下车朝着关卡走去，心中充满紧张：万一士兵开枪，自己就得成为筛子。他小心地靠近，关卡里的士兵举起枪来，瞄准他。小弟大声喊道："不要开枪，我是温格的手下，我们要离开，请挪开路障。"

士兵看向头目，在头目的示意下，挪开路障，然后分散到四周，开始聊天或是吞云吐雾，不再去看车队，仿佛确认了他们的身份，判断没有危险了，就连控制轻机枪的士兵都松开了机枪，靠在沙袋上抽烟。

小弟看到白胜的士兵没有开火，还挪开路障，于是脸上全是笑容，快速跑回温格那边。温格松了口气，不过由于之前白胜士兵的枪口对着他们，他的心里还是担忧的。

“前进。”车队在温格的命令下前进，速度不快，避免与前面的白胜士兵产生误会。

温格一直观察着关卡上的士兵，从士兵挪开关卡后的漫不经心，到他们时不时地偷瞄车队，温格都感觉到阴谋的气息。

车队缓慢前行，快到关卡的时候，温格已经能够清晰地看到士兵们的每一个动作：士兵们的手全都握着枪，机枪射手也不动声色地回到原位，好像是结网等待猎物的蜘蛛。

不好，这是个陷阱。看来白胜没打算放过我，肯定之前就命令手下消灭自己，只不过关卡头目为了减少牺牲，假装漠不关心，希望骗过我。温格当机立断，大声命令道：“加速，冲过去！”

汽车开始加速，想要冲过关卡。关卡的头目见对方识破阴谋，大吼道：“开火，全部开火！”

嗒嗒嗒！

轻机枪喷吐出长长的火舌，子弹疯狂打向汽车。第一辆汽车内的人当场被打成蜂窝，车子开出马路，一头扎在路边的稻田里。

这时没人压制毛民举了，他抽出枪，探身对着关卡的士兵开火还击，精准地击毙两名士兵。毛民举别看人不靠谱，枪法还是很准的，伴随着毒品带来的强效兴奋，完全不惧生死。

其他人也知道此时无路可退，只能拼死一搏，温格手下全都拼命朝着外边开火，两方亡命搏杀。

白胜的士兵们占据地形优势，而且人数众多，就算被温格手下杀死几人，在两挺轻机枪的火力下，开车的司机全都被杀，车子冲出路基，翻倒在稻田里。

温格满头是血，在呻吟中挣脱出安全带的束缚，毛民举被打中一枪，却像是没事人一般从车内爬出来，一边开火，一边摇晃着朝士兵走去，脸上带着病态的笑容。

士兵们慢慢靠近汽车，看到毛民举，全都朝他开火，瞬间将他打成蜂窝。

温格爬出汽车，踉跄着朝远处跑去，没跑出两步，就在一阵枪声中被打倒。士兵靠近汽车，对里面受伤未死的人补枪，确保没有任何活口。

关卡的头目确认所有人都死了后，打电话给白胜，汇报结果。

大厅内，白胜挂断电话，脸上没有丝毫喜悦，对他来说，杀个胆敢小看霸主并且心怀怨恨的人实在算不了什么。其他毒贩依旧做着自己的事情，对他们来说，这人从离开大厅的那一刻起就是死人了。真以为霸主的名字是玩笑吗?

霸主，这个外号不是自己起的，而是当初他强势介入金三角，消灭了好几伙强大的武装毒贩，由其他人给起的。他不是金三角最大的势力，也不是最有钱的，但却是最狠、最不择手段的，谁要是得罪他，他不将对方的势力彻底消灭绝不罢休，并且从不失手。正是因为他的性格，金三角的人都服他，没人愿意得罪他。之后他带领大家对抗过几次政府的围剿，在金三角成为领袖般的存在。

这几年霸主失踪，传说被中国政府杀死，大家才将这个恐怖的名字淡忘，并且谁都不提，仿佛提多了，霸主就会重新出现。

人们听说霸主重新出现，召集大家聚会，虽然都怀疑这事的真实性，不过想到霸主的性格，没人敢不当一回事儿，宁可信其有不可信其无，否则就是在拿命开玩笑。

很快，温格被杀的事情就传到大厅内所有人的耳中，这些人都有手下在关卡外，以免霸主是假，他们被瓮中捉鳖，只有那个新毒贩才傻乎乎地将人都带进去，没有在外边预备人手。大厅内的人听说温格被杀，对尚未出现的霸主相信了几分，因为这才是霸主的性格——从来不容忍敢于得罪自己的人。当人们从交头接耳中安静下来后，霸主才在白胜的陪伴下走了出来。

霸主身高 1.85 米，鼓胀的肌肉差点将衣服撑破，只是他的脸上满是红色伤疤，完全毁容，脖子上也有一道刀口。

“今天大家能够来这里，我很高兴。因为某些事情，我这几年一直在养伤，手中有大量毒品，打算放出去，为了避免互相冲击，所以邀请大家来分配下出货的份额。”霸主的声音嘶哑难听，像是刀子刮破盆的声音。

萨里问道：“听说你被中国政府给杀了，难道这身伤就是中国政府造成的？”

“没错，我确实被伏击，要不是命大，早就死了。不过上天垂怜，我没有死。”霸主的眼中流露出疯狂的神色，带着强烈的复仇火焰。

“是谁伤了你？我带人去杀了他。”

“伤我的人是云飞扬，不用别人出手，我要亲手杀了他。”霸主的语气阴寒，仇恨深入骨髓。

“好，你要是有什么需要，说一声，要人有人，要枪有枪。”萨里的话说得很大气。

霸主点点头，看向左边的毒贩，道：“约翰，好久没见，你还是这么年轻，最近手气怎么样，赢了吗？”

约翰大笑：“本来运气一般，看到你之后，运气就好了！”

霸主拍了拍约翰的肩膀，又和其他人寒暄几句，才坐回主位，道：“这次召集大家，我希望重新建立起金三角的秩序，大家通过同一个渠道走，按照批次出货，形成统一的价格，做成有影响力的品牌，重新在国际上恢复原来的品牌效果。”

“好，我支持。”约翰第一个表态。

霸主朝他点点头。

萨里第二个表态支持，巴颂、威猜、奈温、提拉德等人纷纷出声支持，其他毒贩考虑了下后，也都开口支持，他们的影响力弱，势力也小，那些大势力都同意了，小势力还有什么资格反对，而且反对也影响不了结果，还会将自己陷入到危险境地中。

“既然大家都支持，我们今天就定下个章程，大家都按照这个章程执行，如果加入后，有人不按照章程执行，那这个人就会被列为金三角的敌人，任何人都可以消灭他。”

在场的人纷纷支持霸主，不管是真心还是被逼无奈，霸主都重新获得了金三角的绝对掌控力。

隐刺重新进入前进基地，每天除了训练就是训练。霸主的消息在这段时间销声匿迹，完全没有任何动静。

云飞扬去指挥中心找唐欣怡，想要了解下情报中心传来的最新情报，可指挥中心内并没有唐欣怡的身影，她不知道去了哪里，电脑屏幕上还留着一张唐天的相片。云飞扬看到唐天的相片，不禁回想起当时他们一起喝酒、共同训练的场景。尤其想起唐天的牺牲，云飞扬的眼眶都红了起来。

蒋礼训练结束，经过指挥中心门口时，看到云飞扬坐在唐欣怡的电脑前，他突然间想起江兵说的话，是唐欣怡的电脑被人入侵才导致情报泄露，这个入侵被怀疑是网络入侵，但如果被人直接在电脑上植入后门程序，再被人远程操控呢？这种可能也是有的。蒋礼一直怀疑云飞扬，现在也怀疑他在给唐欣怡的电脑动手脚，于是悄悄走进指挥中心。

云飞扬感觉到有人走进来，立刻将图片关掉，同时揉了揉眼睛，以免眼泪流下来。云飞扬转过身，看到蒋礼在身后，问道：“你怎么来了？”

“训练完了，过来找唐欣怡聊聊天。”蒋礼找了个借口。

云飞扬不等唐欣怡回来，起身离开。蒋礼看着云飞扬的背影，感觉他的离开带着些许紧张。

唐欣怡从卫生间出来，看到蒋礼在指挥中心，问道："你怎么来了？"

"我刚才看到云飞扬动你的电脑，你看看有没有被植入后门程序。"

"你怀疑队长在我的电脑安装后门程序？"

"对。"

"别开玩笑了！队长不是叛徒，你不要总是疑神疑鬼。"

蒋礼激动地问道："你不相信我？"

"当然不相信，你有这时间不如好好训练！"

"我一定会找到证据，掀开云飞扬伪善的面具，让你看清楚他的真面目。"

"我已经知道队长是什么人，不用你再告诉我。"

蒋礼感觉所有人都不认同自己，气呼呼地离开。

云飞扬回到房间，将手机放到床头柜上，脱了衣服去洗澡，丝毫不知道蒋礼因为唐欣怡的不信任而备受伤害。

第十一章

设 局

云飞扬从浴室中出来，坐在床上，伸手去拿水杯，手刚刚碰到水杯时停了下来，他看到水杯的旁边放着自己的手机，手机的方向和自己洗澡之前不一样了！洗澡前云飞扬坐在床上，将手机放在床头柜上，手机是横着放的，话筒朝向床边，而现在手机是斜着放的，话筒朝向门口，明显有人动过了。云飞扬眉头微皱：是谁来过自己的房间，动了自己的手机呢？

云飞扬拿起手机，查看了下，没发现任何异常，有些疑惑地将手机放下。手机里没有任何秘密，就算别人看了也无所谓。云飞扬将这件事放下，走出房间。

唐欣怡含着棒棒糖，手指在键盘上跳跃，排查着最近得到的情报，寻找霸主的下落。

云飞扬坐在唐欣怡身边，问道："有什么有用的情报吗？"

"自从霸主开了大会，当场收拾了两个不听话的人后，现在金三角被他打造成铁板一块，没有任何情报传出来。"

“霸主让其他毒贩遵守他的规则，毒品就会有序地大规模出货，这非常不利于我们阻止毒品入境。”

“以前毒贩各自找卖家，多少量都卖，现在那些毒品卖家全都非常安静，不和任何人联系，内线也得不到有用情报。”

“毒品必然要贩卖，既然我们无法从金三角那里得到情报，就将注意力放在国内大的毒品掮客和拥有毒品网络的毒贩身上。”

“但我们手中没有大毒贩的信息，都是一些小毒贩，用来放长线的，从他们那里恐怕得不到多少有用的情报。”

“我会请示上面，让公安部将所有可疑的毒贩信息都传递给你，这些人很多都是真正的毒贩，只是因为没有确凿的证据而被列在嫌疑人中。”

“我知道了！”

云飞扬看了眼手表，时间已经到了下午五点半。“到时间吃饭了！”

两人起身走向食堂，食堂中，朱喜等人已经坐好，云飞扬发现少了一个人，问道：“蒋礼怎么还没过来？”

其他人也有些疑惑，军队吃饭是有时间规定的，超过这个时间，就没的吃了。大家每天的训练都很累，需要大量补充食物，不会无故不吃饭的。

唐欣怡见众人都一脸疑惑，道：“我从监控中看到蒋礼离开，他没有和你们说吗？”

“离开？几点离开的？”云飞扬有些不满，作为一名士兵，虽然这里只是前进基地，也不能无故离开，还不和自己这个队长请示，简直太无组织无纪律了！

唐欣怡回忆片刻，道：“大概五点离开的。”

五点，那个时候我应该是在洗澡，他是没联系上我才没请示的，还是有其他原因呢？云飞扬拿出手机，拨打蒋礼的号码。

“您拨打的电话已关机。”

云飞扬的眉头皱起，他们的手机必须24小时开机，不允许随意关机，更不允许没电。蒋礼的电话怎么会关机呢？突然，云飞扬想起自己手机被人动过，他看了眼众人，问道："刚才你们谁去过我的房间？"

众人纷纷摇头，表示都没有去过。

云飞扬起身去监控室，其他人也跟了上来，云飞扬调出过道的录像，看到4点55分的时候，蒋礼进入了自己的房间，不到一分钟就离开房间，随后又进了武器室，拿了两把手枪和十个弹匣，离开前进基地。他要干什么去，为什么拿枪？看来这一切很可能和自己的手机有关。

"欣怡，看看我的手机是不是被人删除了信息。"云飞扬将手机递给唐欣怡。

唐欣怡将手机插在指挥中心的服务器上，开始恢复数据，找到一条被删除的短信。短信没有打开，只能看到最前面的一排字，只是这一排字让所有人都惊讶地看着云飞扬。

短信上的内容是：毒品丢失，苗伦被抓，霸主很不满意……

竟然说霸主对我不满意？看短信的意思，所有人都会认为自己被霸主收买，想要让那一吨毒品过关。云飞扬不知道这是个恶作剧，还是有人要陷害自己，但这条信息明显被蒋礼看到，还被当成真的了！那么蒋礼是返回基地，向上面举报我去了吗？一切，也许只有将短信看全才知道。

"将短信打开。"

唐欣怡将短信打开，内容完全显示出来：毒品丢失，苗伦被抓，霸主很不满意，今晚十点你到打洛镇的大富豪酒店302房间，亲自向霸主解释。

蒋礼要是将这件事情汇报上去还好说，要是他自己赶去的话就太危险了！云飞扬拿起电话，拨给蒋国成将军。

蒋国成身边的警卫员听到云飞扬有急事联系，立刻将电话交给蒋国成。

蒋国成接过电话，语气沉稳地问道："什么事？"

“首长，蒋礼在五点的时候，带着两把手枪和十个弹匣擅自离开前进基地，不知去向。我后来发现他看了我的手机，并且删掉了短信，经过唐欣怡的恢复，短信内容是：毒品丢失，苗伦被抓，霸主很不满意，今晚十点你到打洛镇的大富豪酒店 302 房间，亲自向霸主解释。我不知道蒋礼是向您或是更上级汇报，还是自己去了大富豪酒店。”

“蒋礼没有和我联系，你联系他了吗？”蒋国成的语气有些急切。

“电话关机，手机定位也显示关机时的地址就是前进基地，他明显不想让人知道自己的去向。”

“这个浑小子，一点都不让人省心。”

“首长，蒋礼去向不明，很可能去了大富豪酒店，我请求隐刺出动。”

“对方给你发这条短信，明显是个陷阱，霸主根本不会出现。”蒋国成有句话没有说，他很担心霸主会在大富豪酒店安放炸弹，到时等隐刺到达，直接引爆炸弹。

“首长，如果是陷阱的话更得让我们去了，蒋礼很可能有危险。”

“有危险也是他自找的，你不用再说，我是绝不会同意隐刺出动的。”蒋国成不想为了蒋礼一个人，让整个隐刺队伍都陷入到巨大的风险之中。

“首长，蒋礼是隐刺的一员，我不能眼看着他有危险而不管。”

“你要违抗命令吗？”

“我宁愿事后上军事法庭，也绝不会抛弃任何一个兄弟。”云飞扬的语气很坚决。

唐欣怡看着云飞扬，感受到他的真诚，这话绝不是说说而已，而是他真的会这么做。他可以为一个平时总和他作对的人豁出性命，怎么可能故意牺牲战友呢！这一刻，她相信云飞扬指挥的前一个特战小队的覆灭绝不是云飞扬故意造成的。

蒋国成深吸一口气，他知道云飞扬的脾气，哪怕禁止隐刺出击，他也会独自前往。“我批准隐刺前去，但你们必须要保证自己的安全。”

“是。”

云飞扬挂断电话，道：“所有人整理装备，20分钟后出发。”

其他人纷纷离开，当云飞扬要去拿装备时，唐欣怡叫住了他。

云飞扬奇怪地看着唐欣怡：有什么事会在这时候说呢?

唐欣怡的嘴巴张了张，想问的却没有问出口，只道：“你先去执行任务，回来再说吧！”

“好。”云飞扬虽然有些好奇，但他知道目前去营救蒋礼更重要，其他的事情可以先放到一边。

蒋国成挂断电话，拿起电话拨打蒋礼的手机，手机关机。他又联系了战区的其他几名领导，蒋礼没有去见他们其中任何一人，看来蒋礼99%是去抓霸主了！蒋国成知道蒋礼一直对云飞扬不满，他想抓住霸主，让所有人都知道云飞扬和霸主有勾结，证明他的论断是对的，可所有人都知道云飞扬和霸主没关系，还有深仇大恨，蒋礼却在错误的论断里越走越远。

“小王。”

警卫员推门进来，大声道：“到！”

“马上准备直升机，去打洛镇。”蒋国成决定亲自去一趟，他太清楚蒋礼的脾气，在任务中会接受云飞扬的管理，但其他的事情上肯定会反对云飞扬的决定，尤其是怀疑云飞扬是叛徒，云飞扬过去阻止，他只会认为云飞扬心虚，最终造成两人的冲突，让霸主的陷阱设置成功，那就太糟糕了！

直升机很快准备好了，小王看蒋国成登上飞机，担心地道：“首长，我带个警卫班陪您去吧！”

“不用，我去将那个浑小子带回来，不用那么多人。”蒋国成不想为了蒋礼兴师动众。

“可那里有可能是陷阱，您去太危险了！”

“我要拦下蒋礼，不是去酒店，就这样，不用带人。”

小王见蒋国成坚持不带人，只能登上飞机，自己尽全力保护首长的安全。

隐刺距离打洛的距离虽然比蒋国成近，但他们是开车前往，而蒋国成是直升机，并且云飞扬也不知道蒋国成前往的事情。

直升机升空，朝着打洛飞去，在距离大富豪酒店很远的一段距离就降落，改乘边防武警送来的一辆军车前去大富豪酒店。

大富豪酒店临街，只有左右两个方向能够进入，蒋国成在一名武警的陪伴下在路口等着蒋礼。小王本来想保护蒋国成，但他需要去另一个路口堵蒋礼，其他人不认识蒋礼，只能他亲自去。

小王期盼蒋礼快点出现，蒋国成将军在这边的保护很弱，万一要是出了危险可不是闹着玩的。

时间一分一秒地过去……整整 20 分钟过去了，蒋礼还是没有出现。蒋国成有些担忧，怀疑蒋礼是不是已经进入了酒店。

“小王，你继续守着，我去酒店里看看。”

“不行，首长，我去看看，您还是留在路口等蒋礼吧！”

“你见到他也劝不住他，我亲自去。”

“首长，如果您要自己去，我立刻给军区打电话，让武警派人来保护您。”

蒋国成就是不想因为私事而动用军队的资源，道：“你赢了，进去看吧，小心点，看到那浑小子就通知我。”

小王将枪收入怀中，装作游客进入大富豪酒店，走向前台的时候，打量着大厅里的人。

大厅放着三个沙发，有四个人坐在上面，中间的沙发上坐了两个人，两边各坐了一个人，中间的两个人在聊天，左边坐着的人在看手机，右边的人看向酒店外边，好像是在等人——并没有蒋礼的踪迹。

小王在前台问了下房间的价格，就以价格太高的借口离开酒店，回到自己该守着的路口，向蒋国成汇报："首长，没有发现蒋礼的踪迹，大厅有四个人，看起来也没有威胁。"

蒋国成看了眼手表，时间已经是九点多了，他很好奇，蒋礼这个浑小子到底去了哪里，为什么还不出现呢？难道他没有过来？

"你继续观察，看到蒋礼一定要拦下来。"

"首长，蒋礼有没有可能已经办理入住，现在正规的酒店都会将入住人员的身份信息即时传回公安部门，我们可以调阅公安部门的数据，看看蒋礼是否已经入住。"

蒋国成让人调出大富豪今天晚上九点前的住宿登记，重点看了下302房间，结果302房间根本就没有人办理入住。不知道是酒店没有登记，还是真的没有人入住。蒋礼的信息也没有显示在入住系统上，他知道隐刺虽然是保密单位，但并没有假的身份证，如果要入住，只能登记真的身份证，看来蒋礼很可能没有入住。

所有入住酒店的人都被查了档案，确认身份没有问题，没有人是毒贩或是有贩毒嫌疑。这也正常，打洛就是口岸，毒贩走几步就能出入关，没有必要在这里住。而没有毒贩和有案底的人，也说明这些人很可能不是霸主的手下。只凭着一条短信，没有人能确定是否有陷阱，或陷阱具体是什么样的。蒋国成最担心的是炸弹，不但威力大，还会造成无辜平民受伤。

蒋礼是狙击手，可能躲在某处观察着大富豪酒店，他有这个耐心。

蒋国成打量着附近的地形，想要找出蒋礼的位置。虽然此地最高的楼房就是大富豪酒店，有六层楼，其他的房子都只有两三层，但也有二十几栋房子能够监视到大富豪酒店，蒋礼会躲在哪里可不好说。

要想找到蒋礼，只靠他们几人恐怕不行，毕竟能够认出蒋礼的只有自己和小王，他只能和小王继续留在路口，等待蒋礼出现。

通往打洛的道路上，一辆不起眼的厢货在路上行驶——朱喜开着车，常寿坐在副驾驶，两人都是便装。车厢中，云飞扬和周正坐在左边，董艺靠在红烧肉身上，坐在右边，车厢和驾驶室之间有个小窗户是打开的，双方说话都可以听到。

云飞扬在地上铺开一张地图，道："等会儿朱喜留在车上。周正寻找制高点，负责监视和支援，重点找一下附近有没有狙击手。我和常寿进入大富豪去找蒋礼。董艺在大厅警戒，同时找一下有没有可疑的爆炸物。所有人看到蒋礼立刻拦下来，如果看到大量可疑人物就让边防武警增援。"

"是。"

"记住：这次行动，如果没有发现霸主，将蒋礼带离为第一任务；如果发现霸主，抓捕霸主为第一任务。"

"明白。"

董艺舒服地靠着红烧肉，小心翼翼地问道："队长，你说给你发短信的人是谁，为什么要发短信呢？"

"这些年我的手机都没有换号，霸主应该知道，我也不知道他为什么要给我发短信，如果是诬陷的话，没有蒋礼凑巧看到，就没有任何意义。除非他想引我来这里，不过就算我相信霸主在这儿，也会带人来抓捕，他怎么保证能够杀死我呢？"

"要是霸主明知道你会带人来，杀人方法的选择并不多，无非就是狙击和炸药。"董艺也想不出其他的方法，贴身刺杀那类方法就是个笑话。

"大家到地方后警惕一点，免得阴沟里翻船。"云飞扬倒是不担心自己，只是担心其他人。

"知道。"所有人都不敢掉以轻心，不论是狙击枪还是炸药，一个不小心就会死人。

"还有十分钟左右就到达，大家做好准备。"

蒋礼来得早，并没有在大富豪酒店对面监视，反而从厨房混进酒店，一直藏在暗处，监视着酒店的情况。要是霸主来这里，肯定会在酒店布置人手，做好防范。要是没有人检查酒店的其他地方，就说明霸主没来。

时间已经快到十点，蒋礼没有看到任何可疑人物过来检查，于是猜测霸主不会出现，不过为了确认，他还是要去 302 看一看。蒋礼从暗处出来，来到 302 房间，左右看了看，没有人出现，他侧耳倾听，发现里面竟然没有动静。

蒋礼敲了敲门，躲在一边，等了半天都没有人开门。过了一会儿，酒店的清洁工推着车过来，看到蒋礼在敲门，好奇地道："这个房间没有住人。"

"没人？可我朋友让我来这儿。"

"弄错了吧，我负责收拾这层，没人在这儿住。"清洁工推着车离开，不再管蒋礼。

蒋礼觉得很奇怪：难道这个短信是个恶作剧？可不应该呀，一般人不可能知道云飞扬的电话号码，更不可能知道霸主。虽然现在还没到约定的时间，但已经很接近，蒋礼可不相信霸主能突然变出来。

蒋国成看着手表上的时间，马上就到点了，可蒋礼人呢？他的视线不断地在路口和大富豪酒店门口转换，突然，他看到蒋礼从酒店里走出来，还打量着周围的人，说明他没有找到霸主。蒋礼走出酒店不远，就看到蒋国成带人大步走过来。

蒋国成还没靠近，就大声骂道："你个浑蛋，谁让你来这儿的？"

蒋礼没想到在这里能看到蒋国成，愣神后倔强地道："首长，我……"他也不知道该怎么说，说霸主会在这里和云飞扬见面？但根本就没有这回事。说自己从基地偷跑出来，不遵守命令吗？

蒋国成见蒋礼无话可说，愤怒地道："你一天到晚除了胡闹，还会做什么？跟我走。"

“我胡闹，你除了会说我胡闹还会说什么？是，我是不如你的宝贝儿子云飞扬，可你也不用每次都拿他和我比吧！”

“你要是有云飞扬一半好，我就不用为你操那么多心。”

“可笑，你为我操什么心了？从小你就照顾云飞扬，每次他开家长会，你会亲自到场，而我呢？你不是忙，就是要出任务，你去为我开过一次家长会吗？小时候什么好吃的不是先给他，什么好玩的不是都给他？我才是你亲生的！”

“自从他爸为救我牺牲后，他就是我的亲生儿子。”

“他爸救了你，可我妈要不是为了救他能死吗？凭我妈的死，什么恩情也够还了吧！”蒋礼很愤怒，脖颈上青筋暴跳。他恨云飞扬，最主要的原因就是母亲为了救云飞扬而死，害得自己从小就失去了最疼爱他的母亲。

“……”蒋国成的嘴巴张了张，将到了嘴边的话又咽了回去。蒋国成无力地挥挥手，道：“走吧！”他对蒋礼是有亏欠，但如果再重来一次，他还是会对云飞扬好。

蒋礼一时忍不住对蒋国成发了脾气，见父亲无力的样子，也深深后悔。

蒋国成刚要走，突然看到一架小型遥控无人机在天上，距离自己和蒋礼仅仅十几米的距离，要不是旋翼发出的声音，他都不一定能看见。蒋国成感到很奇怪：打洛是边境小镇，并不是很富裕，很少人玩这么贵的无人机，看飞机下面还有黑乎乎的一块，应该是摄像头在进行航拍。突然出现的无人机是不是和霸主有关，蒋国成因为这个想法而仔细看了眼无人机，突然发现无人机下方挂的根本不是摄像头，而是一个简易的射击模块！

蒋国成的脸色大变，因为他看到射击模块的枪口已经对准蒋礼。“石头！”蒋国成大喊着蒋礼的小名，挡在蒋礼的身前。

蒋礼听到父亲喊自己小名，转过头，就看到半空中红光一闪，枪声也同时传了过来。蒋国成挡在自己身前，像是自己儿时般用宽阔的臂膀为他遮挡一切风雨。蒋礼迅速掏出枪，对着空中的无人机开火，连续三枪后，无人机从空中掉了下来，摔在地上。

“爸，你没事吧？”蒋礼面带紧张。

“没事。”蒋国成依旧站得笔直。

跟在蒋国成身边的武警司机看到蒋国成的后背有血迹出现，惊呼道：“首长，您受伤了？”

“爸！”蒋礼连忙看蒋国成的后背，发现有个弹孔，旁边很大一块都被血迹染红。

云飞扬等人将车子停在距离大富豪一段路的地方，分散着过来，当他们听到枪响后，才快步跑过来。云飞扬离很远就看到蒋礼，怀中还有慢慢倒下的老人。云飞扬的心中突然有种不好的预感，他加快速度跑过去，看到蒋国成正躺在蒋礼的怀中。

“爸！”云飞扬大喊，眼圈瞬间变红。

蒋礼看到云飞扬扑到蒋国成身边，一把推开云飞扬，吼道：“你离我远点，要不是你，我爸能受伤？”

“闭嘴。”蒋国成虽然受伤，但没有失去意识，只是站立不住了。

云飞扬看到跑过来的小王，大吼道：“你和蒋礼护送爸去医院，其他人给我将操纵无人机的家伙找出来！”

董艺等人本来围在蒋国成身边，听到命令立刻散开，他们看出云飞扬已经暴怒。

云飞扬看了眼蒋礼，冷冷地道：“要是爸再受到伤害，我饶不了你。”

武警司机将车子开过来，蒋礼和小王将蒋国成抬上车，汽车一溜烟地朝着打洛镇医院驶去，直升机也会飞到打洛镇医院，要是当地医生无法处理，直升机会立刻载着蒋国成去大医院。

云飞扬掏出手枪，大步走向大富豪酒店。因为枪响，大富豪酒店的前台已经打电话报警，刚才还看到常寿和朱喜拎着枪进来，吓得躲在台子后面，现在又看到云飞扬，更加害怕。云飞扬来到前台，道："从现在开始，任何人不许离开酒店。"

前台面带恐惧，飞快地点头。

"将所有开房的房客名单给我。"

前台飞快地将名单调出来，打印出来交给云飞扬。

云飞扬一边看名单，一边盯着大门。他已经让朱喜守着后门，确保不会有人从大富豪酒店离开。云飞扬发现302房间没有人住，问道："302旁边和对面的房间是多少号？有没有人住？"

前台想了一下。"对面是303房间，有人入住。"

云飞扬在名单上找到303房间的入住人登记信息："冯毅，1986年出生，四川人……"

打洛镇不大，在枪击发生后没几分钟，接到报警的警察就赶到大富豪酒店，边防武警也因为武警司机打电话而派出支援，飞快将整条街封锁。

武警端着枪冲进酒店，看到拎着枪的云飞扬，枪口立刻全都对准云飞扬，大吼道："不许动，放下枪！"

云飞扬冷冷地看了武警们一眼，道："我是南部战区的云飞扬。"他掏出证件，展示给武警。

武警队长上前接过证件，打开一看，立刻敬礼。"首长好！"

"你们守住酒店，不允许任何人离开。"

"保证完成任务！"队长大声回答。

"后门有我们的人，叫作朱喜，你派人去将他替换过来。"

"是。"队长安排人去替换。

云飞扬让前台做了一张302的房卡，直接走上楼，现在他的心中压着一股火气。云飞扬走到302门口，常寿已经等在这里。常寿朝云飞扬点点头，摁响门铃。

房内很快传来一名男子的询问："谁呀？"

"警察查房。"

房内传来脚步声，随后门被打开一条缝，一名男子贴着门缝看向外边，见云飞扬和常寿都没有穿警服，道："你们不是警察。"

"开门。"云飞扬拿出自己的军官证。

男子考虑片刻，打开防盗链，门刚刚打开一半，常寿就一把将门推开，举着枪快速进入。云飞扬的枪口指着男子，道："进去。"

"你们到底是谁，要干什么？"男子的表情很恐慌。

常寿将房间检查一遍，没有发现其他人，云飞扬这才将枪放下，不再对准男子。

"你叫什么名字？"

"冯毅。"

"来打洛做什么？"

"旅游。"

"都去哪里玩了？"

"你们到底是谁，我犯了什么罪？"

"例行询问，老实回答问题。"常寿可没有多好的脾气——一名将军被袭击受伤，还能指望下面的兵对嫌疑人能有多好的态度？

云飞扬盯着冯毅的脸，等待着他的回答。

"我去了独树成林公园和勐景来，有什么问题吗？"

"你什么时候去的这两个地方？"云飞扬继续追问。

"今天去的。"

"有票根吗？"

"随手丢了！"冯毅的态度也不好，明显开始不耐烦。

“你几点去的独树成林公园，用什么方式买的票？”

冯毅的眼珠转了下，道：“十点多钟去的，用现金买票。”

“你又什么时候去的勐景来？”

“我从独树成林公园离开后就去了勐景来。”

“你通过什么方式来的打洛？几点到的？”

“我打车来的。我是犯人吗，你们有什么资格不停地审问？我要报警！”冯毅大吼，表明自己的不满。

云飞扬拿起床头柜上的电话，拨打给前台，让前台人员通知上来两个警察。冯毅不是要警察吗？就给他看警察。反正今天不问清楚，他别想洗脱嫌疑。不一会儿，两名警察和三名武警进入房间，云飞扬示意他们在一边旁听，道：“现在警察来了，你可以继续回答问题了吧？”

“我犯了什么罪，凭什么要接受审问？”冯毅很激动。

“任何公民都有配合警方调查的义务，现在你需要配合警方，如果不在这里配合，那就跟我们走，到局里再配合。”

冯毅傻眼了：在这里询问还好，要是到警局，情况会变得更糟。

“我在这儿回答。”

“那好，你从哪儿打车来的？什么时候来的云南，通过什么交通方式？”

“我……”冯毅的额头开始冒汗。

常寿根本不给冯毅思考的时间，厉声道：“说！”

“我从腾冲来的，我……”

“腾冲打车来打洛，你可真有钱。什么时候来的云南没想好吗？那你继续想，反正我们会验证你的交通方式，火车票记录、飞机票记录、出租车记录，你要想好了再说话。”云飞扬明显不相信冯毅。

冯毅的眼珠乱转，目光几次投向门口，可门口处有两名警察和三名武警，对面还坐着云飞扬和常寿，他的目光再次移向窗户，但窗户只能打开一个小缝，不能全开。

“行了，我没时间和你浪费，说吧！你的同伙在哪儿？”

“我没有同伙，我自己来旅游的。”

云飞扬懒得和他再废话，命令道：“给我搜。”

常寿将冯毅的背包打开，将里面的东西倒在床上，翻找一遍。

云飞扬指着背包道：“你旅游就带一个小包，打车从腾冲到打洛？独树成林公园离这里很近，但勐景来在来打洛的路上，你不先去勐景来而是先去独树成林，然后又去较远的勐景来，又在中午12点到酒店办理入住，这么紧密的行程只用了两个小时，这样的话你的时间大部分都用在路上，我很想知道你都看了什么？”

冯毅脸上全是汗水，表情紧张，被问得哑口无言。

“也许你不知道自己做了什么，但我可以告诉你，就在刚才，一位中将受到刺杀，知道这是多大的罪吗？趁早交代才能宽大处理。”

冯毅扑通一下跪在地上，道：“我招，我什么都说，求求你放过我吧！”

常寿催促道：“赶紧说。”

冯毅咽了口口水，道：“我有个朋友让我住在这个房间，盯着对面房间的情况，只要看到有人去敲门或是摁门铃，就将敲门的人拍下来，然后发到这个微信上，朋友会给我1000元报酬。”

“手机解开。”

“好，好。”冯毅将手机锁解开，交给云飞扬。

云飞扬调出微信，最上面的联系人的聊天记录中果然有蒋礼的照片，是从门镜里拍摄的。看来霸主确实想让自己死，但他身边的人没有认识自己的，自己的照片也没有在外边流传，所以只能让人在对面房间等着，判断敲门的很可能是自己，所以只要将照片传出去，外边的人就可以遥控无人机来杀自己。

蒋礼击落的无人机是大疆改造的，滞空时间短，图像传输距离在城市里也就两三公里，说明遥控者也就在这两三公里之内，虽然打洛镇一共也没多大，想要找出这个人还是有些难度的。不过对方敢伤害到蒋国成，就算是挖地三尺也要将人给找出来。

正当云飞扬要将微信号告诉唐欣怡，让她将人找出来时，周正传来消息，发现一名可疑男子正在逃离。

“看好他。”云飞扬交代了一句，带着常寿离开。

周正在高处观察，发现可疑男子从大富豪不远处的一栋楼的二层跳出去，身上背着个包，看样子很像大疆无人机的便携背包，而且这人不走正门，从窗户跳出去，就为了避开被封锁的大富豪那条街，明显是有问题。

云飞扬等人追过去的时候，周正看到男子已经上了辆汽车，立刻将此事汇报给云飞扬。

“打轮胎，绝不能让他跑了；他要是敢跑，就往脚下打；如果还跑，就打他的腿。”

云飞扬不知道这名可疑男子是不是袭击蒋国成的凶手，但他既然躲避警察，就肯定有问题，而在打洛这里有问题，十有八九都是涉毒。

周正得到命令，拉动枪栓，将子弹上膛，对着汽车的前轮扣动扳机。

枪响，子弹打中汽车轮胎，车胎迅速瘪了下去。

车内的男子刚发动汽车，就感觉到车胎被打爆，他松开手刹，打算继续开车。周正再次开火，子弹将右前轮打爆。

男子被吓得一哆嗦，连续两枪打爆轮胎，他不知道要是坚持开车，对方会不会继续开枪打自己。男子推开车门，就要跑进旁边的房子里。

周正再次开火，子弹打在男子的脚前，石头蹦起来，溅射在男子的腿上。周正距离男子并不远，100 多米的距离，就算不用狙击枪，只是步枪的话也能非常精准，周正根本不担心自己会失手。

男子知道自己做了什么，一咬牙，朝着房子冲去。

周正根本不犹豫，再次扣动扳机，子弹旋转着钻入男子的大腿。

男子仆倒在地，抱着大腿哀号，子弹打进大腿，形成空腔效应，对他造成极大伤害。

云飞扬等人跑到男子身边，男子只顾着哀号，根本做不了其他的动作。常寿和朱喜将男子抓起来，从他身上摸出一把上膛的手枪。董艺查看男子的背包，发现里面有一个大疆无人机的遥控器。云飞扬看到这些，终于确定他就是袭击蒋国成的凶手。

云飞扬拽住男子的脖领子，问道："你还有同伙吗？"

"快送我去医院，送我去医院啊！"

"说！你的同伙呢？"

"我没有同伙了！就我一个人，送我去医院呀！"男子都要哭了，他太疼了！

武警的人因为枪声也跑过来，云飞扬让朱喜盯着男子，同时让救护车马上过来——还要审讯这人，千万别因为流血过多死了。

云飞扬带人搜查男子逃出来的房子，经过询问和了解，这里只有男子一名外来人，他以住酒店太贵的名义，要在这户人家借住一天，给酒店房间一半的价钱，当地人以为他是背包客，也就没多想，让他住下。

既然没有其他同伙，云飞扬将男子和冯毅带回基地详细调查，要从他们身上挖出更多线索。

第十二章 

魅　惑

云飞扬没管冯毅和发动袭击的男子，他们两人会由常寿审讯。他赶去医院，看看蒋国成的伤势。

蒋国成的伤势很严重，在打洛镇医院进行紧急处理后，立刻被送往解放军昆明总医院。云飞扬关心蒋国成的伤势，现在蒋国成还在手术室中，没有脱离危险。

云飞扬在非战斗任务的时候是没有资格用军用直升机的，只能开车前往医院。别看打洛到解放军昆明总医院并不算太远，只有653公里，但很多路段的道路并不好走，还有限速，一般来说需要九小时左右。虽然云飞扬很着急，还是用了八个小时才赶到医院。

蒋国成已经被从手术室送入重症监护室，病房外站着很多人。将星闪耀，大家都担心蒋国成的身体，前来探望。就连蒋国成的兄弟蒋国胜也从外地赶来。云飞扬赶到时，众人纷纷朝云飞扬点头，或是拍拍他的肩膀，给予他鼓励。

云飞扬和各位首长简单打了个招呼，就透过窗户去看蒋国成。蒋国成躺在病床上，戴着呼吸机，脸色有些苍白。

“不用担心，大哥经历过那么多风浪，肯定能挺过来。”蒋国胜拍了拍云飞扬的肩膀。

“二叔……”云飞扬的话还没有说完，蒋礼就从旁边闪出来，将云飞扬推开，低吼道：“你滚，你害死了我妈，还想害死我爸吗？”

现场有不少人，很多将官都是蒋国成的老战友，知道其中的一些内情，只是他们不是蒋家的人，很多话不好说。

蒋礼将蒋国成受伤的事情赖给云飞扬，这是很不合适的，要不是他自己贸然去大富豪酒店，蒋国成也不会受伤。

“蒋礼，你给我闭嘴。”蒋国胜低声斥责蒋礼，脸色很严肃。

“二叔，我妈要不是救他就不会淹死；这次要不是他成了叛徒，我爸也不会受伤。云飞扬，你等着，我肯定会找到你叛变的证据。”

“闭嘴，你马上离开这里。”蒋国胜真的愤怒了，指着蒋礼的鼻子让他滚蛋。

“二叔……”蒋礼很委屈，他才是蒋国成的亲儿子、蒋国胜的亲侄子呀！

云飞扬失落地道：“二叔，我先走了，明天再来看爸。”

蒋国胜叹了口气，“飞扬，很多事情也该让蒋礼知道了！”

“二叔！”云飞扬的眼神很坚定，他阻止蒋国胜说出内情。

南部战区政委拍了拍云飞扬的肩膀，道：“你回去立刻审问嫌疑人，尽快将袭击者和策划人全部抓获。”

“是。”云飞扬离开医院，满怀伤心。

政委看了眼蒋礼，语重心长地劝道：“飞扬这些年并不容易，你们两兄弟应该相亲相爱，互相帮助，而不是这么对待他，你好好想想吧！”政委说完就离开了，其他军人也纷纷离开，免得打扰到蒋国成。

蒋礼很委屈，每次和云飞扬发生争执，所有人都责怪自己，没有一个人支持自己，哪怕是自己那些从小玩到大的朋友。但大家越是这样，他心里越是抵制云飞扬，越是恨他将一切好的都占走，还霸占了父亲的感情，让自己永远在他的阴影下活着。蒋礼成为军区最优秀的狙击手，就是因为不想比云飞扬差，才会拼命练习，让大家知道自己比云飞扬更出色，让父亲和所有人都重视自己。可自己再怎么努力，都无法超越云飞扬，这让他越发痛苦，也越来越针对云飞扬。

蒋国胜坐在椅子上，不再去看神情变幻的蒋礼。

蒋礼看到蒋国胜失望的样子，慢慢将心中的不满压下来。他毕竟是聪明人，在军队中受训多年，心理素质和智慧根本不差，否则也进不了特种部队，只是每次因为云飞扬的事情都无法冷静和客观。尤其之前从来都没有人这么旗帜鲜明地支持云飞扬，顶多是和稀泥，希望自己能和云飞扬好好相处。政委和父亲是几十年的战友，看着自己长大，都差点用严厉的语气批评自己，还说云飞扬不容易，而且二叔当时也要说什么。很明显他们都知道某个秘密，只有自己不知道。

“二叔，”蒋礼坐在蒋国胜的身旁，问道，“你们为什么都支持云飞扬，我才是你的亲侄子，你们有什么事隐瞒我？”

蒋国胜长出一口气，道：“你年纪已经不小了，很多事情确实也应该让你知道了！”

蒋礼一听这话：原来真的有秘密！但自己六岁起就和云飞扬在一起长大，什么事情是大家和云飞扬都知道，而自己却不知道的呢？

“你十岁那年慧琴去世，其实不该怪飞扬。”蒋国胜刚说完这句话，蒋礼就激动了：“不怪他？我妈要不是为了救他，能精疲力竭地被淹死吗？二叔，当时我是眼睁睁看着妈将他推上冰窟窿后，自己却因为没有力气而沉入水中的，你知道亲眼看到母亲淹死的痛苦吗？”

蒋礼每次想到母亲的死，都痛苦万分，那个一直疼爱自己的母亲就因为云飞扬而离开了自己。

“这些年你都冤枉飞扬了，你只记得慧琴在你面前将云飞扬推出水面，但你还记得云飞扬为什么会落水吗？”

蒋礼想了下，记忆中却没有那一段，再努力想，脑袋却阵阵刺痛。母亲去世的当天到底发生了什么？为什么我只能记得母亲将云飞扬推出水面，却想不起来之前的画面？

蒋国胜看着满脸茫然的蒋礼，低声道：“你想不起来是正常的，因为你得了应激障碍。”

“应激障碍？”蒋礼听过这个名词，却不太了解。

“应激障碍就是人在遭受强烈的或灾难性的精神创伤后的反应，有人会对创伤性经历选择性地遗忘，避免那段痛苦的经历。”蒋国胜明显研究过应激障碍，给蒋礼讲解了一下。

“二叔，您的意思是因为妈妈的死，我才会忘记当天的事情？”蒋礼很疑惑，当天到底发生了什么，自己失去的又是什么记忆。

“是的，你因为这个病，当时在医院里治疗了一段时间，你应该有这个记忆。”

蒋礼倒是有这个记忆，不过他不知道是因为应激障碍，还以为是太过伤心而发烧，所以才在医院里治疗。

“你在医院治病，一个是因为应激障碍，另一个原因是你也掉进了冰窟窿里，冰冻加上你母亲死亡给你带来的刺激，导致你一直高烧不退。”

“我也掉进水里了？”蒋礼发现自己以前根本不知道这事。

“唉！以前飞扬不让我们告诉你这件事，是为了保护你，而你当时也太小了，我们考虑到当时你刚刚失去母亲，怕你承受不住打击，心灵受到太大伤害，所以同意了飞扬的请求。本以为你还小，不会记恨太久，没想到你竟然因为这事记恨了飞扬十几年。飞扬现在还不想让你知道真相，怕你受到打击，他对你这个弟弟付出太多了！”

蒋礼突然有了一丝恐惧：众人隐瞒的是什么，为什么担心我会受到打击，难道母亲的死和我有关？

“二叔。”蒋礼的声音有些颤抖。

“看来你猜到了一些。当时慧琴带你和飞扬去公园玩，可你那时太小，四处乱跑，跑到结冰的湖上，结果冰层太薄，你就掉了下去，飞扬见你掉下去，立刻跳进冰窟窿去救你。你当年 10 岁，飞扬也不过才是 12 岁的小孩。他为了救你，用尽全身的力气才将你推上来，可他却没有力气爬上来，慧琴当时距离你们有些远，等她跑过来时，你已经被救上来，但飞扬却沉了下去。没错，慧琴确实是为了救飞扬才下水，可当时如果不是飞扬救你，你恐怕已经死了，就算你不死，慧琴要是下去救你，和救飞扬有什么区别？甚至因为她距离你太远，等她下水后，你们两人都上不来。”蒋国胜对当时的情况了解得很多，毕竟公园里的人很多，很多人都看到了事发的经过。

蒋礼从来没想过母亲的死是因为自己：要不是自己乱跑，掉入冰窟窿里，母亲也不会死。这一刻蒋礼的眼睛红了，却仿佛不能接受般地道：“二叔，您在骗我是不是，你们都偏心飞扬才这么说的，是不是？”

“没错，我们是偏心，那是因为飞扬受了太多的委屈。

“当年你爸和云叔一起抗洪抢险，结果发生塌方，一块大石头滚下来，你云叔在关键时刻将你爸推开，因此献出了生命。当时要是你云叔不管你爸，自己逃走，你想过后果吗？我知道你这些年都认为你爸偏向飞扬，每次开家长会都是他去参加飞扬的，而慧琴去参加你的。但你想过原因吗？你以前小，不懂事，现在还想不明白吗？”

蒋礼的嘴唇动了动，他能猜到一些，但不好说出来。

“你应该知道当年的环境，一个没有父亲和母亲的孩子是会被人欺负和嘲笑的。你有父母，小时候受了欺负也有飞扬替你出头，可你想过飞扬吗？他被其他孩子欺负，骂他是没有爹妈的野种时，谁会保护他？你爸为了不让别人欺负他，每次都去参加他的家长会，就是要告诉所有人，云飞扬有父母，有家人，我们就是他的家人，就是他的依靠。”

蒋礼完全傻了，很多事情他不是想不明白，只是钻到牛角尖中，不愿意去想。现在回忆起来，当初云飞扬为了保护自己打了多少场架，后来大院里的人都打不过云飞扬，也都服他的领导，而云飞扬为了大院里的兄弟不受欺负，也和外边的人打过，所以那些从小到大的朋友才都服云飞扬。

“石头，这些年你一直针对云飞扬，根本不知道他的痛苦。你每次犯错你爸都罚你，但你自己想想，每次不也是你惹祸或是被欺负，飞扬才会和别人打架吗？而且你每次受罚，飞扬都会主动和你一起被罚，从来没有例外过。”

蒋礼想起这些年叔叔伯伯都很照顾云飞扬，对自己也是多方规劝，问道：“其他人都知道这件事吗？”

“当初慧琴的死造成很大影响，所以大部分人都知道原因。这也是为什么大家都照顾飞扬，因为他受了太多的委屈。”

蒋礼这次知道那些叔叔伯伯为什么都照顾云飞扬，实在是他这些年为了自己付出太多。

“国成这些年也很辛苦，他既当爹又当妈，照顾你们兄弟，慧琴的死也对他造成巨大的打击，很多时候都靠拼命工作来麻痹自己，对你们确实疏忽了一些，但你不能认为国成就不爱你们，要知道你毕竟是国成的亲儿子，就算他把飞扬也当成亲儿子，也不会亏待你，但你一直针对飞扬，他的心里太苦了！担心你受伤，不敢和你说实话；又怕飞扬会受到伤害，才会护着飞扬，可没想到这样又对你造成了伤害。”蒋国胜叹了口气，很多事情没法说对错，也不知道当时如果告诉蒋礼真实情况会怎么样。

蒋礼感觉嘴里充满了苦涩，他一直针对云飞扬这个哥哥，认为他害得自己失去了母亲，让自己的父亲将爱都倾注到他的身上。但实际情况呢？却是自己害死了母亲，父亲更是因为愧疚而对云飞扬进行补偿。

蒋国胜拍了拍蒋礼的肩膀。“你自己想想吧！我先去休息。”

云飞扬返回基地，常寿还在审讯，遥控直升机的杀手虽然招供，但具体是谁指使的却不知道，他只是被人花钱雇佣的杀手，就连改装的无人机都是雇主提供的，他只交代了中间人的名字——约翰。这次暗杀本来是想杀云飞扬，谁知道在302门口的是蒋礼，又因为云飞扬的照片从来没有外流过，没人知道云飞扬的长相，才造成这种错误。

唐欣怡已经查到约翰的资料：亚洲老牌毒枭，老奸巨猾又心狠手辣，在上次毒枭聚会上坚定地站在霸主那边，要不是长年躲在金三角，早就被各国政府给拿下了。

这次蒋国成救蒋礼而受伤，消息还没有传出去，否则约翰绝对会以光速藏起来，短时间不会露头，他知道一国政府真要铁了心抓人，能够发挥出强大的力量，所以云飞扬等人必须要在消息传出去之前将约翰抓出来，才能通过约翰抓到霸主。

杀手是约翰的一名手下，经常能见到约翰，但却不能将约翰骗出来，他还没有那个地位。杀手倒是将约翰躲藏的地点说出来了，只是约翰手下有几百人，长枪短炮的并不缺少，凭着隐刺的几个人根本无法冲进去抓人。至于派大部队去，那就更不可能了，毕竟那是外国，而且就算将约翰躲藏的地点告诉其他国家也没用，约翰躲的位置在三国交界处，一个国家对他动手，他随时可以带人跑到另一个国家。

云飞扬没有放弃，几人轮流审讯，终于挖到一个细节：约翰好赌，每次去赌场都会带十几名保镖。约翰为了安全，并不去澳门和拉斯维加斯，而是在缅甸赌博。杀手不算是约翰的心腹，所以不知道约翰具体会到哪个赌场，只知道是小勐拉的赌场，并且每次毒品交易过后，约翰都会去玩几手。根据这个习惯，云飞扬估计只要杀手传回行动成功的信息，约翰很可能会和交易毒品成功后庆祝一样，去玩几手。

杀手已经招供，让他给约翰发“完成任务”的信息没有任何问题。就算约翰想要调查，也不可能知道任务到底成功没有，因为所有人都看到有人中枪，被紧急送往医院，然后用直升机送到昆明，至于打洛医院负责救人的医生和护士全都被下达了封口令。只要医生和护士不说，大晚上没人知道受伤的是年轻人还是老人。

云飞扬将计划申请上去后，上面很快就批准了。

小勐拉有三个赌场，每个赌场内都有打扮成游客的情报人员，他们有约翰几年前的照片，用来确认约翰的身份；而且唐欣怡控制了三个赌场的摄像头，用面部识别系统来和所有进入赌场的人进行比对。双重保障，只要约翰到赌场，肯定能够抓到。

隐刺全员都在小勐拉赌场附近的一处民宅中，距离三个赌场都不远，只要传来消息，他们可以在三分钟之内到达任意一个赌场。这已经是他们藏在这里的第二天了！云飞扬改变了计划，不是由杀手汇报，而是让当地的新闻进行了报道。在报道中，杀手暗杀了云飞扬，随后在逃跑过程中被狙击手击毙。虽然杀手死了，但云飞扬也死了！相信对约翰来说，死一个手下根本不是问题，只要云飞扬死了就是胜利。

常寿一直在窗户处盯着外边，面上有些急切。董艺雕刻着美女的雕像，丝毫不在乎时间的流逝。朱喜和红烧肉靠在一起，偶尔会给红烧肉一块薯片吃。蒋礼抱着枪，靠在墙角假寐。周正看着监控，画面是住宅外面的情况，避免有人突袭这栋住宅。云飞扬手中拿着本《中医诊断学》，沉浸在书的世界里。

常寿看其他人都不着急的样子，问道：“你们说约翰能不能出现，这都两天了！”

董艺将雕像放下，道：“着什么急，约翰老奸巨猾，能不调查一下就来？耐心点。”

“我担心约翰每次毒品交易后是因为有钱了才来赌博。”

董艺笑道：“你以为约翰是你呀！还有钱才来赌博，他那种级别的毒枭有很多钱，而且每次输赢也不过是几百万而已，就是天天赌也没事。”

“我担心夜长梦多，万一哪里出了纰漏，让约翰知道他没有成功，恐怕就不会来了！”

“既然知道他有赌博的爱好，哪怕换赌场也能将他找出来，不过是时间问题。”董艺倒是看得开，一点也不急。

常寿的性子注定他就不是能够等待的人，他从窗台离开，道：“厨子，你来守一会儿。”

朱喜起身和常寿换了位置，常寿接过朱喜的薯片，开始自己吃了起来。红烧肉看着自己的食物竟然被常寿吃了，不满地哼哼着。

“哼哼什么，知道东北名菜汆白肉不？再哼哼就把你炖了！”常寿吃着薯片，还威胁着红烧肉。

红烧肉猛地站起身，用它的大脑袋顶了常寿一下，直接将常寿给顶倒了！薯片撒了一地，红烧肉对着常寿发出胜利的哼哼声，随后甩着尾巴开始吃地上的薯片。

常寿坐起来，拽着红烧肉的大耳朵，道：“嘿！你还敢顶我，胆大了！当我不能收拾你是吧？”

红烧肉鄙夷地看了眼常寿，晃晃脑袋，想把耳朵从常寿的手中挣脱出来。可常寿用的力气很大，红烧肉耳朵没拽出来，反而因为疼痛哼了哼。

这下朱喜不干了，瞪着常寿，道：“你在干什么？”

常寿松开红烧肉的耳朵，笑道：“我在和它玩呢！”

红烧肉迈着小碎步，委屈地跑到朱喜身边，躺在他的脚下，看着常寿。常寿怎么看都感觉红烧肉目光中带着挑衅，可当着朱喜的面又不能欺负红烧肉，只能等以后再说，让红烧肉知道到底是人厉害，还是猪厉害。

朱喜摸着红烧肉的大脑袋，没有看咬牙切齿的常寿，而是盯着外边的情况，他看到四辆轿车停在维加斯赌场前面，十几个人从车上下来，左右看了看，才拉开车门，一名戴着墨镜的中年人从车上走下来。

“快来看，这人是不是约翰？”

云飞扬放下书，拿着望远镜快步来到窗台边，看着那名中年人。

中年人穿着衬衫和休闲裤，看起来不像是毒枭。不过三名围在他身边的保镖和腰间鼓起的包，都说明他的身份肯定不是普通富商。他在三名保镖的保护下走进赌场，其他人则是分散在周围开始抽烟。

云飞扬的望远镜是数码拍照望远镜，将拍下的照片显示在电脑上，几人围在电脑前，和约翰以前的照片比对着。由于之前的照片也是侧面照，而且这人戴着墨镜，云飞扬感觉有六成相似，其他人也认为差不多，却无法百分百确认，只能等唐欣怡用电子技术来确认。

中年人进入赌场后将墨镜拿下，一路上都有人和他打招呼，正对着门口的摄像头清楚地将他的相貌拍下，传送到唐欣怡的电脑中。

面部识别软件主要通过面部特征点、五官坐标等很多算法组成，匹配结果很快出来，正面照和约翰之前的侧面照匹配度是42%，而同样是侧面照，匹配度则是达到了98%，基本可以断定为同一个人。

唐欣怡又将照片传给基地，基地的人将中年人的照片给杀手看，杀手一看，就嚷嚷道：“他就是约翰。”

至此，辨认结束。云飞扬等人收拾武器，准备进行抓捕行动。

霸主在靶场打靶，冷柔的电话响了起来，站在一边接听后，快步来到霸主身边，贴着霸主的耳朵道：“Boss，云飞扬没死。”

霸主将枪放下，看向冷柔。

“我们的人打听到消息，说暗杀当晚，受伤的是个老头。”

“老头！确定吗？”霸主不理解，本来是设计暗杀云飞扬，怎么杀手伤害了一个老头，约翰派出去的杀手是瞎了吗？

“确定，受伤的人在打洛医院紧急治疗后，用直升机送到了解放军昆明总医院，我已经让人去打洛医院打听消息，很快就能有结果。”

“受伤的是老头，为什么报纸上说是年轻人，还说杀手被击毙？不对，有问题，约翰在哪里？”

冷柔掏出手机，拨打给约翰。

约翰正在赌博，保镖看到电话响，将手机递给约翰。

“妈的，谁呀？这时候打扰我赌钱。”

“是冷柔小姐。”

约翰一听是霸主的第一心腹，立刻接起电话，笑道：“冷柔小姐，今天怎么给我打电话，是不是有好事照顾我，让我先出货？”

“你在哪儿？”

“怎么了？”约翰不理解为什么问自己的位置，他虽然第一个投靠霸主，但并不是手下，而是合作关系，平时毒枭都不会将自己的位置告诉别人，免得有人将自己的位置出卖，造成危险。

冷柔听着那边的动静，好像是赌场，道：“你等一下，Boss 要和你说话。”

“他在赌场。”冷柔松开捂着的话筒，将手机递给霸主。

“约翰，云飞扬没死，他们发布假新闻，很可能是要抓你。”

约翰吓了一跳，警惕地打量着大厅里正在赌博的众人，一瞬间，他感觉极度不安全。

“你在赌场吗？马上走。”

“好，好，我马上走。”约翰也不赌了。小勐拉距离中国太近，他们随时可能来抓自己！他起身就要离开，就连桌子上的筹码都不管了！

“等等，你在小勐拉的赌场吗？”

“对。”约翰这时候也顾不得小心，将自己的位置告诉了对方。

“你先不要离开，防止外边有人埋伏，我派人去接你。”

“好，好。”约翰虽然有几百名手下，但远水解不了近渴，要是外边真有中国的人，他的十几名保镖不能给他带来多大的安全感。还不如听霸主的，等霸主派人来接，毕竟霸主的实力雄厚，很多地方都有手下和合作伙伴。

霸主将手机交给冷柔，冷柔接过手机，道：“我打给阿生，他距离赌场不远，一个小时就能带人赶到。”

“不，不要找阿生，报警。”

“Boss。”冷柔以为自己听错了。

“给警局打电话，就说约翰在小勐拉的赌场，让他们马上去抓。”

“约翰了解我们的情况，让警察抓他会不会影响到我们？何况他是第一个站在我们这边的人，要是让人知道这事，恐怕影响不好。”

“我担心中国的人已经在赌场外围，要是让阿生带人过去，时间太长，不知道会出现什么变故，不如先让警察将他抓起来，到时候将他救出来也容易。要是他到了中国军队手中，可就真的救不出来了！”霸主很小心，宁可让国内的警察插手，也要确保不会被中国人抓走。

冷柔点点头，立刻出去报警，而且还是先联系约翰的手下，确定了具体的赌场名字，才通知了警方。

约翰在赌场内有些坐立不安，没有心思再赌，他甚至都不在 VIP 休息室待着，而是在赌场大厅，这样就算中国军队进来，看到这么多人，也不敢胡乱开火。约翰甚至将门口的保镖都叫进去，这样才稍稍有些安心。

赌场内的情况都通过摄像头传到了唐欣怡的电脑上，赌场的内线也感觉不对，将消息悄悄传了出去。

云飞扬等人已经装备好武器，里面穿着防弹衣，外边套着西装，武器都是手枪，只有朱喜负责支援，他用的武器是轻机枪，其他的步枪都放在红烧肉身上，一旦局势不妙，红烧肉会冲进战场，为只有手枪的云飞扬等人提供武器。

“队长，情况有变，约翰的保镖全都进了赌场，聚集在一个角落。”

唐欣怡的汇报让正要出屋的云飞扬停下脚步。“发生了什么事？”

“我也不知道，只看到他接了个电话，然后就不再赌博，神情紧张地躲在角落。”

“看样子他好像知道我们来了！”云飞扬根据约翰的反应有了一些猜测。

常寿猛地拉下套筒，将子弹上膛，道：“知道又怎样，我们进去抓他。”

周正冷笑道：“里面有几百名赌客，大部分都是中国游客，我们进去抓十几个持枪毒贩，到时候肯定会发生枪战，得多少人受伤？你担得起这个责任吗？”

“不进去怎么办？约翰明摆着躲在赌场里等支援，否则早就走了！要是再多等一会儿，兴许来的就是上百人，我们更没法抓人。”

“别吵了！”云飞扬打开电脑，道，“将赌场的画面传过来。”

电脑的显示屏上显示出赌场内的画面，十几个人在休息区，将约翰团团围住，可能他们身上的气势有些吓人，原本坐在休息区嗑瓜子的妇女们都躲在一边，好奇中带着恐惧地看着他们。

蒋礼仔细看了眼门口到休息区的距离，道：“从大门口到休息区大概有 70 米远，并且入口处有安检设备，我们带武器进去很难不被发现，70 米的距离也无法快速冲过去。”

董艺切换了下画面，道：“后门是常闭的，有两名赌场的人把守，距离休息区更远，还是无法快速接近，要是使用催泪弹等武器，到时候发生混乱，造成的伤亡可能更大。”

云飞扬盯着画面，脑中计算着怎么才能将人给抓住。他也知道时机稍纵即逝，要是这次抓不住约翰，约翰下次绝不会再来小勐拉的赌场，毕竟赌博没有命重要，世界上也不是只有这里有赌场。云飞扬想了几个办法，都无法做到既不伤害到其他人，又能抓捕约翰。云飞扬最终决定，让上级联系缅甸军方，直接双方协同抓人，这样才是最好的选择，毕竟哪怕约翰有上百人保护也不是军队的对手。没等云飞扬联系上面，就听到外边传来一阵刺耳的刹车声。

几人迅速来到床边，向外望去，只见十几辆警车停在赌场门口，数十名警察冲进赌场。

警察进入赌场，游客们就慌了，发出刺耳的尖叫，紧张地看着警察，还以为是来抓赌的。赌场经理连忙迎上来，笑着问道："吴索吞，今天怎么带这么多人来？"他认识带头的警察，关系算是不错，所以并不紧张。

吴索吞没理经理，将目光投向聚集在一起的约翰等人，他一挥手，道："将他们带走。"

警察拿着枪就冲了过去，人们飞快地向两边闪开，让警察过去。约翰的保镖也掏出枪，对准警察，他们是贩毒的，自然不想被警察抓。双方拿着手枪，对峙起来。赌场的赌客不顾一切地往外跑，要是打起来，流弹可不认识好人和坏人。可警察并不让人出去，堵在大门口，大吼着："不许出去，全都蹲下。"

缅甸警察大声用缅甸语、英语和汉语喊着，避免人们冲撞门口的警察。

吴索吞走上前，道："约翰，让你的人放下武器。"

约翰没想到中国士兵没等到，来抓自己的反而是缅甸警察，心中考虑是不是要在手下的保护中冲出去。

缅甸警察拿的可不是手枪，全都是自动步枪，而且因为内部原因，没事就打仗的他们可不是心慈手软的人，要是敢反抗，缅甸警察会立刻开火，绝不会有丝毫犹豫。

约翰纠结着，眼珠子乱转。也是他选的地方不好，虽防止了中国军队快速突击，但同样自己也没法逃跑，休息区的周围全是墙，没有任何房间，就算想据点而守都做不到。

这时，约翰的手机响了起来，约翰看到是霸主来电，立刻接起，道："Boss，警察把我围住了，快想办法救我。"

"警察是我叫来的，你马上和他们走，否则中国军队会抓走你，你要是到了中国，谁都救不了你。你放心，等你到了警局，我会救你的。"

约翰没想到这些警察是霸主找来的，但他也知道自己无路可走，就算霸主说的是假话，自己也不可能从警察手中逃走。

"放下武器。"约翰说完，手下立刻丢掉武器。

云飞扬通过监控看到约翰束手就擒，被押出赌场，知道这次的抓捕彻底失败，现在只有让上面联系，通过官方要人了！

约翰刚被带到警局，关在牢房里，中国就正式请求将约翰移交给中国。缅甸一直和中国在打击毒品上合作，所以同意移交，但需要先审讯约翰，确定他在缅甸境内犯下的罪，所以需要一周时间，才可以正式将约翰移交。

霸主本来打算当天就让人将约翰抢出来，但中国的速度太快了！缅甸因为需要向中国移交，立刻将对约翰的看管提升一个等级，这时候再想抢人，难度就非常高了！

冷柔站在霸主身边。"我去将他抢出来。"

霸主摇摇头："中国动作太快，警局已经提高警戒，随时都有 30 多人，想将他救出来很难，除非动用重火力，就算将人抢出来，也等于重重打了缅甸军方一耳光，他们会拼命地报复，得不偿失。"

"我带人去杀了他。"冷柔的想法很简单，不能救就杀，反正不能让他活着威胁霸主。

"小心点，动作不要太大。"

冷柔带了十几个最优秀的战士离开，前往缅甸小勐拉。

云飞扬等人没有回国，而是暗中留在缅甸，他相信缅甸会将人移交给中国，但由于需要一周时间，这期间很可能出现问题，金三角的毒贩很疯狂，随时可能杀人灭口或是直接救人。为了避免意外，云飞扬想提前将人带走，免得夜长梦多。经过上面的努力，有人给他们送来几份证件，代表公安部负责押送约翰，并且配合缅甸方面对约翰进行审讯。

约翰要是没伤到蒋国成，还能舒服地过几年；但伤害到蒋国成，就成为必须要抓捕的对象。就好像是糯康，一旦突破国家底线，立刻全力行动，坚决抓捕。

云飞扬等人乘坐中方车辆来到警局，缅甸官方的人早就等在门口，和中方人员热情地握手。幸好和缅甸方面打交道不用云飞扬等人，他们可不适应这种交际。中方负责人将云飞扬等人介绍给缅甸警方，然后让他们安排好，立刻进入工作。

缅甸方面派吴索吞和云飞扬配合，其余领导离开，去商谈配合打击金三角毒贩的事情。

吴索吞请云飞扬等人跟自己走，道："我先带你们去住的地方。"

"不用了，我们这几天就住在警局，您帮我安排个工作的地方就好。"

"那好，请跟我来，"吴索吞带着云飞扬来到一间办公室，里面放着八张桌子，常用的办公用品已经都放好了，"你看这里行吗？"

云飞扬问道："约翰被关在哪里？"

"在那边，所有的犯人在送监狱之前，都临时关在那边的羁押室。"吴索吞指着另一个方向。

"通往羁押室只有那一条路吗？"

"是的。"

"能否请您给我们安排到靠近羁押室的地方，有没有办公室无所谓。"

吴索吞想了下，道："那边都是敞开式办公，没有办公室，我可以给你们在那里安排办公桌，如果你们要在警局留宿，我把这个办公室也给你们。"

"非常感谢。"云飞扬希望所有见约翰的人都能在自己人的眼皮底下。

吴索吞将位置给云飞扬安排好，问道："还需要什么，随时和我说，我会尽力帮你们准备。"

云飞扬又不是来办公的，对办公用具不关心，问道："这几天对约翰的审讯有什么进展？"

"约翰的嘴很硬，什么都没有交代。"

"从他被捕后有人见过他吗？"

"自从贵国的移交申请过来后，除了我和几个审讯人员，没有人接近他。他都是单独关在一个房间，没有人能和他接触。"

"我可以去看看他吗？"

吴索吞带云飞扬来到审讯室，缅甸的警察正在审讯约翰，约翰坐在椅子上，一脸的不在乎，不论警察怎么问，都是一句话不说。

约翰看到吴索吞身边的云飞扬，嘴角挂起一道弧线，轻佻中带着挑衅。

云飞扬问道："我能和他单独聊聊吗？"

吴索吞想了下，点头同意，让审讯人员离开。反正他们问了这么久，也没有撬开约翰的嘴，要是云飞扬能问出来点什么最好，反正中国也会将口供传给缅甸警方，进行情报共享。

云飞扬等其他人离开，拉了把凳子坐在约翰身边，冷冷地看着约翰。

约翰毫不退缩地看着云飞扬，他还在等着霸主将自己救走，心中并不怕来自中国的警方人员。

云飞扬盯了约翰一分钟，突然出手摁住他的脑袋，猛地往桌子上一砸，约翰的鼻子和桌子亲密接触，鼻血瞬间就喷了出来。门外透过小窗户看着里面的审讯人员想要冲进来，却被吴索吞拦了下来：一个毒枭，打一下能怎么的，不打死就不用管。

约翰捂着鼻子，鼻梁骨已经折断，鼻子上破开一道口子。约翰愤怒地瞪着云飞扬，却没有叫嚣，他知道这时候叫嚣没有任何意义，虽然对方不敢打死自己，但再打一顿却没有问题。他深深地将云飞扬的样貌记在心里，自己出去后，会让人杀了他，报这个仇。

云飞扬没有审问，抽出几张纸巾，递了过去。

约翰看着云飞扬，眼中满是不屈。

云飞扬的手往前伸了伸，约翰将纸巾抢过去，捂住鼻子，免得不断出血。云飞扬看到他的鼻血不再乱喷，挥拳打在他的脸上，约翰被铐在椅子上，巨大的力量将他和椅子一起打翻在地。

约翰满嘴是血，往外吐的时候还有两颗后槽牙。

缅甸的审讯人员看了眼吴索吞，见他还是没有进去阻止的意思，也就继续看。他们要不是考虑到要移交给中国，把约翰打得太狠会影响形象的话，早就使劲打了！别看约翰表面上没什么伤，其实身上早就被打得伤痕累累。云飞扬毫不顾忌地出手，让缅甸的警察感觉很爽，他们也早就想对着约翰可恶的嘴脸给几拳了！

约翰感觉脑袋像是被大锤砸中，嗡嗡作响，眼前都冒着金星，腮帮子肿得像是猪八戒。

云飞扬起身拽着审讯椅，重新扶正，继续看着约翰。

约翰心中更恨云飞扬，满脸不服地盯着云飞扬，一副“有能耐打死我”的样子。作为一个长期在金三角的毒贩，心中还是有股狠劲。

“你很恨我？”云飞扬终于说话。

“哼！”约翰歪着头，不说话。

云飞扬突然又一拳打在他的脸上，约翰再次连着凳子倒下，腮帮子都要被打烂了！

吴索吞也有点坐不住了，想要进去阻止云飞扬，看云飞扬那拳头的力量，要是再打几下就能将约翰给打死。

云飞扬将凳子扶起，对着门外的吴索吞摇摇头，吴索吞不知道为什么，心中对云飞扬有种莫名的信任感，没有进入审讯室。

约翰又吐出两颗牙，看着云飞扬的目光中终于带上一丝恐惧。没有这么审讯的，什么都丝毫不问，先打，打完再问恨不恨他，不回答继续打……约翰很怀疑自己要是继续强硬下去，可能等不到霸主派人来救，就会被打死在这个审讯室中。

云飞扬的表情很冷，抽出纸巾擦掉手上沾染的血迹。约翰看到这个动作，终于知道刚才云飞扬为什么给自己纸巾，让自己止住鼻血，原来是不想打自己的时候弄脏手。

“知道你派的杀手伤到谁了吗？”

约翰没想到云飞扬问的是这个，而不是和毒品、霸主有关。他本能地感觉出大事了，自己被抓很可能和杀手伤的人有关。

“我派人杀的是云飞扬。”约翰因为脸肿了，说话有些含混不清。

“你的人伤害到一名德高望重的现役中将。”

中将！整个中国才多少名！让自己派杀手给袭击了，怪不得自己被抓进来了！

“这是杀手的行为，和我没有关系，我只是让他去杀云飞扬。”约翰这时候当然得解释，否则被移交给中国还能有好？妥妥的死刑。

“霸主躲在哪里？”

约翰将嘴闭上：霸主可不能出卖，否则霸主不但能让自己死，还会让自己全家鸡犬不留。

云飞扬的手动了一下，约翰吓了一跳，脑袋下意识地闪向一边，眼神中流露出恐惧，他很怕因为自己没回答，又被打一拳。云飞扬问道：“你在赌场的时候，是霸主给你通风报信的吗？”

约翰的内心在激烈地挣扎：到底要不要说？这不算是秘密，也不算背叛霸主，不说的话会不会再挨打？

云飞扬也不急，不再说话，就盯着他看。

约翰最终在云飞扬的逼视下退缩。“是他通知我的。”

“也是霸主报警抓你的？”

“对。”

“你被抓几天了？”

“三天。”

“三天了，霸主还没有将你救出去。你知道缅甸已经同意将你移交我国吗？”

约翰一惊，他还真不知道这事，被移交到中国，对他来说根本没有活路。他不禁也着急了，霸主要是再不将自己救出去，可就没有机会了！

“你很快就会被我们押回国内，你猜猜，得到消息的霸主会怎么做？”

约翰的心中认为霸主很可能会救自己，但他感觉霸主和以前不太一样，更小心谨慎，也许……会做出一些不好的事情，但他没有到最后一刻，还是不愿意招供。

云飞扬站起身，道：“好好想想，霸主会对你怎么做，要是你将霸主的所在告诉我，他很快就会被抓住，到时你戴罪立功，不但可以轻判，而且不用再担心霸主。”

“那名中将怎么样了？”

“你应该庆幸，他没有大事，否则你已经死了！”

约翰看着云飞扬的眼睛，感觉他说的这话不像是假的。暗中松了口气，要是中将死了，他是怎么减刑都难逃一死。

云飞扬知道约翰不会轻易供出霸主，但只要让他知道霸主很可能灭口，在心中种下这个种子，早晚会生根发芽，到时候他就会说出霸主的下落。

吴索吞在云飞扬离开审讯室后，接着审问约翰，可能因为约翰已经说了一些，所以对缅甸警方也有了一些配合，但问到贩毒等重要罪行还是什么都不说。吴索吞又问了一会儿，得不到什么有用的口供，约翰还一个劲儿地要求治疗，吴索吞就将他关回了羁押室。

隐刺的人轮流守在通往羁押室的道路上，警惕地观察着每一个过去的人，以免有人将约翰给杀了！

一天过去，云飞扬来到约翰的羁押室前，他的伤口经过了简单处理，但看起来还是很凄惨。云飞扬问道："想好了吗？"

约翰经过一夜思考，还是决定不出卖霸主，等待霸主的救援，所以见云飞扬过来，扭头不理。

云飞扬对此也不意外，约翰在缅甸，肯定是心中有倚仗，等到了中国，估计他就绝望了！云飞扬回到座位上，继续盯着过往的人。

警局很繁忙，不断地有警察带着嫌疑犯前去羁押室，也有人去羁押室看望亲人朋友。混混或是潜在的毒贩有很多，很多人从外表上看就违法，云飞扬等人对这种人非常关注，要是人数太多，还会派人跟着进入羁押室，确保这些人不会袭击约翰。

一名漂亮的女人走进警局，面带焦急地对门口的警察道："我接到电话，说奈温伤人。我是他的姐姐，请问谁负责这个案子。"

"等一下，"警察看了下档案，道，"那边的吴登胜警察负责，就那个。"

女人在警察大厅里看了一圈，最后才顺着手指的方向找上负责弟弟案子的吴登胜警察。"我是奈温的姐姐，我的弟弟怎么样了？"

"奈温和人打架，捅伤了人，伤者已经送到医院，还没有脱离危险。"

"警官，我能看看他吗？"

"跟我来吧！"吴登胜看女人楚楚可怜，长相还漂亮，心里一软，带着她前去看弟弟。

董艺捅了捅常寿，道："没想到缅甸也有漂亮姑娘。"

常寿看了眼女人。"漂亮和你有什么关系？"

“连欣赏美的眼光都没有，难怪你丝毫不懂艺术。”董艺的目光追着女人。

云飞扬因为董艺的话看向女人，女人穿着黑色的连衣裙，戴着墨镜，身材凹凸有致。她一边跟吴登胜走，一边侧着身子道：“我弟弟平时可乖了！怎么会捅人？警官，这里是不是有什么误会？”

“你见了他自己问吧！我们的人到了现场他还捅人呢！”

云飞扬看着两人走进羁押室，收回目光，继续观察其他人。

羁押室有十几个，分成两排，每个羁押室只有两平方米左右，在门口处还有一张桌子，后面坐着负责整个羁押区的警察。吴登胜和同僚打了个招呼，道：“他就在第七羁押室。”

女人跟在吴登胜后面，不断地打量着其他羁押室里的人，当看到约翰时，约翰也正好看向外边，看到女人，面上露出一丝喜悦。女人的脚下一软，发出声轻呼。吴登胜手疾眼快，扶住女人。

“好疼。”女人满脸痛苦。

吴登胜道：“你先坐一下。”

“好的。”女人这时候也不急着看弟弟了，跟着吴登胜走向看守羁押区的警察。警察站起身，将座椅让给女人。

吴登胜问道：“用不用去医院？”

女人坐下，活动下脚腕，道：“感觉好了一些，我们还是先看看我弟弟吧！”

吴登胜点点头，等待女人站起来，突然，他看到女人的脸上露出惊讶的表情看着自己的身后，他和另一名警察都疑惑地回头看去。

女人趁着两人转头，从裙下拽出贴着大腿的两把匕首，双手横挥，刀子划过两名警察的脖颈。没等两名警察伸手去捂脖子，两把匕首又飞快地插入他们的心脏。女人松开匕首，捂住两名警察的嘴。两名警察抽搐着，想要拔枪或是拨开女人的手都做不到，身子向地上倒去。可女人的力气很大，掐住他们腮帮子的手竟然能控制住他们不倒下。女人轻轻地将他们放倒在地上，从看守警察的身上找出羁押室的钥匙，来到约翰的门前。

约翰看到自己的门被打开，女人站在门口，道："冷小姐，你竟然亲自来救我。"

冷柔低声道："快走。"

"好。"约翰将手中握着的一个纸团塞入裤兜中，迅速走出来。经过冷柔，冷柔突然捂住他的嘴巴，刀子从他的脖子划过。

约翰双手抓住冷柔的手，想要将她的手掰开。不论他怎么用力，都不能挪动冷柔的手丝毫。

冷柔贴着约翰的耳朵："放松，放松，很快就不疼了。"

约翰的手慢慢地垂了下去，冷柔将约翰的尸体放下，从随身带着的包里拿出湿巾，仔细地将手上的血迹擦掉，不慌不忙，连一丝血迹都没有留下。冷柔用小镜子看了看自己的脸上和身上都没有血迹，喷了点香水后，才自然地走出羁押区。

云飞扬看到冷柔走出羁押区，身边没有了吴登胜陪伴。云飞扬的鼻子动了动，在浓烈刺鼻的香水味中嗅到一股血腥味。云飞扬皱起眉头，刚才这名女人身上没有香水味，在里面看弟弟，怎么还喷一身香水呢？而且黑色连衣裙的暗色花纹好像多了一些。他从桌子后探身看向走远的冷柔，冷柔这时也侧头用眼角余光看云飞扬，虽然云飞扬无法透过墨镜看到她的目光，但她耳朵上的耳环突然犹如一道闪电劈进他的脑海，瞬间和那次霸主逃走时开车的女司机耳环相重合，她是霸主的人！云飞扬又看到冷柔的鞋后跟上有一滴血迹，他猛地站起来，大吼道："拦住她，她是霸主的手下！"

冷柔加快脚步，朝着警察局的大门走去，董艺几人对云飞扬的话反应最快，摁着桌子就从桌子上翻过去，追向冷柔。

"她杀了人，抓住她！"云飞扬再次大吼，同时快速朝着羁押区跑去。

这一次缅甸警察听清楚了，两名刚进门的警察看到快步要冲出去的冷柔，伸手要拦住她。

冷柔闪身抽刀，将左边警察的脖子割断，随后越过两人，反手背刺，一刀扎进另一名警察的心脏，推开大门跑出警局。

杀人，在警局全体警察的面前杀人，还是杀警。警局里顿时就乱了，所有人都拔出枪，车里的人用最快的速度追出去。

十几名警察拿着枪，刚刚跑出门口，就看到两辆汽车上探出五六支自动步枪的枪口，看到警察出来，立刻扣动扳机。

无数子弹喷涌而出，打在冲在最前面的警察身体上，警察纷纷倒地。警局大门的玻璃被打得粉碎，跟在这些警察后面的董艺几人立刻猫着腰，闪向两边。

冷柔跑上车，两辆车迅速离开，子弹还不断打来，阻止警察冲出来。

云飞扬冲进羁押区，就看到两名缅甸警察倒在血泊之中，他迅速冲进羁押室，看到约翰同样倒在血泊之中，一只手弯曲，另一只手却深入裤子口袋中。云飞扬将他的手拽出来，发现裤兜中有个纸条。云飞扬听到外边放鞭炮一样密集的枪声，先将纸条揣入口袋中，随后又摸了摸约翰其他的口袋，都是空无一物。

吴索吞带着几名缅甸警察冲了进来，看到现场的情况，全都惊呆了！一个女人进来，竟然杀了这么多警察，还把重要人物约翰给杀了！

朱喜和蒋礼来到羁押区，云飞扬问道："人抓住了吗？"

"门口有人接应，火力太猛，让那女的逃了，常寿他们去追了！"朱喜走到近前，看到地上躺着的约翰，问道："有遗言吗？"

云飞扬摇摇头。"凶手非常凶残，等确认了他断气后，还收拾了一番才离开。"

蒋礼看着地上数张被血染红的湿巾，道："她的心理素质真好，都不怕擦血的时候被堵在里面。”

心理素质再好的人也不会这么大胆，警局随时都有可能将犯人带进羁押区，或是提审犯人，可杀人的这段时间里，没有人进出羁押区，如果不是女人的运气好，肯定会被进进出出的警察发现，到时候她就算是插翅也难飞。

不对，云飞扬和蒋礼对视一眼，都猜到一种可能：警局中有内鬼，否则没有人敢如此胆大。云飞扬回忆了一下，记起有警察抓捕了犯人带进警局，不过好像有人和他攀谈，然后就没有带犯人去羁押室。云飞扬因为只能看到对方的后背，加上对人员不熟，不知道那人的具体身份，不过可以通过警局内的摄像头来看对方是谁。

吴索吞对云飞扬的要求很重视，调出监控录像，发现阻止的人是警局的副局长，当他们要找副局长时，才知道副局长已经带人追捕凶手去了。吴索吞联系追捕的警察，让他们控制副局长，却从他们的口中得知副局长驾车绕路追击，他们现在没看到副局长。再打副局长电话，已经关机，用手机定位也没用，副局长潜逃了！

云飞扬对他们能够抓到女杀手不抱任何希望，对方早有准备，抓捕根本不会顺利。

缅甸警方因为约翰被杀而乱成一团，云飞扬等人回到办公室，朱喜接到云飞扬的暗示，守在门口，蒋礼来到云飞扬身边，低声问道：“有发现？”

云飞扬将约翰口袋中的小纸条拿出来。

“这是？”

“约翰口袋中有这个纸条，临死的时候还紧紧握住，我不知道有没有用。”云飞扬将字条打开，上面用缅甸语写着“美林”。

“美林，”蒋礼不懂纸条的意思，问道，“约翰是什么意思？”

“美林是个寨子的名字，在金三角。”

“金三角？约翰的口袋中怎么有金三角地名的小纸条？难道他被捕的时候

缅甸警方没有搜身，将他身上的东西都拿走？”

“都拿走了。这个纸条应该是约翰后来写的。”

“进来之后写的？难道他是担心霸主会将他灭口，才留下的？”

“看来是这样的。我们将霸主出卖他的消息告诉他，并告诉他马上会被引渡，担心被灭口的他虽然没有说出霸主的根据地，却用纸条的方式留下。要是他被救出去，纸条自然会被销毁；要是被灭口，纸条也会被我们发现。两手准备，对他没有任何损失。”云飞扬猜出约翰的想法。

“看来霸主就躲在美林寨，我们可以抓住他了！”蒋礼的眼中流露出兴奋的神色。

“还不行，我们不确定这个消息的真假。而且霸主有近千名全副武装的手下，我们这几个人就算知道地方，也抓不住霸主。”

“我们人数少，但军区军队多呀，随便调派一个团，就可以剿灭霸主。”

“美林寨在泰国境内，我们不可能动用这么大规模的军队去其他国家抓人，只能让泰国军方出面抓人。”

“那我们马上通知上级，联络泰国军方抓人，我们可以参与到行动中，抓捕霸主。”蒋礼急切地想要抓到霸主，为父亲报仇。

“要是霸主在泰国军方有人怎么办？提前得到消息的他一定会逃走，到时候更加无法抓住霸主。我们必须先确定美林寨中是否有霸主，才能找个最恰当的时机，来一场中泰联合的剿毒行动，抓获霸主。”云飞扬也很急，但他深知欲速则不达，要是这次再抓不住霸主，下次会更难抓捕。

蒋礼狠狠地握拳，道：“这次一定让霸主插翅难飞。”

一个小时后，常寿、周正和董艺返回警局。

云飞扬从三人的表情就可以看出，他们没有抓到杀人凶手，但还是问道：“抓到凶手了吗？”

“没有。对方太狡猾了！在路上设置了多处障碍，一路上缅甸警方损失惨重，还是没有抓到人，虽然抓到几个小鱼，但都是雇佣的，估计知道的情报很有限。

既然找不到人，云飞扬找到中方负责人，请求回国，中方负责人当即同意。

前进基地的指挥室，云飞扬站在前面，其他人坐在座椅上，唐欣怡控制电脑，在投影上显示金三角的地图，上面美林寨的地点是个红点。

云飞扬道："这次移交约翰的行动失败，大家都总结一下原因。"

"霸主变狡猾了！我们根据他以前的行为推断，他应该是救人，所以我们着力于防范救人，虽然做了灭口的防备，但却准备不足，这是我们行动失败的最大原因。"董艺说出自己的想法。

云飞扬点点头，他也感觉霸主自从再次出现，性格上出现了很大的变化，更加谨慎和小心，也没有以前那么爱炫耀武力了。

周正道："下次应该将重要犯人单独关押，贴身24小时看守。"

常寿道："如果我们有人在警局门口的位置，就不会让女杀手逃走，人手不应该聚集在一起，而是分散开，尽到最大程度的分段拦截保护。"

蒋礼道："如果是男人进入羁押区，我们会警惕，但女人进去，我们却放松了心中的警惕，小看了女人。"

朱喜见大家纷纷发言，挠了挠脑袋，道："用以前的资料分析霸主，差别很大，好像霸主换了个人一样，我们需要重新对他进行性格和行为模式判断。"

云飞扬听了朱喜的话，隐隐约约把握了点什么，却没有抓住，问道："你说什么？重说一遍。"

"啊！"朱喜挠了挠头，"我没说什么，我说用现有资料来分析霸主，差别很大，我们要重新对他的性格和行为模式进行判断。"

"不是这句，还有一句。"

"霸主像是换了个人。"

云飞扬感觉一道闪电劈开心中的迷雾，以前心中的种种不解也终于有了答案。从第一次对霸主进行抓捕时，云飞扬就发现霸主的行为和以前不同。当初霸主十分享受战斗，总是会出现在战场上。但那次却没有出现，直到最后逃跑的时候，还躲在车里，一点没有之前的勇气。还有吴刚的录音，他发现了什么，现在看来，他临死前发现了霸主是假的，只是没有机会说出口。

第二次是詹尼弗的账户里被汇入一笔款项，当时虽然认为是霸主知道了自己给弟弟开设的账户，并知道账号，但云飞扬的心里总是隐隐约约感觉不对，霸主是个大毒枭，怎么会关心詹尼弗不用的废弃账户呢？并且经过这么多年还能记住。

在霸主消失前，也有过支持他的毒贩被捕，但霸主当时的做法是带人救援，将一个警局都毁了，才把人救出来。之后虽然受到了严厉的打击报复，不过也因此让他在金三角的名声更响，方便他一统金三角的毒品交易。这次霸主却没有救援，连试探都没有就直接选择灭口。性格差距太大，真像是换了个人一样。

如果说霸主换了人，那么一切疑惑都可以解释得通了！

云飞扬再次回忆起当时那场让他永远都忘不了的伏击战。

巨人牺牲，自己也即将被霸主杀害的时候，天上传来直升机的轰鸣声，增援赶到了！

三架武装直升机上的机炮对着雇佣兵喷吐出火舌，瞬间将几名雇佣兵撕裂。一枚火箭弹射在霸主身边，饶是霸主拼命地逃跑，还是被波及，霸主被火箭弹的冲击波炸飞，破片扎进他的大腿。

雇佣兵看到武装直升机，立刻放弃杀死云飞扬，转头就跑。他们不但无法对抗武装直升机，更无法对抗即将到来的大量援军。

云飞扬抱住巨人的身体，悲愤地道：“兄弟，我一定为你们报仇。”云飞扬抓起手枪，朝着雇佣兵追去。

霸主一瘸一拐地在林中奔跑，三架武装直升机在天空盘旋，寻找着敌人的踪迹。直升机上的狙击手瞄准雇佣兵，不断扣动扳机，打得雇佣兵四散奔逃。

云飞扬最恨的就是霸主，但四处寻找霸主的位置，找了半天才看到霸主的身影在半山腰一闪即逝。云飞扬强忍着身上的伤痛，追了下去。

霸主的腿上有伤，云飞扬身上也中了两枪，追了几分钟，才在山顶看到霸主的身影，身旁还有人扶着他。

云飞扬的枪口指向霸主，大吼道："站住！"

霸主和身旁的人转过身，云飞扬看到霸主身边的人竟然是詹尼弗时，顿时一愣。霸主挟持詹尼弗，枪口顶在他的脑袋上，骂道："你是疯狗吗？"

云飞扬的枪口对准霸主，吼道："放下枪，你已经无路可走了！"

霸主回头，看到自己在山顶，旁边是一道悬崖，下面是湍急的河流。霸主眯着的眼睛发出凶狠的光芒，道："不想让你弟弟死，就给我跳下去。"

"放下枪。"云飞扬不会放霸主离开，如果让霸主逃走，牺牲的那些兄弟们在天之灵也不会原谅自己。

霸主躲在詹尼弗身后，只露出半个眼睛，他见云飞扬不跳，对着詹尼弗的大腿开了一枪。

"啊！"詹尼弗大声惨叫，哀求道，"哥，救救我，我不想死呀！"

云飞扬目眦尽裂。"放开他！"

"你想救你弟弟，除非跳下去，否则我们就一起开枪。"

云飞扬中了两枪，瞄准多少受到一些影响，很难保证可以将霸主一枪毙命，又不会让霸主临死前扣动扳机、杀死弟弟。

"快跳，我只给你三秒时间。三、二……"

云飞扬知道只能一搏了，对着詹尼弗的肩膀开火。

子弹击中詹尼弗的身体，詹尼弗身体一震，向后倒去。霸主没想到云飞扬会朝着詹尼弗开火，被詹尼弗撞得身形晃动，露出大半身体，云飞扬对着霸主的胸口连开两枪。霸主倒了下去，可拽着詹尼弗的手没有松开，两人竟然从山顶掉落，落到山崖中，掉进湍急的水流中。

直升机的飞行员看到云飞扬对着詹尼弗的胸口开枪，以为他打死了詹尼弗，然后又消灭了霸主，两人才一起掉落水中，却没有看清楚子弹只是打中左胸口上的肩膀，才会有"云飞扬开枪杀死亲弟弟"的传言。

大批增援部队赶到，在河流上下游搜索，却一直没有找到霸主和詹尼弗的尸体。因为那条河通往国外，无法确定尸体冲到哪里，最终也就停止了搜索。

因为詹尼弗失踪，凶多吉少，云飞扬认为他肯定已遭遇不幸。在巨大的伤痛和内疚下，他没有过多地去考虑那次的事件到底是霸主早就怀疑詹尼弗，故意设下圈套，还是其他的原因。云飞扬心中也怀疑过詹尼弗，不过他毕竟是自己的弟弟，还死了！霸主也被消灭，云飞扬将这个怀疑强行从脑海中移除。

霸主重现，身上还有这么多不合理的谜团，终于让云飞扬重新思考当初的事情，最令他怀疑的地方就是詹尼弗搀着霸主逃跑，好像霸主的枪口是垂向下方，而不是对着詹尼弗，没有威胁的动作，说明詹尼弗不是被胁迫，而是自愿帮助霸主。

云飞扬不禁想到，霸主被自己两枪打中心脏部位，如果心脏不是异于常人，绝无幸免的可能，反倒是詹尼弗替代霸主身份，一切都十分合情合理。詹尼弗是霸主的左膀右臂，对霸主十分了解，装成霸主很简单。

云飞扬看向唐欣怡，道："马上查一下韩国最近几年死亡的整容医生。"

唐欣怡点头道："好的。"

蒋礼疑惑地问道："为什么要找韩国死亡的整容医生，难道你认为霸主真的是别人假扮的？就算是假扮的，霸主也可以去其他国家做整容手术呀！"

"詹尼弗被韩国人收养，后来加入了霸主的组织才改名叫作詹尼弗，我怀疑他没有死，而是假扮成霸主。”

“你是说你弟弟不但没死，还假扮成霸主，多次想要置你于死地？”董艺张大嘴巴，简直不敢相信。

“我也不希望这个猜测是真的。”云飞扬想到霸主诬陷自己，还设计要刺杀自己，如果下命令的真是自己的弟弟，那真是太让他心痛了！

“为什么你不认为詹尼弗会去其他国家做整形手术？”蒋礼还是不理解云飞扬的判断。

“詹尼弗凡事小心谨慎，不愿意冒险，一旦发生危险，他的反应不是战斗，而是逃走——就像是第一次我们差点抓住霸主那样。他会找自己认为最安全的地方做手术，他一定会选择自己长大的地方。”

“可他为什么想要杀你呢？”

“也许他认为当初我对他开枪，是想杀了他吧！”云飞扬的语气有些低沉。

唐欣怡搜索出线索，将它投在荧幕上，是一条韩语的新闻。

蒋礼等人有些蒙，要是英语还能大体看懂，但是韩语就真不行了！

董艺问道：“这条新闻是什么内容？”

唐欣怡道：“2014 年 7 月，整容医院的医生和护士被入室劫杀，医生和护士都被杀死，所有财物被洗劫一空，最后还被放了火。”

“韩国警方破案了吗？”

“没有破案，有犯罪嫌疑人，但是没有抓到。”

云飞扬道：“请公安部想办法拿到案件的全部信息，我们看看这个案子到底和霸主有没有关系。”

第十三章

面　具

公安部通过国际刑警拿到韩国整容医生被杀案的卷宗，云飞扬查看后发现警方调查显示，杀人的是名女人，根据监控的截图可以认出，出手的就是冷柔。虽然没有拍到霸主或是詹尼弗，但这件事情和霸主已经扯上了关系。

云飞扬仔细查看卷宗，终于在记录里找到蛛丝马迹：整容医生给詹尼弗进行过整容预约，基本可以确定詹尼弗在这里进行过整容，然后詹尼弗杀人灭口。

唐欣怡通过韩国医院系统的记录，查到詹尼弗曾经在医院住过一段时间，后来在整容医生被杀后就再也没有过任何看病和住院信息。

通过一些证据收集，基本可以确认詹尼弗化身为霸主。目前无法确定霸主的所在，而且霸主要是躲在他的老巢里，中国军队也拿他没办法，无法派大量部队去进攻。云飞扬等人从约翰的尸体上找到了一个纸条，上面写着美林。美林寨可能是霸主的落脚点，云飞扬必须尽快确认，如果不经确认就贸然行动，很可能打草惊蛇，要是霸主逃走，很可能这段时间不会再冒头。

霸主是否在美林寨，通过金三角的特情无法得知，只能由隐刺亲自前往查探。

密林中，常寿负责探路，不断用开山刀劈砍掉挡路的树枝，朱喜和红烧肉跟在他身后，云飞扬、董艺、蒋礼在中间，周正负责殿后。董艺看着红烧肉走路时扭着的屁股，道：“老朱，你为什么不把红烧肉留基地里？我们一个探查的任务，你带着红烧肉多不方便。”

“我可不能把它留下，战区太多人惦记着我儿子了！我可怕那些王八蛋在我出任务的时候将红烧肉做成猪肉炖粉条。”朱喜的担忧很正常，战区里一帮家伙都盯着每天溜达、从不吃饲料的红烧肉，大家都认为红烧肉的肉肯定有嚼劲。

“他们是惦记不到红烧肉了，但我看它的大白屁股在眼前晃，都要晕了！”

“这简单，我帮你把眼睛蒙上。”朱喜抽出一条手巾，董艺立刻闪到一边，道：“有猪在都没人权了！”

“别废话了，赶紧走吧！红烧肉背的东西比你都多，可没你这么多废话。”

红烧肉听到朱喜的表扬，骄傲地抬起头，斜眼看了董艺一眼，扭着屁股继续走，而且摆动臀部的样子更加风骚，背上驮着的两个背包都感觉没那么重了！

常寿不断披荆斩棘，云飞扬看了眼表，时间有一个小时，道：“朱喜，你接替开路的位置。”云飞扬不会让某名队员长期开路，必须为大家留下充沛的体力，用来应付突发状况。

“好。”朱喜抽出开山刀，替代常寿，开始探路。朱喜和红烧肉在前面开路，红烧肉走在朱喜的侧面，鼻子不断嗅着。

董艺笑道：“红烧肉认真的样子看起来好像军犬。”

“它的嗅觉可比军犬厉害多了！”朱喜语带自豪。

“知道，你每天都吹捧红烧肉，我们耳朵都起茧子了！”

一条毒蛇被惊动，突然间朝着朱喜攻击，朱喜突然伸手，抓住蛇的七寸，手起刀落，将蛇头砍下来，挤出蛇胆吃掉，随手将蛇扔掉。朱喜除了喜欢蛇胆外，不吃其他的地方，因为蛇肉太少了，不到万不得已的情况不会吃。

朱喜没走几步，又一条毒蛇从树枝上垂下来，朱喜抓住毒蛇，用力将它扔远。

常寿见朱喜不断遇到毒蛇，调侃道："你不喜欢吃蛇，但是看起来蛇很喜欢你呀！这么大的个头，够它们消化好久。"

朱喜也纳闷，刚才常寿探路的时候为什么就看不到蛇，轮到自己的时候蛇就这么多呢?

几人虽然在聊天，但一直关注着附近的情况和前方道路，董艺感觉前面有些不对，立刻道："朱喜，停一下。"

红烧肉这时也突然咬住朱喜的裤脚，制止他往前面走。

朱喜停下脚步，低头看去，看了半天，才发现一根细细的钢丝线在草丛中若隐若现。有人在密林中安放了绊发雷。

董艺上前，替换朱喜的位置，处置绊发雷。云飞扬拿出手机，确认位置，此时距离美林寨还有两个小时的路程，这里已经算是美林寨的管理范围。

"小心点，这里已经归美林寨管，霸主在他的地盘上埋地雷，看来是要阻止不走大路的人。"

"这些雷都不算什么，我不会允许这么没有艺术感的布雷方式，必须要拆掉。"董艺不能容忍有人如此不尊重爆破艺术。

"董艺负责开路，扫除爆炸物。"云飞扬换掉开路没多久的朱喜。

董艺将绊发雷拆掉，放进口袋中，摸了摸红烧肉的脑袋，道："表现不错，竟然阻止你家傻主人撞在地雷上。"

红烧肉摇了摇脑袋，不满地对董艺发出哼哼的声音，仿佛在说自己的主人不傻。

董艺前面探路，红烧肉在旁边配合，它的鼻子很灵，能够嗅探出爆炸物的味道。红烧肉闻到爆炸物的味道就会发出哼哼声，发现地雷的速度比董艺自己寻找要快一些，一人一猪配合默契，稳步前进。

美林寨的外围布置了些地雷，进入了内部，地雷就彻底消失，除了偶尔出现的蛇和毒虫，没有别的威胁生命的动物。

周正替换董艺开路的位置，打头的他停下脚步，打手势示意停止行动，并趴在地上。云飞扬等人迅速躲起来，警惕地看着前方。

四名毒贩的士兵背着枪走过来，随意地聊着天，有一名士兵距离周正躲藏的草丛只有不到一米远。

“总指挥再次一统金三角，我们势力最强，我看看出去谁还敢和我们抢女人。”

“你还记着上次在木棉被人抢走的小妞呀！人家是头目，带着十几个手下，你只是小兵，现在再遇到也不一定就让人家怕你。”

“就是，人家怕的是总指挥，怕的是胜哥，你个小兵谁怕你。”

“我还不信了，我爬不上去。总指挥正是用人的时候，有很多机会上位。”

“你以为你是胜哥呀！还上位。”

“胜哥怎么了？他还不是干掉了之前的老大才上位的，只不过总指挥没有追究罢了！否则他能上位？”

几名士兵解开裤子，对着草丛放水，尿液淌到周正的身上，周正忍着恶心，一动不动，继续潜伏。

“时间差不多了，回去交班。”

士兵们松松垮垮地往回走，没有继续巡逻。

周正等他们走远，从地上一跃而起，厌恶地看着身上被尿液浸湿的地方，急切地道：“快，给我点水洗洗手，太恶心了！”

董艺打开水壶，给周正的手上倒水。“躲得挺好，这么近都没被发现。”

周正后悔地道："我真不该趴下，上树就好了！"

云飞扬道："别打屁了！从这里继续往美林寨去会遇到巡逻的，大家要打起十二分的精神。"

几人再次躲过两个巡逻队伍，很快接近了美林寨。云飞扬爬上大树，看着寨子中的情况，寨子中散落着数十栋草房和吊脚楼，上百名童子军在老外的教导下进行训练，云飞扬将目光投向老外，发现老外的侧脸很眼熟，当老外转身时，云飞扬看到他的正脸，认出这人是约瑟夫。这家伙上次受到霸主的雇佣，结果雇佣兵的团队差点被隐刺给完全消灭，没想到这家伙没有离开，竟然还在金三角，帮着毒贩训练士兵。

约瑟夫在这里，霸主还会远吗？

云飞扬继续观察，分析寨子的布局，试图找出霸主可能躲藏的吊脚楼。蒋礼爬上附近的大树，看着远处的寨子，道："以前的事情，二叔都告诉我了！"

"嗯！"云飞扬这些年默默承受着蒋礼的针对和攻击，突然间蒋礼知道了一切，云飞扬也不知道怎么面对。

"你原本不必承受这一切，为什么这么做？"蒋礼想知道云飞扬的想法，为什么愿意十几年来一直背锅，忍受着自己。

"我的父亲牺牲，母亲也离开，在孤儿院里体会过人间冷暖，所以我加倍珍惜爸对我的好。我知道爸对你的感情，你是他的亲儿子，虽然他从来不在嘴上说，心里对你的爱却从来不少，要是你因为妈的事而有心理创伤，影响到整个人生，最痛苦的人就是他。我不想他痛苦，也不想你知道真相后自责，由我来承担最好。"

"你是不是认为自己特高尚，牺牲自己，拯救了家庭？可你知不知道，我原本有个哥哥，就因为你的做法而没了。我原本有个爱我的父亲，也因为心中对你的歉疚而将全部心思放在你的身上，让我感觉不到家庭温暖。"蒋礼的情绪有些激动。

“我从没有想到会是这个结果，爸对你的爱从来没有减少，只是你因为我而不接受他。”云飞扬说出事实，当时每个人都爱着蒋礼，蒋礼却因为所有人都帮着云飞扬而选择与所有人对抗，抗拒别人对自己的关心。

蒋礼声音低沉地道：“你知道吗？当我知道真相后，一度认为当时你不救我最好，你也可以和爸妈快乐地活下去。”

“你是他们的亲生儿子，谁也不能代替你的地位。虽然妈对我很好，但在她心里，你永远是最重要的。你不了解一个母亲对孩子的爱，要是孩子出事情，很多母亲甚至都没法活下去，爸也没法接受失去你，他们就算不积郁成疾，也会对你永远念念不忘，一辈子不可能快乐。”

“难道你对我的作为就不生气吗？”

“说不生气是假的，但我能理解你。”

“对不起。”

“嗯？”云飞扬疑惑地看向蒋礼，不敢相信自己听到的话。

蒋礼再次说道：“对不起。”

云飞扬的脸上露出笑容：蒋礼终于不会再和自己针锋相对了！这些年虽然不曾埋怨，但蒋礼的针对也让云飞扬焦头烂额。他正高兴的时候，冷柔从一个吊脚楼内走出，进入了旁边的另一个吊脚楼。云飞扬低呼道：“冷柔。”

蒋礼拿起望远镜，冷柔进入后，两名少女将吊脚楼的窗户打开，霸主站在窗边，往外看去。

“霸主果然在这儿，”蒋礼兴奋地道，“让我击毙他吧？”

寨子附近的树木大部分都被砍光，没有任何遮挡物，有效地防止了狙击手，哪怕从最边缘的地方开火，距离也有两公里多，云飞扬摇头道：“不行，太远了！”

蒋礼手中的是测距望远镜，显示距离霸主有 2846 米。蒋礼请求道：“2800 多米，我有很大的可能打中他。”

“不行。”云飞扬再次拒绝蒋礼的计划。蒋礼是名优秀的狙击手，但超远距离狙击并不只是好狙击手就可以完成的，还需要好的武器帮忙，我国09式狙击步枪的有效射程才1500米，就算配上最好的狙击子弹，想要打中霸主也需要非常大的运气，而且一击不中，霸主很可能会逃走。

云飞扬将发现霸主的事情通知上级，半个小时后，接到最新通知，泰国军方拒绝对霸主动手，在他们看来，每次派兵去打那些毒枭，毒枭都会四散，不久后重新聚在一起，每次都只是增加伤亡，却收不到效果。上级决定，由我方单独对霸主进行抓捕，随后会有另一个特种小队带着必要的装备赶来支援。

云飞扬将所有人召集过来，把上级的意图告知。

常寿兴奋地道：“就这小寨子，防守四处都是漏洞，晚上我们去将寨子给端了，把霸主抓回国受审。”

董艺问道：“过来增援的是谁呀？”

“周贺、李磊、童新宇、吴晟、孙泰。”

“这几个家伙呀！大部分都是被队长淘汰出隐刺的家伙，不过战斗力还行。”

“不要这么说话，破坏团结，大家都是战友。”

“放心，见了他们我不会说的。”

“周贺他们晚上能赶到，你们都准备一下，今天夜里进行突击，将霸主带回国受审。”

“是。”所有人起身敬礼，准备行动。

云飞扬将寨子拍下，图片传给唐欣怡建立模型。常寿记录着寨子里的士兵人数和使用武器、车辆等信息。董艺寻找着寨子的武器库和计划撤退时的爆炸点。蒋礼分析着最佳的狙击地点。周正和朱喜警戒，避免被霸主的巡逻士兵发现。

天色渐渐暗下来，云飞扬发现美林寨出入都不检查，全都是看一眼就放人进去，防守一点也不严密。寨子里的人正处在风头正劲的时候，他们感觉自己的组织已经坐上金三角的头把交椅，没有人敢来美林寨搞事。

快入夜的时候，不远处传来鸟叫声，红烧肉对鸟叫声打扰到自己睡觉而发出不满的哼哼声。周贺听到猪的哼哼声，带着人走出来。

“教官，周贺带队向您报到。”

云飞扬道：“感谢你们过来支援，我计划晚上行动，你们有问题吗？”

“没问题。”周贺等人因为没有被云飞扬选中，心中都憋着股劲，都想在云飞扬面前表现一番，让云飞扬知道当初没挑选他们是错误的决定。

“我要的装备都带来了吗？”

“都带来了！”周贺将武器袋子递给云飞扬。

云飞扬看了眼武器，打开电脑，调出地图，道：“我计划在凌晨四点钟，由我带着周正、董易、常寿混到寨子中，李磊和蒋礼自由选择狙击位，朱喜和你们负责在外头接应。”

周贺道：“我的人也想加入到行动队伍。”

“你们不要以为在外边接应很轻松，这次任务在外边是很危险的，能否成功，很大一部分都需要看你们表现。甚至一旦你们撤退慢的话，很可能会被霸主的手下包围，你们有没有信心完成任务？”云飞扬倒是不担心周贺等人的战斗力，只是大家没有磨合，一起战斗怕配合不默契。

“有信心。”周贺等人齐声回答。他们不怕危险，不怕牺牲，只怕受到轻视。哪怕他们都知道云飞扬说的只是表面的理由，也只能选择接受。

云飞扬指着地图道：“寨子每个小时会派出三队巡逻兵，我们要抓住一队巡逻兵，换上他们的衣服，混入寨子中，抓捕霸主。周贺，你们的任务很重，我需要你们在接到我的信号后，对寨子发动进攻，随后撤退，到时我们会带着霸主混入到寨子对你们的追击车队中，所以你们完成袭击任务后，直接撤退回国，不用管我们。蒋礼和李磊到时跟我们会合。”

周贺问道："要是敌人不追击我们怎么办？"

"朱喜在进攻的时候，会用火箭筒轰掉寨子的大门，就算他们不追，我们也可以跑出来，你们的撤退计划不变，"云飞扬看向其他人，问道，"你们还有什么疑问吗？"

周贺团队的人纷纷摇头，他们的任务很轻松，打了就跑，有什么不明白的。

"其他人按照我们白天的计划行事，大家都休息一会儿，三点钟的时候开始行动。"云飞扬安排人警戒，眯着眼睛休息。

三点钟的时候，云飞扬不等人叫，自己就醒了过来，其他人也差不多同时睁开眼睛。之前负责警戒的董艺汇报一切正常，不论是巡逻队的出动时间和人数都没有变化。巡逻队可能因为太晚的原因，巡逻都不认真，只是在林中随意转悠一圈就离开，根本没有任何规矩。云飞扬他们不能埋伏好等人上门，只能去找巡逻队。

一行人快速朝着最近的巡逻队靠近，晚上的巡逻队有五名士兵，走在前面的小头目抽着烟，拿着手电乱照，突然，他的手电好像在前方照到什么。小头目对着有动静的地方照去，伸长脖子仔细查看，问道："谁在那里？出来！"

红烧肉在草丛中跑过，五名士兵吓了一跳，枪口对准红烧肉的时候，每个人的身旁都出现一个人影，手中拿着刀子，抵住他们的脖子，低声道："放下武器。"

五名士兵对视一眼，纷纷将手中的枪扔在地上。他们感觉很冤枉，竟然被一只野猪给吸引了注意力。

云飞扬将小头目带到旁边审问，"晚上的暗号是什么？"

"我们没有暗号。"

"你们有没有教官训练？"云飞扬想知道小头目是否会说谎。

"有三名，是约瑟夫、詹姆斯、列昂纳多。"小头目没有撒谎。

"他们是什么人？"

“雇佣兵。”

“既然有雇佣兵训练你们，怎么可能没有暗号？说，暗号是什么？”

“教官规定每晚定暗号，但我们这些人都认识，大家看一眼就熟悉，就没有每天规定暗号。”小头目有一点没说，暗号最初用了一段时间，可毒贩手下的士兵很多都吸毒，结果嗑药嗑多了，暗号就都忘了，因为暗号对不上，出现几次误伤后，寨子也就放弃暗号，还是按照原来的刷脸方法。

云飞扬问清楚他和其他人的名字，将士兵的衣服脱下来，穿在自己身上。这些士兵因为长期吸毒，都是又黑又瘦，衣服也很脏，云飞扬有些嫌弃，尤其穿上之后，就像是大人穿上了小孩的衣服。

常寿等人也分别单独审问，了解了每一个需要假扮的人的身份，并将他们的口供汇集到一起，确认是否有谁说了假话。这些士兵都是没什么意志力的人，没有人说谎，都是老实交代。

董艺看到常寿把毒贩的迷彩裤硬生生穿出修身七分裤的样子，忍不住笑了出来。常寿看到董艺的上衣紧绷，扣子被撑得差点掉下去，也忍不住发笑。

云飞扬看到几人的打扮，有些郁闷。他们的体型和霸主手下士兵的体型差距太大，这也是为什么不让朱喜混进去：他的体型就算是将衣服穿坏，也穿不进去。朱喜将五名只穿着内裤的士兵打晕，绑在大树上，免得他们中途出来坏事。

李磊拎着狙击枪爬到树上，在枪口拧上消声器，瞄准着寨子门口的守卫士兵。

周贺等人准备好汽车和武器，等待着云飞扬的信号。

所有准备工作都已经完成，云飞扬学着美林寨士兵走路的姿势，大大咧咧地朝着寨子口走去。寨子口执勤的两名士兵一直在打瞌睡，他们看到云飞扬几人，迷迷糊糊中看这些人眼生，刚要喊云飞扬等人过来问两句，仔细看一下的时候，突然听到身后传来石头落地的声音，士兵连忙回头看，想知道是什么东西掉地上导致石头发出动静，等他转回头的时候，云飞扬已经带人走进了寨子。

此时的天色已经蒙蒙亮，看不太清楚人，但能分辨出衣服和武器，士兵认出五人都穿着自己人的衣服，背着寨子中的武器，他也懒得叫人出来仔细确认，反正大半夜的也不会有什么人进来。

五人经过大门口时很紧张，生怕守卫的士兵要求他们过去看脸，幸好云飞扬悄悄扔出个石头，将守卫士兵的注意力吸引走，否则就只有动手，悄无声息地干掉他们。

寨子中的探照灯不停地来回扫视，云飞扬等人贴着茅草房走，躲在灯照射不到的地方，避免被控制探照灯的人看到。蒋礼等探照灯扫向另一边时，快步朝着探照灯的塔楼靠近。

李磊的狙击枪瞄准探照灯后面的士兵，当他看到蒋礼的身影出现时，直接扣动扳机。子弹准确地击中士兵，蒋礼上前一步，扶住士兵的尸体，轻轻地放在地上，没有发出任何声音。蒋礼接手探照灯，避开云飞扬的方向，四处照射。他躲在灯后面，避免别人看到自己。

探照灯被自己人控制，云飞扬几人可以自由地在寨子中行动，几人将一枚枚炸弹贴在茅草房和汽车下。寨子的军火库就在边缘的一个吊脚楼里，门口有一名士兵，正坐在门口打瞌睡，董艺悄悄接近，来到吊脚楼楼下，把手中最大的一枚遥控炸弹放在下面。

云飞扬接近霸主住的吊脚楼，其他人安装好炸弹后也会合过来。霸主的吊脚楼上有两名士兵看守，来回走着，不断巡逻，没有丝毫放松。周正躲在旁边的吊脚楼下，拿出热能探测器，对着霸主的吊脚楼探测，屏幕上显示出两个人的热能形状，两个人在一起躺着。

周正道：“房间里有两个人，我们突击进去吗？”

云飞扬观察着这栋吊脚楼，这个房子和其他的吊脚楼不太一样，在楼中间的位置有个通向下面的楼梯，这让云飞扬产生了疑惑；吊脚楼不大，为什么要多设一个楼梯？而且这个楼梯还在吊脚楼的正中央，没有任何便捷性，除非它的功能不是方便而是逃跑。

“周正，你去中间的楼梯位置，防止霸主逃跑。其他人跟我上，抓捕霸主。”云飞扬安排完，绕到霸主吊脚楼后方，从没有守卫的地方开始接近。

四人迅速跑到吊脚楼楼下，来到中间位置，发现这个楼梯可以迅速冲进霸主的卧房。

“准备抓捕。”云飞扬和常寿摸到守卫的一侧，给李磊发了暗号后，捡起颗小石头扔在脚下。

守卫听到石头撞击的声音，扶着栏杆朝下面看去。李磊的准星将守卫套入，果断扣下扳机。经过消声器的枪声虽然还是很大，但距离寨子很远，传到寨子这边已经可以忽略不计。子弹击中守卫的头部，守卫瞬间失去生命，朝着吊脚楼外摔下去。另一名守卫看到同伴掉下去，刚露出惊讶的表情，李磊的另一颗子弹也打了过去。

云飞扬和常寿接住两具掉下来的尸体，悄无声息地将人放在吊脚楼下。三人顺着楼梯上楼，推了推吊脚楼的门，门轻易地被推开了。云飞扬拍拍董艺的肩膀，示意他留下，自己和常寿拿出消声手枪走进去。

房间大厅的墙上挂着个老虎头标本，正对着门，虽然被做成标本，双眼还是凶悍地盯着门口，幸好云飞扬等人都是久经训练的特种战士，要是心理承受能力差一些的人，肯定会当场惊呼出来。董艺守在大厅，注意外边的情况。

云飞扬和常寿来到卧室门口，常寿轻拧门把手，没有拧动，用眼神请示云飞扬，是否要破门进入。云飞扬摇摇头，拿出开锁工具，在锁眼里捅了几下，门锁就被打开。云飞扬握住把手，对常寿一点头，猛地将门推开，常寿冲进房间，枪口对着床上的人。

床上的人听到动静，醒转过来，第一反应是去摸枪，云飞扬低喝道：“别动。”对方没有理会云飞扬的警告，继续摸枪，云飞扬为了避免被人发现，直接扣动扳机，将其击毙。床上的另一个人摸枪的动作也没停止，常寿没有开枪，而是朝着对方扑了过去，云飞扬看到对方的手搭在枪上，而常寿不可能及时控制住对方开枪，只能再次开火，将其击毙。

常寿扑到尸体上，有些惊讶云飞扬的选择：他们要将霸主带回国内受审，只有万不得已的情况下才能击毙，而云飞扬竟然毫不犹豫地将两人都击毙了。

云飞扬走到尸体旁，将床头的枪拿开，只见下面还有个警报器按键。云飞扬道：“他们都不是霸主，霸主没有住在这间房子里。”

“我还奇怪为什么两个男的躺在一起，还以为霸主的口味挺重。既然不是霸主，他们应该是霸主的保镖了！”

“还好，他们没有摁响警报，我们还有机会。”

常寿疑惑地道：“我们一直盯着这个房间，你发现霸主在房间后，除了冷柔外，我们没有看到其他人进出，难道他通过中间的楼梯下去，跑到了其他房间？在这么多房子里找到他的住处，可不容易。”

“霸主如果真是詹尼弗假扮，他不可能住得太远，他对住的环境很挑剔，”云飞扬道，“没有抓到目标，所有人继续待命。”

“收到。”周贺等人继续等待着袭击的命令。

“周正，我们从中间下去。”

“收到。”

云飞扬、常寿、董艺从中间楼梯下去，周正问道：“霸主没在房间？”

“嗯，你用热能探测仪看看附近的吊脚楼里都有多少人住。”

周正拿着热能探测仪离开，常寿看了看天，用不了多久就会彻底天亮，他们的时间不多了！常寿道：“我们挨个检查，我就不信找不到他。”

云飞扬摇头道：“不行，太危险了！一旦被人发现，我们做的一切努力都将前功尽弃。”云飞扬看着白天拍下来的寨子分布图，分析着霸主可能躲藏的地方，以及行走路线。

董艺道："队长，我引爆一个炸弹，来个引蛇出洞。"

"先等一等周正。"云飞扬不认为引蛇出洞会成功。霸主要是不出现怎么办？还暴露了自己人在寨子的事情。就算是出现了，也将寨子中所有士兵惊醒，到时候想要抓霸主的话，撤退就成了大问题。

周正很快跑回来，调出热能探测器的图片，指给大家看："这个房间里有八个人，其中两个人没有睡觉，一直站着，偶尔还会来回走动，霸主肯定躲在这里。"

云飞扬点点头，道："这些吊脚楼都是给寨子中高层住的，房间里都没有几个人，这栋楼里边有八个人，说明有人需要保护，很符合霸主的习惯。"

周正在云飞扬的地图上指了下，道："这座吊脚楼距离霸主的吊脚楼不远，只隔了一个，从行走路线上也非常有隐蔽性。"

常寿点头道："看起来很像，我们去抓人吧！"

云飞扬道："房间里的人很多，我们尽量不惊动其他人，如果敌人有开火意图或对我们有威胁，则不惜一切代价，用最快速度抓捕。"

时间已经到了四点多，寨子中的人很快就会醒。云飞扬几人悄悄潜过去，周正打开热能探测器，持续监测房间内的人。董艺跑到吊脚楼下只有一个人单独住的房间，拿出无声电钻，开始钻孔，随后将线控摄像头塞入小孔，查看里面的情况。

摄像头传来清晰的图像，房间内有张大床，床上有人在睡觉，屋子的墙壁上挂着把 AKM 步枪。董艺控制着摄像头升高，达到床一样的高度，云飞扬看到床上躺着的是名男子，只是男子的头转向另一边，从这边只能看到男子的背面。当看到男子的脖子下方和肩胛骨中央有三颗黑痣时，云飞扬的身体一震，脸上不可抑制地显露出悲伤的神情。

常寿看出云飞扬的神情不对，问道："怎么了，队长？"

云飞扬深吸一口气，压下自己的感情，道："他就是霸主。准备进入，我和常寿从正门进入，董艺负责监控，守住霸主房间的窗户，防止他逃跑。"云飞扬从黑痣认出来躺着的人是自己的弟弟詹尼弗，三颗黑痣的位置是他永远也忘不了的，虽然之前已经怀疑詹尼弗就是霸主，得知事实真相，云飞扬还是感觉无比伤心。

董艺收回摄像头，抽出手枪，接替周正的位置。云飞扬、常寿、周正走上吊脚楼，吊脚楼的楼梯发出咯吱的声音，云飞扬一惊，看向房门的方向。

董艺看到原本正走动的人停了下来，立刻道："他们停下了！"

云飞扬想了下，不再轻轻地走，而是用正常的力度走上楼梯。楼梯发出更大的咯吱声，里面的两人走向房门口。云飞扬来到门口，敲了敲门。

里面的人最开始听到楼梯响，于是很警惕地停下，仔细倾听。当听到有人走上楼梯，脚步声平稳，没有故意放轻，就松了口气，以为谁来这里找霸主，听到敲门声后，两人打开门。

房门刚刚打开，云飞扬和常寿的枪口就对准两人，直接扣动扳机。消声器虽然能抵消一部分枪声，但还是有一定的声响，尤其是在房间内，声音还是很大的。击毙敌人后，三人没管摔倒下去的尸体会发出的声音，迅速进入，云飞扬直接扑向霸主的方向，常寿和周正负责清理那些保镖。

有人听到声音，抓起枪起身，董艺立刻道："第三个房间有人醒了！"

常寿将枪口对准第三个房间门口，那人刚走出门，没等看清楚外边的情况，就被常寿开枪击毙。

冷柔被负责巡逻的小头目叫醒，因为一组出去巡逻的士兵回来后，没有回到营房，小头目本来没在乎，但经过霸主吊脚楼的时候没有看到看守的两名士兵，他感觉不对才来找冷柔。冷柔瞬间清醒，不顾小头目还在房间，穿上衣服，带着小头目直奔霸主的吊脚楼，她还没有进屋，就看到地上有血迹，冷柔掏出手枪，对着天空就是三枪，对小头目道："将所有人都叫醒。"

小头目刚准备去传达，李磊已经瞄准小头目，一枪将其击毙。冷柔吓得赶快跑进吊脚楼下面，继续对着外边开枪，将整个营地惊醒。

李磊刚才看到了小头目，但小头目没有靠近霸主的房子，他就没有开火击毙，以免击毙后尸体留在路中央，更容易被人发现，谁知道小头目竟然去找人，导致任务还是被发现。

云飞扬等人一切进行得都很顺利时，寨子中却传来枪声。李磊道："有人发现霸主屋子不对。"云飞扬没有回答，加快速度，一脚踹向霸主的卧室门。云飞扬的力气很大，房门晃了下，却没有开。云飞扬这才发现，卧室的木门是钢的，只有外边是木皮，根本踹不开。

霸主听到不断传来的枪声，惊醒过来，没等呼叫手下，就听到门口传来巨大的踹门声，而且力量很大，他的床都感觉到晃悠，来者差点就将门踹开。不论任何时候，他的手下都不敢这么踹门，霸主翻出枕头下的手枪，打开窗户往外看去。

寨子像是被惊动的蜂巢，无数士兵跑出营房，四处寻找着入侵的人。霸主对着外边大喊："我在这儿，过来保护我！"

董艺迅速从隐藏的地方跑出来，并汇报道："霸主要逃。"

云飞扬再次踹向房门，房门晃动，露出一条小缝。霸主再不犹豫，跳出窗子，云飞扬也踹开房门，看到霸主跳出去的身影，他的枪口本来已经瞄上霸主的身体，但他没有扣动扳机。

霸主刚落地，就听到董艺在他身后大吼道："不许动！"霸主停下脚步，董艺正要上前抓捕的时候，几名士兵跑过来，看到董艺的枪口对准霸主，立刻将枪口对准董艺。

"闪开！"云飞扬大吼着，对着士兵开火。

董艺飞扑向一旁的吊脚楼，士兵们的子弹打在董艺刚刚站立的地方，云飞扬连续几枪消灭敌人，再看霸主已经逃走。云飞扬跳出窗外，朝着霸主追下去。

大量士兵跑向枪声发出的地方，董艺被打得抬不起头，常寿和周正消灭房间内的保镖，端起 AK 步枪，对着敌人扫射，减轻董艺的压力。

这时候计划已经失去作用，只能战斗。周贺得到云飞扬的命令，也开始发动攻击，两辆汽车朝着寨子冲去，朱喜站在后座，肩膀上扛着火箭筒，对着大门发射火箭弹。

火箭弹轰在大门口，瞬间将门口的守卫消灭，拦车杆被炸碎。周贺本来应该袭击完就撤退，但他没有选择撤退，而是将车子开进寨子，所有人火力全开，对着敌人开火。

寨子里的士兵太多了，给隐刺带来巨大的压力，董艺咬牙道："还想打我们，都去死吧！"他摁下军火库下方炸弹的引爆键，炸弹爆炸，将里面的炸弹军火引得殉爆。十几名跑向军火库要取武器的士兵当场被炸飞。

一时间，寨里的士兵陷入到恐慌，他们不知道有多少敌人，里面在打，外边也有人打进来，他们茫然无措。冷柔等寨子里彻底混乱，才从另一边出去，指挥手下先去找霸主。

霸主朝着人多的地方跑，云飞扬追在他的身后，霸主不断回头开枪，阻拦云飞扬追击。云飞扬看霸主跑了 30 多米远，举起手枪，瞄准霸主，喊道："詹尼弗，停下吧！"

霸主停下脚步，回身对云飞扬开火，云飞扬没有闪躲，同时对着霸主开火，子弹击中霸主的大腿，霸主跪在地上，举枪对着云飞扬继续开火。

手枪的子弹已经打光，发出空仓挂机的声音，云飞扬举着枪，冷冷地朝着霸主走去。

霸主摸向备用弹匣，翻遍全身却没有找到，霸主向后蹭着，大喊道："来人，我在这里！"

有士兵听到霸主的喊声，朝这边跑过来，枪口刚瞄向云飞扬，李磊已直接将这名士兵击毙。

云飞扬不受任何影响，一步一步走向霸主，对身边的情况充耳不闻。霸主看到云飞扬的目光中充满了冷意，继续大喊道："快来人，我在这里！"

"詹尼弗，你要是再喊，我就打死你。"云飞扬的话都是从齿缝中蹦出来的，带着深深的恨意。

霸主左右都看不到自己人，手下全都被常寿和周正等人拦住，一时间冲不过来。

云飞扬的胳膊中了一枪，他没管自己的伤势，走到霸主身边，道："你被捕了！和我走吧！"

霸主跪在云飞扬面前，祈求道："哥，我是詹尼弗，你放我走吧！"

"詹尼弗，犯了错就要承担责任。"

"我这么做都是被逼的，有人让我假扮霸主，要是不同意的话，就会杀了我，我也是被逼无奈才会那么做。"

"不用说了，国内会调查的，只要你是被逼的，一定会有公正的审判。"

"哥，你忘了你在爹妈坟前对他们的承诺吗？你答应他们会照顾我一辈子。"

"人做错事，就要勇敢地承担。我相信父母的在天之灵也不愿意看到你走错路。"

"哥，你只有我这么一个亲弟弟，你知道国内的刑法，我要是被抓，肯定会被枪毙的，你也不想我死是不是？我这次知道错了，你放了我，我以后再也不贩毒了！"

"我也想原谅你，但我原谅你了，那些牺牲的兄弟怎么办？他们也有兄弟姐妹，我没法放你走，否则等我到地下，都没脸见那些兄弟。"

"你那些战友都是霸主杀的，和我没关系呀！你已经杀了霸主，为你的战友报仇了！你就放了我吧！我可以配合你们抓捕别的毒贩，配合你们步步高升，到时候我们兄弟一起过快活的日子。”

“詹尼弗，你不用再狡辩，当初要不是你给霸主告密，我的那些兄弟们不会牺牲。以前我以为你死了，故意将那些疑点都从脑海中删除，但我知道，一切都是你主动告诉霸主的，我不知道你为什么出卖我，宁愿做毒贩也不愿走上正路。”

“正路，什么是正路？

“我从小就在街上混，没有手艺，什么都不会，你让我自首，指证霸主，以后在国内生活，你考虑过我吗？先不说我之前犯过的事，就算是戴罪立功，就能不坐牢吗？你当时都说会坐牢，但你会等我从监狱出来，给我找房媳妇，你怎么想的，凭什么认为我就喜欢坐牢？霸主要是不死，他的人会放弃对我的报复？你是军人，每天在军队里，我呢？我恐怕都不能活着从监狱出来。好，就算我命大，活着从监狱出来，我什么都不会，能做什么？难道去当保安，刷盘子洗碗，赚那点可怜的工资吗？你的运气好，被将军收养，我呢？收养我的夫妇只是为了做做表面的慈善，凭什么都是孤儿，我的命就比你的差那么多？”

“詹尼弗，你说的一切都是借口。我当初就告诉过你，只要你愿意指证霸主，国家会给你新的身份，到时谁也不认识你。你是我的弟弟，难道我会不关心你的安全吗？你会被判刑，那是对以前过错的赎罪，但我会让你进入军队的监狱，不会有任何人威胁到你的生命安全。你说什么都不会，谁生下来就什么都会？不会可以去学，也可以做点小买卖，人怎么样都可以活下去。你不愿意出卖霸主，只是因为你贪图富贵，喜欢贩毒来钱快。”

“云飞扬，既然你不念亲情，你说个数吧！多少钱能放我走，一个亿人民币怎么样？这些钱是你一辈子也赚不到的，只要你放了我，这些钱就会打到你国外的户头上，谁也查不到。”

“钱不是万能的。”云飞扬上去抓住霸主的胳膊，将他拽了起来。

“哥，哥，我真知道错了，我知道你是因为我让人暗杀你才不满，那不是我的命令，是其他人自作主张。你是我哥，我怎么会害你呢！哥，放了我吧！爸妈绝对不想看到我们手足相残。”霸主说着话，突然从腰间拔出一把刀，捅向云飞扬的胸口。

云飞扬抓住刀刃，阻止刀子刺入胸膛，冷冷地看着霸主。

“你既然不想放了我，就去死吧！”霸主双手握着刀柄，用力朝着云飞扬的胸口推去。

云飞扬抬脚踢在霸主的枪伤位置，趁着霸主疼痛，闪身打掉霸主的刀子，枪口顶在他的头上，道：“走。”

常寿、周正等人硬扛着上百名士兵的攻击，不断后退，和云飞扬会合到一起。周正对外打了一梭子，将没有子弹的步枪扔掉，看到云飞扬身上都是血，问道：“队长，你受伤了？”

“没事，小意思。”

董艺看着步步逼近的士兵，道：“队长，我们被包围了！怎么办？”

云飞扬看向霸主，道：“让你的手下都放下枪。”

“不可能。这个寨子是白胜的，他早就有异心，要不是我还需要他，早就将他杀了，一旦他知道我被抓了，只会第一时间下令猛攻，不会投降。”

常寿骂道：“王八蛋，你赚了，竟然能拉我们陪葬。”

“你们想给我陪葬还不够格，现在你们要想活着出去，就将我放了，我会让他们放你们离开，大家做个交换。”

“狗东西，你当我怕死吗？我就算是死，也先杀了你。”

云飞扬将霸主推给常寿，道：“看好他。”

“好嘞！”常寿将霸主抓住，脸上露出狞笑，抬手就是一巴掌抽在霸主的脸上，“我早就想打你了！”

云飞扬移开目光，假装没有看见。他知道霸主要是在自己手里，就会要无赖，就算用枪威胁也不一定怕，将他交给其他人最好，霸主不知道别人会不会杀了他。

常寿和董艺都拿着手枪，他们的步枪子弹早就打光，几人都处在弹尽粮绝的状态。

云飞扬用无线电问道：“周贺，你们怎么样了？”

周贺那边枪声连天，回应道：“我们已经退到寨子外的密林中，现在局势不太好，童新宇和吴晟受伤，弹药消耗很大，我们无法再接应你们。”

白胜在指挥着手下攻击周贺，子弹像雨点般打过去，偶尔还有火箭弹射过去，他们几人的车子早就被打坏，只能退进林子里，边打边撤退。

霸主确实了解白胜，知道白胜有异心，要不是大部分人都被白胜带着追杀周贺，又派出一部分去消灭狙击手，云飞扬等人的压力会更大。

云飞扬道：“你们已经做得很好，大部分士兵都追在你们身后，我要求你们立刻撤退。”

“没事，我们还能坚持一会儿。”周贺的话刚说完，就被子弹打中，发出痛苦的声音。

“我们会想办法离开，你们立刻撤退。”云飞扬知道在大量士兵的攻击下，战斗水平再高也没用，他们到现在还能支持，云飞扬都怀疑是不是白胜放水了，用他们将大部分士兵留在那里，免得来救霸主。

“收到。你们小心。”周贺知道他们再也坚持不住，要是不撤退，就都得牺牲。他们也不怕牺牲，但坚持下去的牺牲没有任何意义，不如先撤离，还可以找机会救人或是接应。

唐欣怡一直关注着前方的情况，当知道计划出了问题时，她就联系上级，希望上面能够和泰国军方沟通，让泰国军方救人。我国让泰国军方救人，那不是简单的事情，有太多的事情需要协调，唐欣怡很着急，安慰道：“队长，你们不要担心，我已经请求上级和泰国军方联系，他们很快就会来救你们的。”

“收到，你不用担心。”云飞扬知道泰国军方不可能那么快，要是等泰国军方来，他们恐怕都死定了！

冷柔指挥着 100 多人的救援队伍，将云飞扬等人包围在几座吊脚楼之间。冷柔发现云飞扬等人还击的力度降低，让手下停止射击，喊道：“放了霸主，我可以让你们活着离开。”

常寿回应道：“霸主在我们手上，你们放下武器，否则我就杀了他。”常寿将霸主的身体推出去，让大家看一眼后又拽到身边。

“你们要是不放了霸主，我会再次下令进攻。”

冷柔的话说完，常寿探身对着冷柔开火。寨子的士兵立刻还击，对着常寿的方向打过去，丝毫没顾及霸主也在常寿身边。

常寿对霸主讽刺道：“你也不行呀！他们竟然连你都打。”

“我说了，除非你们放了我，否则他们绝不会停下来。”

云飞扬走到一边，问道：“蒋礼，你的情况如何？”

“很好。”蒋礼在探照灯楼上很少开枪，一直保持沉默，他的位置很不好，一旦被敌人发现，连跑都没法跑，他倒不是怕死，而是云飞扬命令他忍耐，现在终于要轮到他出手了！

“寨子里的车还多吗？”

“很多。”

“你记得哪些车有炸弹吗？”

“目前能准确记住的车只有四辆。”

“足够了，你将车启动，开向我这边，快接近包围圈的时候弃车。”

“好。”蒋礼发现下面没有敌人，扶住梯子的两边，快速滑下来。有一些车被白胜的手下开出去追击周贺，还有一些车留在现场。蒋礼按照记忆找到带有炸弹的车，左右看看发现没有人，登上汽车。蒋礼在手套箱中翻到车钥匙，启动汽车，挂挡朝着云飞扬被包围的方向开去。

云飞扬将步枪扔给常寿，又分出一个手枪弹匣给董艺，道：“等会儿蒋礼开车过来，汽车到包围圈的时候，董艺引爆所有汽车炸弹。包围圈会被炸出个豁口，我们趁机冲出去。”

常寿等人点点头，整理武器。

霸主道：“你们是冲不出去的，只有放了我才是唯一的生路。”

董艺嘴角挂起笑容，问道：“你认为我们怕死吗？怕死的话就不会进寨子里抓你。你还是老实配合，求神拜佛保佑一会儿子弹别打死你吧！”

霸主看向云飞扬，道：“哥，你们这是在送死，我不想死，你放了我吧！”

常寿、周正、董艺都看向云飞扬，他们没想到霸主真的是云飞扬的弟弟。

云飞扬仿佛没有听到霸主的话，道：“都准备好。”

几人见云飞扬不想说这个话题，积攒体力，准备一会儿的战斗。常寿回手又给霸主一巴掌，骂道：“叫谁哥呢！我们队长能有你这个浑蛋弟弟？要是再废话，我弄死你！”

周正解下霸主的腰带，将他的手腕绑上，扯下一块衣服，塞进霸主的嘴里。

蒋礼距离包围圈已经很近，他将步枪支在油门上，打开车门，调整方向盘，当距离包围圈是一条直线时，蒋礼跳下车，道：“汽车五秒后撞进包围圈。”

冷柔和士兵们听到汽车声，回头看去，只见一辆汽车急速朝着他们冲来，立刻举枪对着汽车疯狂扫射。

“来了！”常寿握紧枪，准备突围。

董艺拿起引爆器，紧紧地盯着包围圈。

汽车里没有司机，不论士兵们怎么开火，汽车都以一往无前的气势往前冲，士兵们不想被撞死，纷纷朝着两边闪去。

冷柔大声喊道：“打轮胎，全都打轮胎！”她担心云飞扬等人控制了车，然后再冲出来。

董艺从他们移动开的缝隙看到汽车的位置，当车子到包围圈的时候，董艺摁下引爆按键。

汽车被炸成一团火球，两边的士兵像是被割的麦子一样倒下，四散的玻璃和金属成为杀人利器，射入很多人的身体，车子的骨架因为惯性翻滚着飞向云飞扬等人的方向。

董艺看了眼飞来的汽车，大喊道："快跑！"他可不想成为死法最憋屈的特种兵，要是被自己引爆炸弹而飞过来的汽车砸死，死了也得被人笑话。

常寿和周正拉着霸主跑向一旁，汽车砸在吊脚楼上，一个柱子打横飞出去，朝着常寿、周正和霸主扫去，常寿和周正弯腰低头，同时将霸主给摁下去，柱子从三人的头上扫过。

云飞扬跑过去，问道："你们怎么样？"

"没事。"

"突围。"

汽车爆炸引燃大火，尤其是爆炸的地方，更是将旁边的吊脚楼引燃，几人快速朝外面跑去。两边的熊熊火光挡住了很多人的视线，他们看不到这边的情况，也不敢胡乱开枪，只能分出一部分朝着爆炸的地方跑去。

蒋礼躲在吊脚楼下，对着奔跑的士兵开火，每一枪都能将一名士兵打倒。士兵们不敢再朝着爆炸处跑，都对着蒋礼开火。

云飞扬几人迅速跑出包围圈，云飞扬的手枪还安装了消声器，对着两边的士兵开火，给蒋礼减轻负担。

霸主扭动着身体，想要挣脱开常寿和周正的控制，常寿死死地抓住他，避免他逃走。

冷柔推开身上燃烧着的木头，她美丽的容颜被火烧毁容，额头不断流血，衣服破破烂烂，握着枪的手满是水疱。她仇恨地看着逃走的云飞扬等人，举起枪，瞄准周正的身体，即将开枪的刹那，一滴血流进眼睛中。子弹从枪口射出，因为血干扰了视线，子弹打在周正的屁股上，周正摔倒，连带着霸主和常寿也倒了下去。

云飞扬转身，对着冷柔开枪，冷柔闪到一边，握着枪的手在发抖，她感觉浑身都疼，命令道："追，全都给我追下去！"

士兵们朝着云飞扬追下去，冷柔拿出对讲机，道："白胜，现在霸主要被人带出寨子，我知道你的鬼心思，但你要想好了，霸主要是被带走，你会是什么后果。"

白胜拿着对讲机，脸色变得铁青。他以前只是个中级头目，美林寨由之前霸主的亲信掌管，但突然有一天他被人约出去，见到了霸主和冷柔，霸主竟然让他杀了美林寨的负责人，然后捧他上位。霸主毁容，声音也因为喉咙的一刀有些变化，但基本上能认出是霸主，而且霸主说了寨子中的很多事，还有美林寨负责人的秘密，让一心往上爬的白胜终于下定决心，干掉原来的负责人，自己上位。白胜杀了负责人后，霸主让他秘密掌控寨子，这期间又在冷柔的配合下杀了不少不服他的人，可霸主始终没有到前台，一直在后方指挥。

霸主经过几年的准备，终于重新到前台来，白胜却突然发现，霸主以前熟悉的手下都死了，就连熟悉的毒枭朋友也死得差不多。有了这个发现，白胜有了个猜测：这个霸主可能是假的，是一个霸主身边的人假扮的。但他没有证据，也不能乱说，毕竟他是杀了前老大后上位的，要不是霸主安抚了一些人，恐怕早就有人打着报仇的旗号将他干掉，争夺美林寨了！现在他在寨子的地位已经很稳固，但他不能指证霸主或是自己动手杀了霸主，那样会被人误以为他又要干掉老大上位。要是霸主被别人杀死，就和他没什么关系，到时他就顺理成章地成为美林寨真正的老大，再也没人能够管他了！

白胜不想让霸主活着被带走，那样危险太高，没有人知道霸主还能不能逃出来。

"所有人回寨子。"白胜的命令下达后，士兵们的反应都有些慢。

士兵们刚才追击的时候气势如虹，不少人开着车，用重机枪打。可突然间有不少汽车爆炸，不但车上的人全部被炸死，还连累旁边的人被炸死、炸伤。几百人的战斗队伍瞬间减员 1/3，100 多人伤亡。他们不是正规军，就算是正规军，要是有这么大的伤亡也该崩溃了！唯一让他们没有崩溃还在坚持的原因，只有云飞扬这些人太少，他们始终感觉再加把劲，就能将人消灭。就算有这种信念，大家的战斗意志也不高，都希望由别人来战斗。

周贺等人撤退得非常艰难，他们想走，可美林寨的敌人留客的意识非常强烈，子弹像是不要钱一样打过去，想撤退都不行，就算扔了不少烟幕弹也没用，对方还是开火，密集得和下雨没有两样。周贺没有将危机和云飞扬说，云飞扬那边被包围，局势一点不会比自己好，周贺等人苦苦咬牙坚持。

在一阵爆炸声后，子弹开始稀少，又过了一会儿，枪声竟然停止了！

孙泰探出头，看到士兵们竟然在撤退，兴奋地道："撤了，敌人撤了！"

周贺道："他们往回走，看来教官冲破了包围圈，很快就会冲出来，你们先撤退，我留下来接应教官。"

朱喜的手臂被击中两枪，连轻机枪都拿不起来了。但朱喜还是坚决地道："我也留下来。"

童新宇的肚子上插着个巨大的弹片，那是火箭弹的破片击穿了防弹衣留在他的身体中，他龇牙道："我都这样了，也没有撤退的必要了！"

吴晟的一条腿被重机枪子弹打中，小腿直接被打断，虽然经过紧急包扎，还是不断地流血。吴晟道："我一直找机会证明自己，现在终于有机会了，我是不会走的。"

孙泰拉动枪栓，道："那还说什么，我们继续打，为他们分担压力。"

五个人架起枪，对着撤退的士兵开火：刚才你们留我，现在轮到我们留你了！

机枪扫射，瞬间打倒十几名士兵，白胜当场就怒了！刚才没全力打你们，又放你们一马，现在竟然还敢开火，找死呀！白胜命令道："阿当，你带 50 人留下，消灭他们。"

阿当挑了 50 人，重新开始进攻。

"来吧！"周贺大吼着，对着士兵开火。

两名士兵扛起火箭筒，瞄向周贺等人的位置，朱喜将枪口对准一名士兵，几枪将他打倒。另一名则是没人顾得上了，正当对方要发射火箭弹时，一颗子弹打过来，击中了士兵的头部。士兵倒了下去，临死前手指抽筋，扣下扳机，火箭弹没有飞向前方，而是飞向了地面，火箭弹爆炸，将他身边的几人炸飞。

周贺兴奋地道："李磊，你小子还活着！"

"能要老子命的人还没生出来呢！好好地打。"李磊趴在一棵树上，胸口一片血红。他苦笑着自言自语："妈的，这会儿真要死了！"李磊继续瞄准敌人，一下一下地扣动扳机。他被白胜的那队人追击，虽然消灭了不少敌人，但还是受了致命伤，现在那些追兵被白胜叫回去，他才能给予周贺支持。

云飞扬扶着周正，董艺和常寿控制着霸主，蒋礼殿后，五人朝着汽车跑去，只要抢到汽车，他们就有机会逃出去。快，再快一点！要是白胜带人围住寨子口，他们就算有车也冲不出去！

几人当时穿着美林寨士兵的衣服，用的武器也是士兵的，虽然偷拿了一些装备，但毕竟不是很多，要是有很多装备的话也不至于这么狼狈。常寿看到前方距离汽车不远，松开霸主，快速朝前跑，登上一辆车后，立刻启动。

霸主在跑动时甩掉了口中的破布，见状笑道："他抛弃你们跑了，你们要想活，赶紧放了我，我保证让你们离开。"

董艺骂道："别废话，赶紧走。"

常寿将车体掉头，朝着云飞扬等人的后方开去。那些士兵见又有汽车开过来，瞬间想起之前爆炸的那一幕，全都停止追击，对着汽车开火。常寿低下头，见车子打横停住，随后跳下车，对着油箱开了一枪，撒腿就跑。

士兵们的子弹打在车上，点燃地上的汽油，瞬间燃起熊熊大火。

冷柔不敢确定这车还有没有炸弹，大火也遮挡住视线，大喊道："绕过去，绕过去！"

云飞扬坐上驾驶位，周正爬上副驾驶，手中拿着几枚手雷。云飞扬问道："哪来的？"

周正龇牙咧嘴道："蒋礼从尸体上摸的。"

董艺和蒋礼上了另一辆车，将霸主往后座一扔，蒋礼威胁道："你要是敢跳车，我就一枪杀了你。"

董艺发动汽车，缓慢行驶，对着常寿喊道："赶紧上车。"

"你们先走，我再开一辆车。"常寿先对着旁边两辆车的油箱开火，然后才跳上最近的汽车。外边还有周贺等六个人需要接应，三辆车才足够。

李磊感觉自己的生命已经快要走到尽头，他连看瞄准镜都已经觉得模糊。李磊道："援兵已经快到门口，我不行了，你们不用管我了！"

"李磊，你个王八蛋不是说没事吗？你不是没人杀得了吗？"周贺悲伤地大吼。

"是没人能杀得了我，那家伙已经重新投胎去了。"李磊说完这话，枪从手中滑落，掉下大树。

"你还有闲心说笑话，快点朝我们靠近，我们一起冲出去。"

李磊没有回应。

"李磊，磊子，说话呀！"

对讲机中一片沉默，大家都知道李磊已经牺牲。

云飞扬控制着车子往外开去，哪怕前面已经满是敌人，他们也已经没有了退路。

唐欣怡知道李磊牺牲，眼泪瞬间就流了下来，她知道云飞扬等人马上就要突围，阻止道："队长，你们再坚持一下，上级已经告诉我，泰国军方同意对你们进行营救，他们马上就会派人去救你们。”

云飞扬道：“你随时定位我们的位置，和泰国军方沟通。”

他们必须要冲出去，否则在寨子里只能等着泰国军方来收尸了！

周正将手雷挂在身上，探身过去将驾驶位的车门打开，云飞扬奇怪地看着周正，没等云飞扬问话，周正道：“对不起，队长。”周正猛地将云飞扬从车上推下去。

云飞扬滚落下车，董艺看到云飞扬在车前面滚，吓了一跳，急打方向盘，将车子开到一边。云飞扬在地上滚了几圈，迅速站起身，看到常寿的车子开过来，立刻跳上常寿的车，云飞扬怒道：“周正，你给我停车！”

不论是常寿，还是董艺，任何人都不认为周正将云飞扬从车上推下来是为了独自逃生，别说他没机会，就算是有机会，他这种模范士兵也不会做这种事情。他这么做，唯一的理由就是要开车冲向拦路的敌人，为他们冲出一条血路。

“队长，一定要将霸主带回国内受审。”周正说完，加速行驶，降低自己的身体，避免被子弹击中。

士兵们对着汽车疯狂扫射，周正快接近敌人的时候，拉掉身上手雷的保险环，坐直身体，朝着敌人密集的地方冲了过去。

无数子弹打在他的身上，周正的身体不断被击中，脸上却带着笑容。汽车冲向敌人的时候，三枚手雷发生爆炸，将汽车引爆，瞬间清空了附近的敌人。

董艺看到汽车变成火球的时候，眼睛瞬间就红了！骂道：“周正，你个没有艺术细胞的浑蛋，玩这种没有艺术感的爆破，我要嘲笑你一辈子。”他猛踩油门，汽车疯狂地朝着周正清空的地方冲去。

常寿更加拼命，他驾驶着汽车冲向敌人密集的地方，一副要和敌人同归于尽的样子。

士兵们看到又有两辆车冲过来，他们吓坏了，尤其是常寿的车子，明显和第一个自爆的汽车一样，往人多的地方来。他们顾不得开枪，玩命地往旁边躲，生怕被炸弹给炸死。

常寿见士兵们逃走，开着车继续往人多的地方冲，士兵们彻底慌了，四散奔逃，只要不往人多的地方去，车子就不会冲过来。

白胜看到士兵们被两辆车吓得四散，一边对着汽车开火，一边骂道："别跑，都给我开火，开火！"

常寿的汽车撞飞两名躲闪不及的士兵，朝着周贺的方向开去。

白胜大吼道："全都给我去追！"

树林里的战斗已经到了白热化的程度，阿当带着手下对着周贺等人开火，不时有手雷投过去，童新宇和吴晟因为重伤，躲闪不及，都已经牺牲，剩下的只有周贺、孙泰和朱喜。三个人也被炸得分开，各自为战。

朱喜躲着的树后被扔过来一枚手雷，朱喜迅速向一边扑去，手雷响了，朱喜没有完全躲开，在空中就被炸晕过去。士兵们看到朱喜摔在平地上，没有任何掩体，举起枪对着朱喜开火。突然，一道白色的影子冲到了朱喜身前，替他挡下了子弹。

一朵朵血花在红烧肉的身上溅起，红烧肉疼得直哼哼，也没有动弹，扭头看向晕倒的朱喜，眼中全是不舍。

常寿的汽车从士兵们的身后冲出来，将一名士兵撞飞，云飞扬和常寿不停开火，阿当的手下迅速被消灭。董艺的车子也开过来，蒋礼不断开火，阿当再也受不了，大喊道："撤退，撤退！"

云飞扬和常寿跳下车，查看朱喜的伤势，发现他晕了过去，再看红烧肉——已经闭上了眼睛。虽然大家经常开玩笑说将红烧肉给杀了吃肉，但他们早已将红烧肉当成了战友。云飞扬将霸主拽下车，让他帮忙抬战友的遗体，要他为自己做过的事情赎罪。

霸主的腿有枪伤，但在常寿的逼迫下，还是强忍着疼痛将遗体抬上车。

阿当逃出树林，就看到白胜带人追过来，白胜发现阿当，立刻大声道：“阿当，给我冲回去，消灭他们！”阿当苦着脸，又不敢不听，只能磨蹭地等着大部队，再一起冲进树林。

白胜的电话突然响起来，他看到上面的号码，立刻接听，对方说了几句后，白胜挂断电话，对手下命令道：“撤退。”

冷柔的人和白胜在一起，听到这个命令，冷柔瞪视着白胜，道：“不能撤退，我们得消灭那些人。”

“泰国军方派人来营救他们，武装直升机已经升空，你想死我不管，不要拉上我。”白胜可不想和军方硬拼，他们和军方打一场，手里的实力就剩不下什么了！

冷柔将枪顶在白胜的脑袋上，冷冷地道：“消灭那些人，否则我杀了你。”

白胜举起手，道：“好吧！你赢了！我给你留下一半人，怎么样？”

冷柔道：“好。你可以滚了！”

白胜对阿当道：“你带一半人听冷柔的指挥，其他人跟我走。”

冷柔转向阿当，道：“带人跟我走。”她刚迈步，就听到身后传来枪声。

白胜的枪口还冒着青烟，冷柔已经倒了下去，白胜冲着冷柔的尸体骂道：“你个死人妖，竟然还敢拿枪威胁我。呸！所有人跟我撤退。”

冷柔倒下去的瞬间，想到了很多，回忆起她当初在地下拳场打黑拳，庄家为了赢，故意给自己下药，自己差点被打死之际，詹尼弗出现，买下自己，才救了自己一命。冷柔从此以后，就将自己的命交给了詹尼弗，哪怕陪他一起下地狱，现在她已经尽力了！

白胜的人放弃追击，浩浩荡荡地返回寨子，准备带上东西跑路，等泰国军方离开后再回来。负责警戒的孙泰看到白胜带人撤退，兴奋地道：“他们放弃对我们的追击了！”

霸主听到这话，脸色一片灰败。霸主抬头看向云飞扬，道："你赢了，但你不会以为抓住我，毒品就会少流入中国吧？只要有毒品一天，为了金钱，还是有人会冒着危险贩毒进中国。"

"我会坚定地打击毒品，将所有毒贩绳之以法，抓到他们不敢进中国。"

"说得倒是高尚，之前杀你亲弟弟的时候升职了吧！现在又将你亲弟弟抓住，肩膀上会不会又添一颗星星？你不过就是一个为了上位，而不断出卖亲弟弟的人。"

云飞扬的眼中满是失望："这些年你一直称呼自己为詹尼弗，已经忘记父母给你的名字是云飞凡了吧！我很后悔，当初你坚持让我叫你詹尼弗的时候，没有弄清楚你的想法，导致我那些兄弟牺牲。在你的眼里，一切都是利益，但不要把你的价值观放在我的身上。"

"有朝一日，你会后悔抓了我。"

"为了国家，为了人民，为了那些牺牲的战友，我永不后悔。"云飞扬的话语铿锵有力。

一架运输机降落在云南长水国际机场，六名将军和上百名士兵站在停机坪上，对着飞机敬礼，飞机缓缓滑行到了队列旁边，舱门打开，董艺和蒋礼押着霸主走下飞机。礼兵迅速走上飞机，八个人一组将李磊、吴晟、童新宇、周正、红烧肉的棺材抬下飞机。

云飞扬、常寿、周贺、孙泰、朱喜跟在后面，每个人的脸上都没有一丝笑容。霸主被抓住了！但代价也是惨重的，牺牲了五名战友，周正更是连尸体都拼不全。

南部战区政委大声道："欢迎英雄归家，敬礼！"

所有将士一齐敬礼，致敬英勇抓捕霸主归来的战士，更是致敬牺牲在国外的英雄。

云飞扬抬起头，看向蓝色的天空和在风中飘扬的五星红旗，巨人、法师、幽灵、海龟、教授、蜻蜓、熊猫、不倒翁、野蛮人、骡子的头像在虚空浮现。他心中暗自道：“我们一起宣誓守护这个国家，就算牺牲也会埋在边境，继续守卫，你们都做到了！我会继续守护这个国家，直到永远！”

FONGHONG
凤凰联动出品